铁皮男孩

[爱尔兰] 帕德里克 · 肯尼 著
仇春卉 译

中信出版集团 | 北京

图书在版编目（CIP）数据

铁皮男孩 / (爱尔兰) 帕德里克·肯尼著 ; 仇春卉
译. -- 北京 : 中信出版社, 2020.11（2021.9重印）
书名原文: Tin
ISBN 978-7-5217-1848-5

Ⅰ. ①铁… Ⅱ. ①帕… ②仇… Ⅲ. ①儿童小说—长
篇小说—爱尔兰—现代 Ⅳ. ①I562.84

中国版本图书馆CIP数据核字（2020）第075219号

Tin
Original English language edition first published in 2018 under the title TIN
by The Chicken House, 2 Palmer Street, Frame, Somerset, BA11 1DS

铁皮男孩

著　　者：［爱尔兰］帕德里克・肯尼
译　　者：仇春卉
出版发行：中信出版集团股份有限公司
（北京市朝阳区惠新东街甲4号富盛大厦2座 邮编 100029）
承 印 者：北京中科印刷有限公司

开　　本：880mm×1230mm 1/32　　印　　张：10.75　　字　　数：212千字
版　　次：2020年11月第1版　　印　　次：2021年9月第7次印刷
京权图字：01-2020-1143
书　　号：ISBN 978-7-5217-1848-5
定　　价：35.00元

出　　品：中信儿童书店　　图书策划：如果童书
策划编辑：蔡磊　　责任编辑：蔡磊
营销编辑：张远　　内文排版：颂煜文化
封面设计：姜婷

服务热线：400-600-8099
投稿邮箱：author@citicpub.com

献给卡洛琳，洛克兰，萨博，泰格和蒂根

机械人四大法则

1 只有持特许执照的注册工程师有权合法激活机械人。

2 禁止将生命与感情授予符合“真人”（即成年人）尺寸标准的原材料。

3 工程师用符咒给机械人设备授予生命时，必须使用初级推送法。

4 严禁使用精炼推送法（又名“授魂术”）将生命授予机械人。

第 1 章

夜空中飘着雪，寒冷的世界很安静，天地间回荡着一下下有规律的嘎吱声——那是杰克全身关节活动时金属摩擦的声音。克里斯托弗瞥了杰克一眼，只见这个小机械人直勾勾地盯着前方，对噪声充耳不闻。阿布萨隆走在他们前面几英尺[①]的地方，一件黑色薄大衣在他身前身后不停地扑腾。

嘎吱，嘎吱。

克里斯托弗想：*拜托，别响了！*

嘎吱，嘎吱。

阿布萨隆猛地转身，一下子站直了，瘦长的躯体舒展开，活像一只巨型蜘蛛。

“我记得我告诉过你，在离开院子之前先给杰克上润滑油。”他一边说一边低下头，恶狠狠地瞪着克里斯托弗。

① 1英尺≈0.3米。

“我上油了，阿布萨隆先生。”

真相是，他们离开时太匆忙，克里斯托弗在慌乱之中完全忘记了给杰克的关节上油。

阿布萨隆继续盯着他，两条眉毛都拧在一起了。

“他确实给我上了润滑油，而且还检查了有没有铆钉松了。”杰克说。

“你理顺一下头发。”阿布萨隆说着，朝杰克摆了摆手。杰克把假发往下扯了一点，然后朝克里斯托弗咧嘴一笑。克里斯托弗勉强挤出一点微笑算是回答。早些时候，阿布萨隆郑重地告诉他们，这次去艾尔斯伯里镇，成交的机会很大。打那开始，克里斯托弗就一直觉得胸口很难受，仿佛有一种冰冷的、不断下坠的感觉。

很长一段时间以来，除了机械稻草人，阿布萨隆基本上卖不出什么东西。坦白说，那些稻草人也只是些胡乱拼凑起来的劣质产品，特别丢人现眼。上次卖出去的那个，竟然自己走出田野不见了。三个月后，人们在十英里[①]外的小河里发现了他，那稻草人已经趴在水底一动不动了。

可是这一次阿布萨隆告诉大伙儿，他总算要时来运转，因为这桩买卖十拿九稳了。他在办公室里欢呼雀跃了一会儿，然后嘱咐杰克把平常戴的红发换成褐色假发，因为“生姜头太丑了，一副病恹恹的模样，肯定没人买”。杰克被他这样贬损，却一点也不介意。

① 1英里≈1600米。

他一想到快要被买走了，心中就暗自欢喜。不过杰克向来头脑冷静，喜怒不形于色，所以没有流露出开心的样子。即使是这样，克里斯托弗还是发现杰克向卡车走去时在偷着乐。

这时候他们走在大街上，克里斯托弗很紧张地偷偷瞥了杰克一眼，发现他还在窃笑。不过这一次，杰克留意到克里斯托弗在看他。克里斯托弗连忙转眼看向别处。

“怎么了？”杰克问。

“没怎么。”克里斯托弗答道。

阿布萨隆的情绪越来越高涨。他突然抬头看着漫天飞雪，略带惊诧地叹道：“这雪下得真及时！就算是我亲手策划也不过如此啊。”

一行人来到一排红砖房中间，阿布萨隆示意大家停下来。然后他双手一拍，对着两个小男孩咧嘴一笑。

“我们到了，第十号房就是我们的目的地。记住我们排练过的招数，杰克！”

“知道了，阿布萨隆先生。”

“克里斯托弗。”

“什么事，阿布萨隆先生？”

“挺直，站好，机灵点！记住，你是全英国最伟大的工程师的助手！”

“知道了，阿布萨隆先生。”

他们面前是一扇深绿色的门，门上装了一个生锈的黄铜门环。阿布萨隆挺直腰板，抓住门环，充满自信地敲了三下。然后他看也不看地对两个小孩说：“微笑，小伙子们。”

四周一片寂静，只有雪花飘落的沙沙声。过了一会儿，屋里传来拔门闩的声音，接着门打开了。阿布萨隆立刻堆起他一生中最灿烂的一个微笑。

一个满头卷发、看样子三十来岁的男人把脑袋伸出来。

“什么事?”他问。

阿布萨隆身体稍稍前倾，算是行礼致意。

“查普曼先生，请允许我介绍自己。我叫格雷戈里·阿布萨隆，机械人制造专家。我的产品包括小童、人偶、人形器械，而且每个产品的外形、活泼度和感情拟人度都可以根据客户需要进行调整。”

说着，他一翻手腕，掌心突然出现一张名片。查普曼先生还没弄清这是怎么一回事，就下意识地接过了名片。他茫然地看着上面的字，然后抬起头，脑袋晃了一下，双眼一阵乱眨，好像刚被人打了一拳。

“对……对不起，你这是什么意思?”

阿布萨隆立刻收起笑容，换上一副忧郁的神情，又合起双手，摆出一个祈祷的手势。

“先生，我听说了你的惨痛经历。请接受我最诚挚的慰问，虽然来晚了，但是请你不要介意。”

那人的脸唰地白了。“谁告诉你的？我们家的事情跟你有什么关……是谁告诉你的?!”他大声质问。

克里斯托弗突然觉得很紧张，他很想和阿布萨隆对一下眼神，但阿布萨隆正忙着盯住那人，完全没空看他。虽然阿布萨隆的目光里流露出同情，却掩饰不住一种捕猎者的气场。

“查普曼先生，镇上有我的朋友。他们一片好心来找我，把你目前的困境告诉了我。”

查普曼先生睁大双眼盯着他，一手扶着门框，仿佛要把身体稳住。

“这事情已经过去多久了，查普曼先生?”阿布萨隆问道。他侧着头，湿润的眼睛里流露出柔和的目光——他这副悲天悯人的表情早已练得纯熟。

查普曼先生浑身发抖。过了一会儿，他答道：“六个星期了。”悲痛欲绝的他连声音也突然变得沙哑。

“他是你的独生子?”

查普曼先生点了点头。

克里斯托弗突然觉得脸颊和前额都火辣辣的。他本来以为这只是一笔普通的买卖，根本不知道原来有这样的背景故事。阿布萨隆竟然乘人之危！克里斯托弗很生气，他正想往前走一步，开口说点什么。哪知阿布萨隆连看也不用看，敏捷地一抬右手，挡在他胸前，用恰到好处的力度把他拦住了。

“我很难过，真的很难过。”阿布萨隆说道。他一边摇头一边叹气——可是克里斯托弗看到他眼中闪着狡黠的光芒。“可是，查普曼先生，如果我告诉你，我能够在一定程度上减轻你的痛苦和悲伤，你觉得怎样？”

查普曼先生的眼睛睁得更大了，而且眼神里没有半点戒备。克里斯托弗知道，这个可怜人已经陷入了阿布萨隆的圈套。

阿布萨隆很夸张地朝杰克的方向一挥手。

“请允许我向你推荐这一款顶级的机械童。我可以大胆地说，他绝对是我最得意的杰作之一。”

杰克向前迈出一步，向着查普曼先生微笑。他按照阿布萨隆之前的嘱咐，侧着脑袋，装出一副毕恭毕敬而又充满期待的表情。克里斯托弗突然觉得很恶心。

“我们叫他杰克，不过他的正式名字当然是根据你的需要定了，前提是你决定把他买下来。他的内置年龄与外貌相匹配，自带适龄男童的所有属性。他的性格活泼有趣……”

杰克不失时机地微笑着跳了几下吉格舞，两个手肘前后摆动，活像在舞台上表演的喜剧演员。

“……智力远远超过当代所有同类产品……”

杰克用手摸着下巴，以充满睿智的眼神仰望苍穹。“三百九十五乘以六百七十二等于二十六万五千四百四十。”

“……还有杰出的机动性和超强的关节灵活度。”

杰克马上表演一个侧身翻，然后来一个倒立。哪知他的关节又在嘎吱作响了。阿布萨隆抽空狠狠地瞪了克里斯托弗一眼，克里斯托弗不甘示弱，狠狠地瞪了回去。可是阿布萨隆的目光已经跳回了查普曼先生错愕的脸上，他的愤怒表情也立刻消失无踪，脸上又堆满了笑容。

“先生，正如你亲眼所见，这个机械人是同类型号中价值最为不菲的一款，堪称当代工程学的奇迹。而且我向你保证，如果你有意购买的话，我绝对会给你一个最优惠的价钱。”

“托马斯，那是谁呀？”这时候，屋里飘来一个声音，“敲门的是谁呀？”

接下来是一阵冷冰冰的沉默，然后查普曼先生的身后出现了一个女人。只见她头发凌乱，目光里一片茫然，只有许多个不眠之夜在她眼中留下的血丝和阴影。

“那是谁呀，托马斯？他们想要什么？”

查普曼先生显得很紧张。“没事，露丝，快回屋里吧，他们谁也不是。”

阿布萨隆身形一晃，其速度简直可以媲美响尾蛇的闪电一击。“查普曼夫人。”他一边说一边迈步，距离查普曼的家门又近了一点，“我只是向查普曼先生致以最诚挚的慰问。从我们共同的朋友那里听说你们的公子威廉——”克里斯托弗看见查普曼先生整个人往后缩了一下，他的妻子用手捂住嘴巴，“——生前是一个很出色、很善良的小孩。”

说到这里，阿布萨隆的声音也哽咽了。他用手帕擦了擦眼睛，继续说下去。

“我正在向你的丈夫展示我们的最新产品。希望这款机械童能够恰到好处地模仿你的儿子，在感情上给你们一点安慰，让你们重新找回家的感觉，陪伴你们度过这一年中最喜庆的日子。”

杰克依然倒立着，用手撑在地上走来走去。查普曼太太看着他，不安的神情里流露出惊叹。然后她弯下腰来，仔细凝视着杰克。

杰克连忙翻身站直了看着查普曼太太——这是他第一次与她四目相对。然后他一脸真诚地朝她走过去。

“这位是杰克，查普曼太太。”阿布萨隆柔声说道。他扶着杰克的双肩，推着他往前走。

突然，大伙儿都陷入了沉默之中。克里斯托弗只听见四周响起如泣如诉的风声。

“露丝……”查普曼先生说。

他的妻子仿佛没听见。只见她的脑袋微微颤抖，杰克越走越近，她的腰也越弯越低。

“这绝对是我生平最得意的作品之一，查普曼太太。我用最精巧的机械技术去模拟人类，已经到了形神具备的境界。杰克可以做你的用人、你的挚友、你的同伴……”

阿布萨隆停顿了一下，查普曼太太的眼睛突然睁大了。

“……你的儿子。”

她抽泣了一下，声音细不可闻。查普曼先生垂下脑袋，悲伤地说：“露丝，求求你……”

杰克走得更近了。克里斯托弗发现查普曼太太痛苦的眼神中竟然流露出一丝希望，他不禁心如刀绞。这时候，阿布萨隆张开双臂说道：“看，又是一个白色圣诞节。一家团聚共度圣诞佳节，多么温馨，多么完美啊。你们一起装饰圣诞树，一起欢笑，一起等待圣诞老人，一起憧憬美好的未来。空气中飘荡着橙子和香料的气味，欢快的圣诞歌使你们心情舒畅，爱和欢乐把你们紧紧团结在一起。能够跟自己的小孩、家人一起分享这一切，还有比这更美好的吗?”

然后，阿布萨隆开始讲价了。他用漫不经心的语调说出杰克的售价，还详细列举了各种租赁和购买的选项。克里斯托弗火冒三丈，气得快要吐了，好不容易才压下心中的怒火。他看见查普曼太太的泪眼中饱含着痛苦和希望，查普曼先生的脑袋还是垂着，好像已经向不可避免的命运屈服了。阿布萨隆的声音越来越尖，看神情好像连他也不敢相信这次交易竟然会这么顺利。他的两个鼻孔呼扇呼扇的，似乎已经嗅到了金钱的气味。克里斯托弗被他恶心坏了。

最后，阿布萨隆的美梦被两个字彻底粉碎了。

只见杰克往前一步，微笑里充满了渴望。

两个字。

“妈妈?”他说。

在这一瞬间，查普曼先生四周的雪花仿佛突然被一股暴烈的旋风卷起来，变成一个疯狂转动的旋涡。克里斯托弗从没见过有人这么愤怒。

“不!”查普曼先生声嘶力竭地吼道。

他一脚踹出，正中杰克的胸膛。杰克整个人向后飞出去，哐当一下倒在雪地上。

查普曼先生把妻子拉回家里，当着阿布萨隆的面狠狠地把门甩上了。在一片沉默之中，只有雪花在他们周围沙沙地飘落。

第 2 章

回到卡车里，杰克摘下褐色的假发，伸手从车座椅底下掏出他平常戴的红头发，重新安回脑袋上。他把假发固定好，然后扭动几下身体，把手伸到腿下一摸，顿时皱起了眉头。

“糟糕，我的屁股好像撞瘪了。”

克里斯托弗听了，鼻子里哼了一声，然后忍不住哈哈大笑。杰克也跟着笑起来。阿布萨隆坐进车里，费劲地转动方向盘——两人咯咯咯地笑个不停；阿布萨隆猛踩油门，卡车一下子就蹿上了路面——两人还在咯咯咯地笑个不停。阿布萨隆忍无可忍了。

“还有你!”他转头对着克里斯托弗咆哮。克里斯托弗连忙忍住笑。

“我？我干什么了?”

“什么也没干！你什么也没干!”

“那你想我干什么?”

“干什么？我想你按照我们平常训练的那样，帮助我做成这笔买卖！帮一下忙，说几句好听的话，帮我把这商品卖出去呀！”

“商品？他是有名字的！他叫杰克！”克里斯托弗说完，狠狠地盯着阿布萨隆。两人大眼瞪小眼，都不肯退缩。要不是情况紧急，杰克及时打断他们，这两人还会一直对峙下去。

“阿布萨隆先生，看路呀！”

阿布萨隆猛地一甩头，急忙转动方向盘，这才没有栽进路边的一个大坑里。就这样，三个人摸黑驶上了归途。一路上阿布萨隆嘟嘟囔囔地骂个不停，跟雨刮器的呻吟声配合得天衣无缝。

他们回到废品处理场时，院子里的一堆堆废品快淹没在层层积雪当中了。圆萝卜就站在阿布萨隆那间窝棚“办公室”门口等着他们回来。他的面容跟几个小时前送行时一样，依然充满了惊惧。可是当他发现杰克就坐在后排座位上时，脸色一下子就缓和下来了。曼达就站在圆萝卜身边，牵着他的手，她那个宝贝泰迪玩具熊从她的另一只手里垂下来，不住地晃动着。

“他没卖你！”圆萝卜快步向他们跑过来，一边跑一边对杰克说。他说这句话时，语气里充满了如释重负的感觉。杰克摇了摇头，圆萝卜笑了，把一只手搭在自己鼓鼓的胸膛上。他比克里斯托弗矮，是胖乎乎、圆滚滚的五短身材。他的躯干是用一个大煮锅做的，所以阿布萨隆经常在节假日或者游园会上把他租给真人小孩，让他们把圆萝卜从山坡上滚下来。

克里斯托弗看着垂在圆萝卜右眼前的几缕金发，心中突然感到一丝内疚和刺痛。

曼达跑到克里斯托弗跟前，紧紧抱住他的腿。克里斯托弗咯咯一笑："曼达，我们又不是走了好几年。"

"我们担心呀。"曼达抬起头看着他说。她笑起来还是平时那副歪瓜裂枣的样子，一头没装好的卷发，左眼比右眼大，左腿比右腿长——曼达的状况让克里斯托弗特别抓狂。他三番四次地催问阿布萨隆，什么时候才给曼达装两条好腿，而阿布萨隆就总是说些不着边际的话来搪塞，还自以为特幽默。他最爱说的是，为什么拖那么久呢——因为他没想好给她装一条短点的左腿呢，还是给她装一条长点的右腿。说完他还会发出一连串招牌式的"桀桀"怪笑。每逢这时，克里斯托弗就恶心得扭头不想再看他。

突然响起砰的一声，大伙儿一起转头看，原来是阿布萨隆狠狠地把车门关上了。然后他朝着窝棚办公室走去，黑大衣在身后不停地扑腾。

"阿布萨隆先生，发生什么事情了？"圆萝卜高声问道。

阿布萨隆嗖的一下转过身来。"发生什么事情？发生了绝对的、完全的灾难，萝卜。都是这俩家伙害的！"

"才不是呢！"克里斯托弗喊道，"我们一直被你蒙在鼓里，到了那儿才知道你葫芦里卖什么药！"

"幸好我没跟你说！"阿布萨隆竖起一根食指摆来摆去，"要不你肯定又要满口仁义道德了。你小子就爱讲大道理，却总是忘记——”

“做生意不讲人情嘛！”克里斯托弗打断他说。

“就是！”阿布萨隆说道。他怒气攻心，竟然没听出克里斯托弗语气中的讽刺。

这时候，两人的对峙再次被打断——在一阵有规律的哐当、哐当巨响中，抓佬从一座废品小山后面走出来了。

阿布萨隆总是很自豪地把抓佬称作他的“长子”。他是废品场里最年长的机械人，甚至比曼达还老，而且他也是这里最高大魁梧的。抓佬身高八英尺，巨桶般的胸膛在腰间变窄，双腿有树干那么粗，还有一双粗笨的大脚。他的两条手臂很粗壮，里面是密密麻麻的电线、管道和铆钉。手臂尽头是两只巨爪，不但能当挖铲，同时也是一个微型轧碎机。他下颌的形状有点像装在蒸汽火车机头前方底部的排障器，向前凸着，使他看起来有点笨头笨脑。法律严禁制造成年人身材、具有自我意识的机械人，而阿布萨隆故意把抓佬做得特别大，好让这机械人远远超过法律规定的成年真人尺寸——他觉得这样一来，就不怕被人告了。

绝大部分机械人的推送法和意识符咒都刻在脑壳上，可是抓佬全身上下刻满了弯弯曲曲的字符——像他这么巨大的机械人当然需要更多魔法去提供动力了。虽然抓佬的外表极其凶悍，可是他那一双黑眼睛里尽是温暖和善意。他是阿布萨隆创造的最早的机械人，不过克里斯托弗觉得，从许多方面来看，他也是最纯真的一个。

抓佬把上下颌并起来，发出刺耳的金属摩擦声。对于外行人来说，这只是噪音罢了；可是克里斯托弗和他的小伙伴们却知道其中的含义。

“抓佬，阿布萨隆先生要把杰克卖掉。”克里斯托弗回答说。

抓佬看着阿布萨隆，又“说”了一句话。

阿布萨隆难以置信地看着抓佬，伸手一指杰克。“哼，你说后来怎样?”

抓佬被他的气势镇住，后退了一步，双手合拢搁在胸前，摆出一个忏悔的姿势。阿布萨隆于是朝着窝棚转身，才转了一半，突然停下来，仰头瞪了天空一眼，又转回来看着抓佬。

“我明天需要你帮忙除雪。”

抓佬缓缓地点了点头。

阿布萨隆看着克里斯托弗。“得赚钱养家啊!”说完，他冷笑了一声。

克里斯托弗叹了一口气，跟随阿布萨隆走进窝棚。突然，阿布萨隆停住脚步，呆呆地站在窝棚门口。片刻之后，他张开双臂，摆出一副热烈欢迎的架势，大声道：“埃丝特尔!”

说完，阿布萨隆走进了窝棚。克里斯托弗跟在后面挤进去，看见埃丝特尔就站在桌子旁。和克里斯托弗一样，十三岁的埃丝特尔也是真人小孩。她有一张鹅蛋脸，长着一头黑发，身上穿了一件比她大了至少一个尺码的人字呢大衣。只见埃丝特尔瞪大眼睛看着阿布萨隆。

“你吩咐的我都完成了，阿布萨隆先生。”她说。

阿布萨隆盯着埃丝特尔，盯了好一会儿。而埃丝特尔依然很镇定，还是一脸严肃——她向来都是这样，很少有紧张的时候。**她真像一个大人**，克里斯托弗很仰慕，**虽然她只比我大一岁**。

“谢谢你，埃丝特尔，你这么尽心尽力，我总是很感激。而且我不用看也知道，你的手艺永远是一流的。”

埃丝特尔上前一步，叹了一口气，说道：“四码的皮，一共四先令。”

说完，埃丝特尔摊开手掌。阿布萨隆看了看她的手掌，又盯着她的眼睛，脸上露出一种狡黠、算计的神情。

“我记得说好三先令的呀，埃丝特尔。”

“是一码皮一先令，这价钱从来没变过。”她答道，手掌依然一动不动地摊着。

阿布萨隆长叹一声，手伸进身上那件油渍斑斑的破旧马甲的口袋里掏出一个小钱包。他数好钱币，一枚一枚地放进埃丝特尔的掌心里。他的手指不住地发抖，好像把钱给出去就会要了他的命似的。

“谢谢你，埃丝特尔。”他连声音也颤抖了，语气中带着一丝自怜自伤的哀愁。

埃丝特尔只是嘟囔了一下，把钱收进口袋里，就向窝棚门走去。

“你可以留下来过夜啊。”克里斯托弗冲口而出。

埃丝特尔看着克里斯托弗，皱起了眉头。

“今晚挺冷的。”克里斯托弗说，“我是想着也许你……要是阿布萨隆先生……允许的话?”

他满怀希望地看着自己的主人，可是阿布萨隆根本就没兴趣听下去，转头收拾桌上的废品去了。

“谢谢你，克里斯托弗。”埃丝特尔说，“不过我有地方过夜。”

“你还住在巴纳比老太太那里吗？埃丝特尔。”阿布萨隆头也不抬地问道。

“没错。”她答道。

“嗯，她是一位很可爱的老太太，德高望重，很有修养。奇怪的是你竟然付得起她家的房租。”

阿布萨隆绷着嘴唇傻笑，好像强忍着才没有放声笑出来。

埃丝特尔咬了咬牙，狠狠地瞪了他一眼，眼神仿佛能杀人——不过阿布萨隆并没有留意到。接着，她转身开门往外走，一股刺骨的冷风马上趁机扑进来。然后她狠狠一甩手，把门关上了。

克里斯托弗皱起眉头。“你应该多付给她点钱的，阿布萨隆先生。”

阿布萨隆哼了一下。“看在她手艺不错的分儿上，我一直挺照顾她的，她也心知肚明呀。而且能为我这样的大师级工匠效劳，已经是她的荣幸了。”

克里斯托弗听见“大师级工匠”几个字，不禁扬起了眉毛：真正的大师才不会在这种破烂地方工作呢！不止桌子上一片狼藉，整个窝棚里都堆满了废品，从婴儿车的车轮到空罐子，什么乱七八糟的东西都有。这里有旧洗脸盆，有齿轮、铜线、弹簧和金属片都被掏走了的钟壳，还飘荡着机油、铁锈和阿布萨隆的汗臭味。很多废品堆放在一个嘎吱作响的架子上，其他东西实在塞不下，就全部摆地上，堆成了一座小山。

窝棚里有一幅巨大的油画，挂在左侧墙上，与墙壁夹成一个小角度。画面已经发黄，还长了许多肮脏的霉点。不过，如果你凑近了仔细看，就能看出画里有一个身穿十八世纪服装的男人。这人昂然肃立，双手按着一根拐杖的杖头，身边还站着一个身上刻满了符文和咒语的木头小男孩。阿布萨隆是从一个垃圾场里把这幅画抢救出来的。有时候他会双手叉腰站在画前，微笑着凝视画中人，仿佛认识这人似的，又像在跟一个实力相当的同行打招呼。他还偶尔会一边看一边自吹自擂，说自己有实力与过去那些伟大的工程师媲美。克里斯托弗不禁上上下下地打量他：这家伙怎么看也不像以前那些传奇的工程师呀。

“你下一步准备制造什么呢，阿布萨隆先生?”克里斯托弗问道。

阿布萨隆从桌面上捡起两颗眼珠子，在马甲上拼命擦拭。“呵呵，我也不知道。我觉得，这一次我会随兴所至。到时候，灵感给我什么我就做什么，缪斯女神带我去哪里我就去哪里。”说到这里，他大手一挥，好似把窝棚里的一切都囊括在内，“我刚订了一批新脑袋，其中一颗就会安放在我最新杰作的脖子上，享受最高的荣耀。”

克里斯托弗环顾四周，发现散落在窝棚里的脑袋确实比平时多了一些。不过这些脑袋都是暗灰色的，看上去磨损很严重，又长霉，当中有几个还凹了。以克里斯托弗对阿布萨隆的了解，等机械人安装好，能站起来走动了，这几颗脑袋也还会是凹的。想到这里，他感到一阵心酸。

阿布萨隆的脾气好像已经发完了，不过克里斯托弗依然在他的眼神中看出一丝怨气——他还在为之前买卖没做成而耿耿于怀。

“你得去睡觉了，小伙子。把大伙儿都带回工作间吧，明天还有重大任务呢。”

“好的，阿布萨隆先生。”克里斯托弗答道。

第 3 章

杰克、萝卜、曼达和抓佬都在外面等着克里斯托弗，大伙儿一起向工作间走去。

工作间在院子另一头，跟阿布萨隆的窝棚办公室遥遥相对。雪越积越厚，给地上的一堆堆废品盖上了一层平滑的白色毯子。

走到一半的时候，克里斯托弗突然听见身后传来很恐怖的吱吱声，然后是哐当一下钝响。他转身一看，只见圆萝卜的身体猛烈抽搐着，还向着工作间的方向前进，可是他的脑袋不见了！他的身体突然向前猛冲两步，转体两周半，一下子栽倒在地上。克里斯托弗叹了口气——萝卜的脑袋老是掉。有时候大伙儿会打赌，看他没了脑袋身体还能走多久。最长纪录是三十秒。

克里斯托弗从圆萝卜的身体旁边走过，捡起他的脑袋，同时抓佬已经把他的身体捞起来了。圆萝卜脸上露出一丝微笑，那一缕秀发依然垂着遮住他的一只眼睛。克里斯托弗看了不禁一哆嗦：不知道为什么，这撮头发比圆萝卜掉下来的脑袋更让他觉得难过。

埃丝特尔也在工作间里，正在把她的工具一件一件装进帆布袋。她给阿布萨隆做好的新皮就在一个金属架子上面撑开了晾着。克里斯托弗发现她的眼中闪着一丝亮光，料想她对自己的劳动成果相当满意。

埃丝特尔的这种神情，克里斯托弗以前也见过——比如说，她在工作间用大黑锅熬皮的时候。埃丝特尔会站在大锅前面弯下腰，低垂的黑发把她的脸蛋勾画成一个好看的心形。她全神贯注的时候总是紧紧抿着嘴唇，一双乌黑的大眼睛认真地盯着锅里的溶液。她会不停地搅拌、融合，把里面的白色混合物翻来翻去，就像搓面团似的。搅着搅着，毫无征兆地，锅里的溶液会突然变成一种苍白的皮肤颜色。

熬皮的诀窍在于把成品从锅里取出来的时机。取得太早的话，里面的东西会在瞬间液化，重新变回奶白色，全部洒在地板上；取晚了里面的东西就会变成一种黏稠的半流体，上面布满了凹凹凸凸的瘤子。

克里斯托弗发现埃丝特尔每次时机都把握得刚刚好，从来没有失手过。也不知道是她天生这么厉害，还是因为熟能生巧。

“这次做得挺好，埃丝特尔，不过还是比不上你的代表作。”杰克说完，扬起下巴，把脸凑到她跟前，掐着自己右侧脸蛋的皮肤，不停地拧来拧去。

埃丝特尔摇了摇头，报以一丝敷衍的假笑。“晚安吧，杰克。”说完，她把工具袋往肩膀上一甩，大步走出工作间，把众人七嘴八舌的“晚安”都扔在了身后。

克里斯托弗走到自己床前，从床底下拖出自己的工具箱，把圆萝卜的脑袋装回去。装好了，他又用剪刀把那一缕老是垂下来遮住眼睛的头发剪掉。圆萝卜谢谢他，还送了他一个大笑脸——那笑容看起来很尴尬，却充满了真诚的感激之情。然后克里斯托弗给杰克两条手臂的关节上机油，又嘱咐大伙儿下雪时注意点，小心生锈。杰克开玩笑地给他敬了个礼。接下来，他又检查了曼达的短腿，发现膝关节锈蚀得很严重，忍不住做了个鬼脸。他心里暗暗记住，又得去唠叨阿布萨隆了。

这时候，抓佬像头大猩猩似的，抓住房梁荡来荡去。克里斯托弗叫他快下来，也不知这房梁还能经受多少折腾。抓佬于是松开手，吧嗒一下摔在地上，克里斯托弗忍不住笑着骂了他两句。不过他看得出来，抓佬是很开心的，竭力忍住才没有张开大嘴笑出声来。

活儿终于干完，克里斯托弗也累坏了。他一屁股坐在床上，开始脱鞋子。

“我觉得屁股好像撞瘪了。”杰克叹道。

“我都说过了，我才不看你屁股呢。”克里斯托弗说。

圆萝卜偷偷一笑，而杰克却皱起了眉头。

“怎么了?”克里斯托弗问道。

杰克面露愧色。“我……其实有点希望能被卖出去。”

圆萝卜慌了，发出一声呜咽，克里斯托弗也吃了一惊。大伙儿不约而同地转头看着杰克。

“为什么？”克里斯托弗问。

杰克低头盯着地面。“我不知道。”他说，“我觉得……我觉得我只是想变成一个真人，跟你一样的真人。我想尝试一下呼吸的滋味，我想知道拥有真正皮肤的感觉——是真正的皮肤，你们真人的皮肤。我想体会一下从小开始长大，一直不停地长……”这时候，杰克抬起头凝视着克里斯托弗，目光里藏着一点怒火，“我想跟你一样，去体会那些平凡却又重要的事情。”

克里斯托弗不知道说什么好。他突然觉得浑身不自在，甚至不敢直视杰克的眼睛。

“那些重要的事情，比如说，有爸爸妈妈是什么感觉的。”杰克说。

“我没有爸爸妈妈。”克里斯托弗喃喃地说，“再也没有了。”

“我的意思你懂的。”杰克说。

“那些感觉是怎样的，给我们说说呗。克里斯托弗，来吧，告诉我们吧。”萝卜说。

“你说的是什么感觉，萝卜？”克里斯托弗问。

“家的感觉。”萝卜说。

克里斯托弗觉得大伙儿都目不转睛地盯着自己。他早就习惯了小伙伴们问他过去的事情，他也不介意把自己的经历再说一遍，只是有时候会感觉怪怪的。

“我也没记住多少。”他说。

“你能记住的那些就够了，我特别爱听。”萝卜说着，眼睛都发亮了。

这时候，曼达变得精神抖擞，连抓佬也显得兴致盎然。克里斯托弗暗自叹了一口气。

“我只记得一些零碎片段，就像一块块拼图碎片。”

曼达已经趴在地上，用双手托住下巴。“再跟我们说一遍吧，克里斯托弗，来呀。”

大伙儿异口同声地恳求他。克里斯托弗摇了摇头，微笑着说：“好吧，好吧。”说完他又叹了一口气。于是大家都安静下来。

克里斯托弗坐在床边，双手垫在大腿下，凝视着地面。他努力从记忆深处寻找过去的一幅幅图像，轻轻柔柔地将它们带回记忆表面，唯恐用力过猛把它们弄丢了。

他看见一个女人微笑的脸庞，她正站在厨房里。克里斯托弗顿时感到一股熟悉的暖流在胸膛弥漫开来。

“妈妈长着一头金发，”他说，“特别柔软，真的很柔软，而且……”

女人转过身来，她的秀发柔顺光滑，闪闪发亮，就像光的波涛泛起了一阵涟漪。克里斯托弗咽了一下口水。

“……就像蜜糖一样，把整个房间都照亮了。”

“她漂亮吗?”曼达问。

“很漂亮。”克里斯托弗微笑着回答。

“很漂亮。”萝卜叹道。

就连杰克好像也着迷了。

“她能烤出世界上最好吃的蛋糕。”克里斯托弗继续说。他现在能看见妈妈身穿一件红白方格子的围裙，她的头发依然光彩照人，她的脸蛋和鼻子上印着一条条面粉的痕迹。克里斯托弗不禁暗自偷笑。

“你爸爸呢?”萝卜问。

棕色的眼睛，克里斯托弗心里想道。爸爸有一双棕色的眼睛，可是除此之外他就什么也想不起来了。所以每次讲到这里，他只能开始胡编乱造。他会说爸爸多么心灵手巧，能够用木头做各种东西，从玩具到桌椅，应有尽有。而且爸爸还有一个工作间呢。

“你爸爸的工作间比阿布萨隆先生这间好。”萝卜试探着说。

“对。”克里斯托弗说。看着圆萝卜一脸惊叹的表情，他不禁笑了，可是心里又感到一丝内疚。

克里斯托弗还给他们讲爸爸多么强壮、多么英俊，又说爸爸每天晚上如何亲他的额头说晚安，还讲故事哄他睡觉。

“就像你现在给我们讲故事吗?”曼达问。

克里斯托弗点了点头。

“再给我们讲讲那座房子吧。”萝卜说。

克里斯托弗看着萝卜，勉强挤出一丝微笑。其实，这笑容是为了掩饰一阵突如其来的刺痛——那是一种高温烧灼感。突然，一道橙色的烈焰蹿出来，在他眼前张牙舞爪，把他吓了一跳。然后他闻到浓烟的气味，又听见木头燃烧的爆裂声，还有一阵恐怖的咆哮——那是空气被火焰吞噬时发出的惨叫……

克里斯托弗紧闭双眼，沉默了好一会儿，装作努力回忆的样子。然后他深深地吸了一口气。大伙儿都默不作声地等着他。

“今晚先不讲了，”他说，“下次再说吧。”

“很难想起来是吧？”萝卜同情地问道。

“是有点难。”克里斯托弗说。

其实是很难，他心里想，我好不容易才想起这么一点点，可是这么一点点就已经够让我难受的了。

“我们永远也不能变成真人了。”杰克沮丧地说。

“但是我们可以变得更好呀。”萝卜依然兴致勃勃，“前几天阿布萨隆先生还答应给我换个新的躯干呢。”

杰克和克里斯托弗对望了一眼，不过萝卜没留意。

“萝卜啊，他总是这样说。”杰克道。

“只要我们赚到钱就可以了。”萝卜说。

杰克想装出一副乐观向上的样子，却怎么也装不像。

“想象一下，”萝卜继续说，“一个全新的躯体啊！或许还会给我装两条新腿呢！我们大伙儿都可以升级硬件，或许能升级成西风级，甚至是皮尔金顿级！”

“皮尔金顿级的硬件一点都不耐用。”杰克说。

“那就来一副霍克尼·马克二号吧。”萝卜说。

“有一次我看见过一个原版柯米尔真品。”杰克说。

“不可能。”曼达说。

“真的！”杰克说，“当时我和阿布萨隆先生在东格林斯特德的一间商店里，一个小女孩跟她爸妈走进来。她有一头漂亮的金色卷发，样子可好看了！”

“该不会就是她吧?!”萝卜问道。

“艾丽·洛克伍德？没错，阿布萨隆先生说那小女孩就是她。”

“不可能！不可能是艾丽·洛克伍德。”曼达倒吸一口凉气。

艾丽·洛克伍德是全英国最著名的机械人。人们说她已经五十岁了，不过看起来还像是昨天刚做的。她经常上各大报纸的头条，总是参加最高级的派对，他们说她还参见过英王陛下呢！

“她的头发看起来像是真的吗?”萝卜问道。

杰克点了点头。

“我敢打赌她两只眼睛肯定是一样大小的。”曼达叹道。

“她的眼睛是蓝色的。”杰克说，“而且我从来没见过像她那么完美的皮肤，听说还会脸红呢。”

“脸红我也会。”说完，萝卜把嘴巴紧紧合上，开始发出一种刺耳的尖叫声。

“省省吧萝卜，你根本就没有呼吸。”克里斯托弗说。

萝卜马上停住了。“噢，对啊，我怎么就忘了呢？”

曼达咯咯地笑了。

“你想象一下，像她那样子，本来就是顶级配置，又有父母，还有其他各种各样的附件……这应该是跟真人最接近的一种状态了。”杰克说。

克里斯托弗看着杰克无限向往的眼神，突然觉得很心酸，因为他接下来要说的话实在很难听。

“他们不是她的父母，杰克。他们是她的主人。”

杰克看起来有点不爽。“我知道，可是……”

“顶级配置。”萝卜叹道。

大伙儿突然陷入了沉默。这时候一阵疾风刮来，把门摇得嘎嘎作响。

“我们该睡觉了。”克里斯托弗说。

“你的意思是你该睡觉了——我们是不需要睡觉的。”萝卜说完，扬起右侧眉毛，那根眉毛却一下子掉在地上。他弯腰想捡起来，却怎么也够不到，还突然栽倒在地上，骨碌碌地滚起来。曼达开始哈哈大笑，连抓佬也开心地拍着手，两只巨爪撞出哐哐的响声。杰克把萝卜扶起来，又捡起眉毛放回他手上。萝卜用手托着这根宝贝眉毛，伸到克里斯托弗面前，满怀期望地看着他。

克里斯托弗很愉快地翻了个白眼，在工具箱里找到一管胶水，三两下就把萝卜的眉毛粘好，然后拍了拍他的脑袋。

"我们很快会给你找一对新的眉毛。"他说。

"我要柯米尔级别的！"萝卜说，"而且要毛茸茸的、能够用梳子梳的。"

克里斯托弗咧嘴笑道："对，柯米尔级，必须的！"

大伙儿终于闹完了。圆萝卜在废品堆里安顿下来，曼达回到椅子上，抓佬靠墙坐好，而杰克则漫不经心地倚在门边听着外面的风声。

克里斯托弗用毯子紧紧裹住身体，侧身面对墙壁躺着。突然，那烟熏火燎的一幕又出现在他眼前——他连忙把两只眼睛紧紧合上，希望能把这幅画面彻底屏蔽。

"我告诉你们吧，"杰克说，"那个艾丽·洛克伍德太自以为是了，装模作样的，明明不是真人，却非要把自己当作真人。"

克里斯托弗没说什么。他眼前的火焰已经湮灭在黑暗之中，睡意终于来临了。

黑暗里突然出现一道温暖的亮光，他感觉到自己正朝着它飞奔。接着，亮光变成了金色，四周一片绿油油。

原来他又回到了花园里，又坐在了草地上。只见太阳斜斜地挂在天际，耳边有一只小鸟在歌唱。他觉得屁股传来一阵钝痛，应该是刚才摔的吧。他抹了一把脸，却沾了一手的泪水。他慌了，连忙环顾四周，却发现这幅绿色和金色的画面正在慢慢褪色。他大喊大叫，伸出一只手胡乱地抓。这时候，一个身影移过来，把他笼罩住了，然后他听见有人喊他的名字……

第 4 章

第二天清晨，克里斯托弗一觉醒来，发现废品场的院子里已经覆盖了一层厚厚的积雪。他抬头仰望，只见粉蓝色的天空中点缀着几丝云霞。穿过院子的时候，他感到双手冷得有点刺痛，连呼出的气也凝成了一团团白雾。他忽然觉得自己活得很真切、很完整，仿佛走进了一幅有生命的画卷里，与天地万物融为了一体。

阿布萨隆已经在窝棚里了，而且又变回了他们熟悉的那个狡猾而且自大的话痨。

他伸手指着窗外。

“小家伙，我说得没错吧？我就知道今天会很忙的。刚才已经有人来请我们去扫雪了，晚点还会陆续有客来呢！记住了，要好好干活才有饭吃哟。快把小伙伴们都叫来集合吧。”

说完，阿布萨隆转身面对工作台，开始把螺丝刀和一堆螺丝往大衣口袋里塞。

“阿布萨隆先生？”

“什么事，小家伙？”

“我想起我爸爸妈妈了。你觉得他们在火里会很难受吗？”

阿布萨隆一下子僵住了，过了一会儿才开口回答。克里斯托弗本来以为他会说出一些很可怕的话，想不到他的语气显得有点轻松愉快。

“你这小脑袋瓜子，不应该想这种事情呀。”阿布萨隆转头看着他，“有一件事情，是孤儿院的阿姨信誓旦旦向我保证的——他们离开这个世界、前往另一个世界时，走得很安详、很迅速，而且一点痛苦也没有。希望他们好好安息吧。”

“可是那个阿姨怎么知道的呢？”

阿布萨隆伸手去够那个装着螺栓的盒子。“很明显，当时有目击证人啦，就是把你从火场救出来的那些人。”

“为什么我都想不起来呢？”

阿布萨隆看着窗外，过了一会儿才缓缓地点了点头。“我觉得这是你头部受了重击的后遗症，反正医生就是这么说的。”

“我好像只记得我妈妈，然后我记得在你这儿……”

“那些记忆多么美好呀！”阿布萨隆说着，张开双臂，仿佛向着台下观众致辞。

“可是我真的很希望能够想起更多事情，能够确认更多细节。”

阿布萨隆点了点头，显出很真诚、很通情达理的样子。

“我也这么希望，小家伙，我也是这么希望的。”说完他还叹了一口气。

“将来我有可能想起来吗？”

阿布萨隆摆了摆手，又转头看回他的工作台。“谁知道呢，谁知道呢。”

“我真的很希望把过去的事情都重新想起来。不过有时候我好像能看到——”

“喂，克里斯托弗，小家伙，你给我听着，”阿布萨隆没好气地说，“我们真的要准备开工了，我没时间跟你闲聊。”

“好吧，阿布萨隆先生。”克里斯托弗点头说。

阿布萨隆抬头向着他笑了笑。可是他脸上的老皮绷得紧紧的，克里斯托弗一看就知道这笑容是硬挤出来的。

“我最喜欢的就是你了，你知道吧？”

“我知道，阿布萨隆先生。”

“好孩子。”阿布萨隆拍了拍大衣的口袋，用手臂夹起一个工具箱，迈步走向门口。经过克里斯托弗身边时，阿布萨隆伸手揉了揉他的头发。“你是最好的。”

克里斯托弗坐在卡车的副驾驶座上，凝视着车窗外的景物。昨晚的暴风雪已经过去，世界笼罩在一片沉寂和肃穆之中。茫茫白雪覆盖着起伏的原野和交错的枯枝，在浅蓝色天空的鲜明背景里，显得有点发灰。

他们经过一个大工厂，那里的烟囱群喷出滚滚黑烟。克里斯托弗看到远处有几排金属的东西，在阳光照耀下闪闪发亮——肯定是在户外工作的机械人。工厂里肯定也有许多机械人在辛勤劳作，工业社会的车轮滚滚向前，就是靠他们推动的。

“这场大雪还会持续一段时间呢。”阿布萨隆说完，发出了一声心满意足的笑声。

克里斯托弗侧头看着他，只见阿布萨隆伏在方向盘上，眼睛睁得溜圆，流露出贪婪的目光。这家伙想钱想疯了，完全没想过外面有多冷。

“你和杰克真的见过艾丽·洛克伍德吗?”克里斯托弗问道。

“什么?”阿布萨隆不耐烦地问，根本就没有专心听他的话。

“杰克说你和他在东格林斯特德见过艾丽·洛克伍德。”

阿布萨隆皱起眉头。“也许有吧，我想不起来了。”

“传说她是柯米尔原版真品呢。”

“传说，江湖上的传说太多了。制造她的人也许称得上是超一流的大师吧，不过我真的想不起来了。这么多年来，我见过的跟我一样厉害的高手匠人就只有理查德·布莱克了。他确实是大师，他造的机械人平衡性好，关节灵活，动作流畅，言行举止很像真人，几乎到了以假乱真的境界。”

克里斯托弗静下心来想了想。他听说过很多关于理查德·布莱克的故事，许多人认为他是大战结束以来最伟大的工程师，还赞誉他是伟大的菲利普·柯米尔的真正接班人。布莱克曾经与王室贵胄共进晚餐，还当过首相大人的谋士。

“关于理查德·布莱克父亲的传言都是真的吗？”克里斯托弗问道。

“什么传言？”

“传说老布莱克是被机械人杀死的？”

“查尔斯·布莱克也是一位很好的工程师，不过有点自视过高了。他当时一心为国效力，拼命催逼自己，无奈天资有限，最后不幸钻了牛角尖。”

“就是说那个传言是真的咯？”

阿布萨隆舔了舔嘴唇，又咽了一下口水，然后低声说：“现代工程学的某些技巧和做法是被严令禁止的，而且它们被禁也是应该的——这一切都是拜查尔斯·布莱克所赐。”

“你是说他用精炼推送法吗？也就是授魂术？”克里斯托弗说。

阿布萨隆皱起鼻子。“这种事情还是不说为妙呀。”

克里斯托弗身体向后靠在椅背上，眉头一皱，计上心头：他决定换一个话题继续探阿布萨隆的口风。

“理查德·布莱克真的发疯了吗？”

“他没发疯，只是失踪了。”阿布萨隆说，“人们说他发疯，是因为他们总以为天才都是疯子。呵呵，如果这种想法是真的，那我为什么始终这么果敢、这么理性呢？”

克里斯托弗没有搭话。

“在老布莱克先生遇难之后，反倒是柯米尔先生发疯了。其实也不能怨他精神失常，因为在那件惨案里，他也难辞其咎呀！”阿布萨隆的声音压得更低了，“精炼推送法正是因为这次意外才被禁的。”

克里斯托弗点了点头。埃丝特尔对这件惨案略知一二，也跟他提起过一点。据传闻，菲利普·柯米尔发明了一种把意识赋予机械人的新方法，并将其命名为“精炼推送法”。之前他还用过“精神粒子附着大法”“精髓转移术”等高端大气的名字，其实归根到底说的还是“把一个灵魂转移到机械人身上”这么一回事儿。当时柯米尔就找了查尔斯·布莱克帮忙。可是在一次公开演示会上，机器人突然失控，杀死了好几十人，当中就包括查尔斯·布莱克。

“这也是为什么柯米尔从此以后就自我放逐，躲在安乐铁乡里再也不出来见人了。”阿布萨隆继续说，“人们说他把大部分得意杰作都销毁了：有的砸成碎片，有的拆得七零八落，有的投入烘炉当中融掉了。物以稀为贵，所以现在的柯米尔原版真品才那么值钱。你千万不要低估一个疯子的作品的价值哟。”

“我听说他还做过成年机械人。”

阿布萨隆摇了摇头，目光中流露出不屑一顾的神情。“自任瑟堡的年代以后，再也没有谁制造过成年机械人了——因为这是犯法的！”

“不过也许是意外呢？这也是可能的，对吧？”

阿布萨隆没有回答，只是紧紧抓住方向盘，死死地盯着前方的雪路。然后他眯起一只眼，用手背抹着鼻孔，很响亮地抽了一下鼻子。克里斯托弗盯着他，想着接下来该怎么问才好。

他也想小心谨慎一点，可是他还没反应过来，一句话就冲口而出了：“‘真人爱德华’算吗?”

阿布萨隆勃然大怒，猛地扭头瞪着他，害得卡车几乎甩尾了。

“我警告过你！我有没有警告过你?!”他声嘶力竭地吼，口沫横飞，老脸涨得通红，眼珠子也凸出来了，眼神里充满了惊恐。

“对不起。”

“不许再提！一个字也不许说！那事儿根本就没发生过!”

可是那件事情确实发生了，而且发生时克里斯托弗就在场。那是一年多以前，阿布萨隆趁着季节合适，正在赶工制造机械稻草人。他用在冬季拾到的旧配件组装了一个至少有六英尺高的机械人。他让那个机械人瘫坐在工作间的一张椅子里，脑袋向后仰着靠在椅背上。机械人的嘴巴歪歪扭扭，开口的地方还是锯齿状，他身上的衣服破破烂烂，露出了黄铜做的手肘和膝盖。当时阿布萨隆刚刚完成了最后的润色工作，正在给他上最后几颗螺丝，那东西突然动了。机械稻草人会动并不出奇，出奇的是他竟然说了一句“你好”！

在那一瞬间，阿布萨隆吓得呆若木鸡。机械稻草人是不应该会说话的，因为就没有给他们设计说话的功能，最多只是发出一些毫无意义的声音。当时在场的所有人都盯着机械稻草人，想着这只是暂时的故障罢了。可是稻草人又抬起头环顾四周，然后问了一个问题："这是什么地方？"

阿布萨隆好像腿也软了，眼看就要倒在地上。他的右手捂住嘴巴，迷迷糊糊地说了一句："啊！天哪……"

第一个开口回答的就是克里斯托弗。"这里是工作间。"他说。

稻草人天真无邪地看着他，目光就像小孩子那么纯洁。"工作间。"他一边自言自语，一边低头看着地板，又抬头看着阿布萨隆，然后微微一笑。这时候，阿布萨隆终于回过神来，大吼一声："杰克！快拿手册！"

杰克连忙照办，把那本皮革装订的大部头从阿布萨隆的书桌上拖到他跟前。这是每个工程师人手一本的标准工具书：《任瑟堡激活死物专用符号、标志及咒语手册》。

阿布萨隆发疯似的翻阅手册，稻草人则继续四处看，脸上依然保持着微笑。他看看天花板，又看看地板，再逐个看看在场的每一位，还微笑着说"你好"。大伙儿一下子就被他吸引住了。

"发生什么事情了，阿布萨隆先生？"克里斯托弗问道。曼达和圆萝卜正在跟稻草人握手。

"这是一门极其细致和精准的手艺，小伙子。"阿布萨隆一边翻手册一边回答。他依然很紧张，语气里充满了恐慌："这门艺术，我没法用三言两语就给你讲清楚。实际情况太复杂了，要花很多时间才能解释。”

“你自己也不懂，对吧?”

阿布萨隆抓狂了，猛地仰起头，大吼一声。

“我觉得他知道自己是什么。”克里斯托弗看着稻草人说。

“我也看得出来，小伙子!”阿布萨隆狠狠地答道，还拼命点头。

“而且他是成年人体型哟。”克里斯托弗说。

阿布萨隆一个劲儿地摆手，一副不屑一顾的样子。

“也就是说，他是不合法的，阿布萨隆先生。”杰克说。

阿布萨隆向杰克吼道：“谢谢你，杰克！谢谢你就我们这位新朋友的法律地位发表这么中肯、这么及时的看法！要是没有你这么渊博的法律知识，我该何去何从呀?”

“人家只是说说嘛。”杰克嘟囔着。

最后，阿布萨隆终于离开了工作室。临走前，他给大伙儿下达了一条死命令：无论如何绝不能让稻草人走出工作室。

“还有一件事情，”阿布萨隆一边转身向门口走去，一边说，“不能——我重复一次——不能给他取名字!”

他们都庄重地点头答应，杰克甚至还在心口划了个十字。

然后他们给稻草人取名“真人爱德华”。

这名字是萝卜提议的。“因为这名字听起来很成年人嘛。而且他看起来挺像真人的，像是一个成年的真人。”

虽然“真人爱德华”并不是真正的人类，不过这个名字却被大伙儿一直沿用下来了。

他们决定看看真人爱德华能不能走路，于是杰克和克里斯托弗各自握住他一只手，搀扶着他从椅子上站起来。只见真人爱德华摇摇摆摆、晃晃悠悠的，就像一匹刚刚开始学站立的小马驹。

“工作间。”他一边说，一边走来走去四处察看，连最普通的物品也能使他流露出敬畏之情。他们把每一件东西的名称告诉他，每个他都复述一次，然后咧嘴一笑。

“克里斯托弗，萝卜，曼达，杰克。”

他低头看着萝卜。“我喜欢你，萝卜。”

“我们也喜欢你，爱德华。”萝卜答道。

看着这一幕，曼达开心地拍起手来，连杰克也露出了笑意。

在接下来的三天里，阿布萨隆都躲得远远的。克里斯托弗相信他是在绞尽脑汁想办法把爱德华除掉，却不知道这工程师怎样做才能得逞——尤其是抓佬死活不肯伤害爱德华，阿布萨隆还有什么招呢？与此同时，大伙儿已经接纳了爱德华，把他看成了这个快乐大家庭的一分子。

不幸的是，事态发展证明阿布萨隆根本就不需要担心怎样才能除掉爱德华。不管他无意中创造了什么奇迹，这个奇迹只维持了很短一段时间。第一天刚过去，爱德华的行动就已经开始有点不便了。他的动作变得越来越缓慢，越来越迟钝。两天后，他说话也开始出现困难，每个字之间的停顿越来越久。他就像一个上了发条的玩具，现在慢慢松弛下来了。克里斯托弗和杰克不时交换眼神，都很担忧；可是萝卜和曼达就完全看不出爱德华的变化。

到了第三天，爱德华坐回椅子上，无论曼达和萝卜怎么拉扯，他也不再起来走动了。很快，他的脑袋开始向后仰，又回到了初始的位置。他仰望着天花板，脸上带着微笑，直到最后一刻。他说出的最后一句话是“活……着……真……好……”。

最后消失的是他脸上的微笑。

萝卜受打击最大，连着好几天哭个不停。

克里斯托弗转头看着阿布萨隆，只见他趴在方向盘上，很不安地蠕动着身体。

“对不起，阿布萨隆先生。”克里斯托弗再一次道歉，“我不应该提起这件事情的。”

第 5 章

二十分钟后，他们来到了目的地：一条大路和一条小路的分岔路口。大路的雪已经扫干净了，而他们的任务是要给这条两英里长的入村小路除雪。村民要到外面的世界去，就必须付一笔数目可观的钱请他们除雪……一想到完工之后就可以进村收钱，阿布萨隆心里不禁乐开了花儿。

他们行驶在一条陡峭的下山路上，分岔路口就在山脚，右边被积雪堵死的那个路口正是进村的小路。他们的卡车高速冲下山坡，沿路剧烈的颠簸快把大伙儿吓疯了。克里斯托弗紧紧地抓住座位两边的扶手，而阿布萨隆似乎完全没有把潜在的危险放在心上。

他们冲到了山脚，卡车一个甩尾，终于在一阵尖啸声中停住了。阿布萨隆这操作，把抓佬也吓得大声惊叫。大伙儿还没回过神来，阿布萨隆就跳出驾驶室，开始对着大伙儿高声发号施令了。

两个手持铁铲的男子正在那里等着他们。年轻的那个穿着一件尺码过大的羊毛夹克衫；年长的那个身穿西装背心，头上戴着尖顶帽，最厉害的是他竟然把两只衬衫袖子都卷起来了。“村里就只有我们俩能帮忙了。”年长的男人对阿布萨隆说。阿布萨隆跟他讨价还价，最后说好了一个数目。

这时候，天色渐渐发灰，黎明前的一刻多了一丝阴郁，阿布萨隆也变得焦虑起来。他朝着几个机械人大吼大叫，催他们快点动手。于是大伙儿开始清除右边岔路口的积雪。圆萝卜对铲雪一点也不在行，曼达就更别提了——她已经溜达着走到了大路对过儿，一边愉快地唱歌，一边堆雪人。杰克和克里斯托弗稳步前进，不过大部分活儿是由抓佬完成的。他用两只巨爪抓起大团大团的积雪，全部扔到附近一段护栏后面。

上午过去了，下午的天色变得越来越晦暗。阿布萨隆开始来回踱步，不时大声吼两嗓子，催促机械人和两个偷懒的村民加把劲。

克里斯托弗抽空倚在铁铲上，环顾四周的景象。

在铅色的天空下，白茫茫的原野隐隐透着亮光。几只大肚子胖乌鸦栖息在附近一棵树的树枝上，用傲慢且充满恶意的目光盯着他。四周很安静，他能听见远方传来的呼呼风声，仿佛是宇宙在沉睡中说梦话。风声里夹杂着一下一下有规律的唰唰声，那是铲子插进雪里的声音。

“你还为了没有被卖出去而感到失望吗？”他问杰克。

杰克皱起眉头。“可以说有，也可以说没有。”

这句回答让克里斯托弗感到一丝振奋。“我希望谁也不会被卖，因为我总有一天会成为工程师，赚到足够的钱把你们都买下来，这样我们就可以永远在一起了。”

“永远?”附近有人大声问。

克里斯托弗转头一看，发现圆萝卜站在齐膝深的雪里，正仰头看着他，眼神里充满了期待。克里斯托弗朝他微微一笑。

“永远。”他说。

圆萝卜咧嘴一笑，又继续做他的无用功去了。

可是杰克依然皱着眉头。“要做工程师，你必须学习呀!”

“那我就去学习好了。”克里斯托弗说。

杰克扭头盯着阿布萨隆。“要是你上了学，就可以拿到合法执照，不用像阿布萨隆先生这样子了。”

克里斯托弗也看着阿布萨隆，只见他双手叉腰，仰头看着天空。严格来说，他这个团队是非法的，不过人人都知道，管理局对无牌执业工程师的打击力度远不如前了。

“要学好是得花很多时间的。”

克里斯托弗耸了耸肩。

“可能我们老早就被卖掉，或者已经坏了。”

“我绝不会让这种事情发生的!”克里斯托弗不服气地说。

杰克注视着他，思考着该怎么回答。这时候，一个细细的声音从远处呼唤他们。

“看我做的好东西。”

克里斯托弗扭头一看，只见曼达步履蹒跚地向他们走过来。跟往常一样，她迈步时总是要先把右侧身体往前送。对于曼达来说，这个动作是很费力的。克里斯托弗从他站的地方就能听见曼达关节发出的嘎吱声。这时候，他还隐约听到另一个声音，却没有放在心上。他又看了看那个矮胖的雪人，只见它脸上嵌着一副笑容，还有两只摇摇欲坠的黑眼睛。

“做得很好，曼达！我从来没见过这么好的雪人呀！”

曼达听了，咧嘴一笑。就在她吃力地迈出下一步的时候，她的泰迪小熊从手中滑落，掉在了路面上。

“曼达，泰迪丢了。”圆萝卜一边指一边喊。可是曼达刚刚被夸，乐坏了，完全没听见。这时候，克里斯托弗听到远处的那个声音越来越响了。曼达又走了几步，这才发现玩具熊丢了——在这一刻，克里斯托弗终于听出了那是什么声音。他转头向左望去。

一辆汽车刚刚驶上了坡顶。

这时候，曼达开始转身向路中心走去——她要捡回自己的泰迪熊。

克里斯托弗想大吼一声警告她，可是喊出来的声音很古怪，就像一只狗在尖叫。这时候，他觉得喉咙突然缩紧，两条腿也动弹不得。圆萝卜吓得张大了嘴巴合不拢，杰克撞了撞克里斯托弗的手臂，“她快要……她……”

克里斯托弗一低头，向着曼达飞奔过去。路太滑了，他的双脚几乎扒不住地面。他心里诅咒堆积在地上的一片片冰雪，也痛骂那个没开车头灯的司机。他又想大声叫曼达，可是他现在全力飞奔，根本没力气大声叫。他听见身后传来众人的呼叫，当中最响的是阿布萨隆歇斯底里的叫喊："不要去！克里斯托弗！别去！"

曼达拾起泰迪熊，转头就看见了那辆汽车。只见那车已经到了半山腰，正在发疯似的高速往下冲。山坡很陡，使这辆车在前进中累积了越来越多的动量。然后曼达又像慢动作似的缓缓把头转回来，不再看着那车。她的神情也从恐惧变成了内疚，因为她看见克里斯托弗正朝她飞奔过来。

克里斯托弗很抓狂！他一边跑一边挣扎着保持平衡，所以怎么也快不起来。于是他发出一声怒吼，想壮一下声威。他听见身后有哐当哐当和嘎吱嘎吱的声音，会不会是杰克呢？

他大声叫曼达赶快离开马路。可曼达好像双腿都不听使唤了，只是再次转头看着来车。克里斯托弗发出最后一次断断续续的吼声，跑完了他和曼达之间那段漫漫长路，终于来到她跟前。他揪住曼达的一条手臂，像掷链球似的把她往自己来的方向甩出去，曼达一下子就飞回了马路对面。克里斯托弗不知道自己用力过猛，竟然把她的手臂也扯下来了。他看到独臂曼达躺在地上，杰克跌跌撞撞地跑到她身边。他低头看了看手中的一根胳膊，耳边响起震耳欲聋的汽车喇叭声。他刚刚转身就看见那辆汽车已经冲到身前了，他甚至能看见方向盘后司机那张写满了恐惧的煞白的脸。这辆车正在转向，却已经来不及了。在这一刻，克里斯托弗竟然出奇地冷静：*它要撞到我了。*

砰！

然后是一声刺耳的巨响。

克里斯托弗的世界不停地旋转：白色的雪，灰色的天，白色的雪，灰色的天……

乌鸦尖叫着，纷纷从树枝上飞起来。接下来是一阵灼烧的痛感和一个不断旋转、不断打滑的世界……

漆黑。

*我死了。*在黑暗中，克里斯托弗想道。*我……死……*

当克里斯托弗醒来时，发现自己正盯着工作间的天花板。四周一片昏暗，唯一的亮光来自角落里的一盏小煤气灯。看来现在是晚上，不过他不知道是哪一天。

*这一幕以前发生过。*他想。

他眨了眨眼睛，想开口说话，却只能发出一声嘶哑的干号，声音在黑暗里回荡着……

这里一个人也没有。

这一幕以前发生过。

“别胡思乱想了！”他呻吟着对自己说，却被自己的声音吓了一跳。他把脑袋转去右侧，想看看身边的情形。突然，一幅幅画面闪现出来，把他眼前的景象撕扯得支离破碎。

圆萝卜哭丧着脸，双手放在克里斯托弗的胸口上。

“别死啊，克里斯托弗，”他抽泣着说，“别死啊！”

杰克俯视着他，一脸的震惊、懵懂，以及……恐惧。

恐惧？

“看看他的手臂。”杰克说。

“不要看。”克里斯托弗说。

“看看他的——”

“不要看！”他吼道。

四周一片死寂，克里斯托弗也在这一刻下定了决心：只看一眼。虽然他不想看，却非看不可，因为只有这样才能解他心中的痒。

很快，瞥一眼就好了。

看一眼又不会怎样，对吧？

他抬起左臂，隐约觉得有一种灼烧感。他已经换了一件干净衣服，袖口的扣子也解开了。于是他把衬衫连同毛衣袖子一起，慢慢地、仔细地卷起来。然后他盯着自己的手臂。

他眨了眨眼睛，确认自己没有看花眼。他手掌和手腕的皮肤都很苍白，手腕以上的肤色稍稍深一点，而且皮肤也没那么光滑了。他把袖子继续往上拉，只见这片深色皮肤大致是椭圆形，一直延伸到手肘那儿就中断了。有一点是绝不会弄错的，这块皮肤的颜色明显跟手臂其余地方不一样。这时候，克里斯托弗的力气恢复了一些，于是他挣扎坐起来，在床边盯着自己的手臂。他抽泣了一下，可是这声音听起来像是别人在哭。他不明白，也不想明白。

然而……

他右手的手指好像突然有了生命，自动向左臂伸了过去。他用指甲掐着手腕深色皮肤的边界，然后闭上眼睛，咬紧牙关，把手指深深地插进肉里。他愤怒地尖叫一声，将前臂的皮肤硬生生地掀起来……

……露出了底下闪闪发亮的铬金属。

没有血，他想。

当然没有血了，笨蛋，他脑子里有一个声音说。

没有血，因为我不是……

他拖着两条好像已经不属于自己的腿，艰难地向门口走去，眼泪开始哗哗地流。

眼泪？我怎么能流眼泪呢？我怎么能哭呢？既然我不是……

他走到门口时几乎一跤摔倒，连忙用右臂撑着门板，勉强站住。这时候，他觉得胃里翻江倒海，好像快要吐了。

他拉了一下门把手，拉不动。他用尽全力再拉，那扇门依然纹丝不动，看来是被人从外面反锁了。

他用两只拳头拼命砸门。“阿布萨隆先生！”他大声哭喊，“阿布萨隆先生！”

没人应答，四周那一片死寂仿佛在嘲笑着他。在恐惧之中，克里斯托弗突然感到一股怒气像烈火般灼烧着心底，也给了他无穷的力量。于是他发出一声野兽般的怒吼，飞身撞向门板。

他脑海里还剩下一个问题。

只有一个问题。

克里斯托弗声嘶力竭地喊：

“我是谁造的，阿布萨隆先生？我是谁造的？”

第 6 章

阿布萨隆胆战心惊地站在窝棚里的桌子后，用充满恐惧的目光盯着门口，还不住地搓手。

克里斯托弗的怒吼声刺破了夜空，也穿越了整个废品处理场——窝棚办公室里面的每个人都听得清清楚楚。埃丝特尔正在收拾工具，她看起来很紧张，还有点惭愧；曼达正在低声哭泣；圆萝卜也在不停地搓手，简直可以跟阿布萨隆在搓手大赛中一决高下了。只有杰克的反应与众不同：他的目光冰冷而且遥远，仿佛思绪已经飘到了别的地方。

“我们得做点什么！”埃丝特尔说。

阿布萨隆的脑袋开始上下晃动。“没错，我们应该做点什么，应该做点什么。我们应该留在这里别出去，这就是我们应该做的。”

埃丝特尔冲着阿布萨隆皱起眉头，阿布萨隆马上开口给自己辩解。

“这样做对大家最好。”

“为什么?”杰克眨了眨眼睛，好像刚刚从梦里醒过来，“为什么这样做对大家最好?”

阿布萨隆看着杰克，仿佛看着一块会说话的石头。

“因为这就是最好的呀，杰克。”

杰克难以置信地看着他。

阿布萨隆开始翻大衣口袋。“我猜你是等着收钱是吧，埃丝特尔?”

小伙伴们都震惊了：阿布萨隆从来没有主动付过钱。

埃丝特尔盯住阿布萨隆。“什么?”她问。

“给他手臂换皮肤呀。”阿布萨隆心不在焉地说，“我知道这活你肯定能干好。”

“不!”埃丝特尔吼道。

埃丝特尔竟然这么愤怒，反应这么强烈，阿布萨隆和其余人都吓了一跳。阿布萨隆正想开口说点什么。

“不!”埃丝特尔又吼了一遍。这一次，她浑身颤抖，仿佛抑制不住心中的狂怒，眼看就要爆发了。

阿布萨隆盯着埃丝特尔，眼珠子上下乱转，眼神里充满了恐惧。他的嘴巴好不容易张开了：“你不会告诉别人的，埃丝特尔，对吧?”他一边恳求，一边反反复复地搓着手。

“为什么？我向谁说去？就算我说了又怎样?”埃丝特尔说。

阿布萨隆舔了舔上唇，又咽了一下口水。“谁也别说，千万别说。反正也没有谁会感兴趣……”

埃丝特尔的目光突然变得无比阴郁，仿佛充满了恶意。

“你是说没有谁会对一个没登记的机械人感兴趣吗?”

“别说了！埃丝特尔！别再往下说了!”阿布萨隆尖叫道。

杰克看见大伙儿的目光都流露出惊恐，阿布萨隆开始咬大拇指的指甲，目光在各人之间跳来跳去。大家都不作声，默默地听着克里斯托弗的哭喊声从院子另一头飘过来。

圆萝卜看着窗外，低声说:“原来他不是真人。我还以为他是真人呢。”

“很明显，克里斯托弗自己也以为自己是真人。”埃丝特尔一边说一边怒视着阿布萨隆。

“我们应该放他出来。”杰克说。

“不行!”阿布萨隆喊道。

“杰克说得对。”埃丝特尔说，“我们应该放他出来。”

圆萝卜一个劲儿地点头，就连曼达也发出了细细的恳求声。

阿布萨隆看着大伙儿，那眼神好像在看着一群疯子。“我们不能放他出来!”

“为什么不能?”杰克问道。

“因为……因为……”阿布萨隆结结巴巴地说不出话来，两只鹰爪似的大手在身前一张一合，好像能把答案从空气里抓出来似的。

“因为他要被抓起来坐牢的。”埃丝特尔指着工程师说。

阿布萨隆呜咽了一声，可怜巴巴地看着埃丝特尔。而埃丝特尔的眼神依然是那么阴沉，那么愤怒。杰克看见阿布萨隆突然身体前倾，一个踉跄，幸好靠在桌子上才没摔倒。看到阿布萨隆这么惊慌失措，杰克感到一种恶毒的快感。

“我不会坐牢的。”他扬起下巴，挑衅地说，“我又没做错事。”

“那么你就应该放他出来呀。”埃丝特尔说。

阿布萨隆狠狠地摇了摇头，然后像小孩子发脾气似的，转身背对着埃丝特尔。

“你是在哪里找到他的?”埃丝特尔问。

“在孤儿院。”

“哪间孤儿院?”

“巴尔特比孤儿院。”

“你告诉过我是圣加布里埃尔孤儿院。”

“不，不，我说的明明是巴尔特比孤儿院!”

“是谁带他来的?”

阿布萨隆眯起一只眼睛。“是一个护士……”

“哪个护士？她叫什么名字?”

“她的名字……她的名字叫……叫……”

“你告诉我是两个护士的，阿布萨隆先生”萝卜睁大眼睛，一脸纯真地说。

“萝卜!”阿布萨隆吼道。

埃丝特尔哼了一声，“你这撒谎精！你一直在骗人！”

“我从来不撒谎！”阿布萨隆说着，竖起一根食指对着天花板，不停地摆动，“我自始至终都是一个重伦理、讲道德的好人！阿布萨隆机械人公司是最好——”

“他怎么会不知道自己是什么呢？”埃丝特尔质问道。

“什么”二字让杰克心中一阵刺痛。应该是“谁”，他很想说。

“他怎么会不知道呢？”埃丝特尔又问了一遍。

阿布萨隆还是不敢看她。埃丝特尔眯起了眼睛。

“你一直有给他打补丁吗？”

阿布萨隆竖起领子，想把脸藏起来，结果还是遮不住。

“你真的在这样做，对吧？原来你一直在给他打补丁！你连机械人的手脚都装不好，竟然还去打补丁？”

“喂！你怎么这样说话，埃丝特尔？你怎么敢这样说我？”阿布萨隆突然对着埃丝特尔发飙了，“我是一个大师级的能工巧匠，我声名显赫——”

“那些补丁你从哪儿找的？现在都藏在哪里呢？”埃丝特尔继续逼问。

“补丁是什么？”圆萝卜问道。

“什么也不是，萝卜，什么也不是。大伙儿别听埃丝特尔胡说八道。她干那些破活儿的时候吸了很多化学物质和有毒气体，现在终于疯了。”

阿布萨隆以一种胜利者的神情看着埃丝特尔，可是杰克发现他闪烁的目光里带着一点疑虑，而且从他十指紧扣的动作也可以看出这家伙是多么心虚。

“接下来你打算把他怎样?”埃丝特尔问。她的声音不大，却非常沉稳。

阿布萨隆听了这个问题，整个人往后缩了一下，仿佛被人抽了一个耳光。

埃丝特尔闭上眼睛，揉着自己的前额。“唉，阿布萨隆先生。”她满怀失望地长叹一声，就像一个妈妈发现自己的小孩正在干坏事。

阿布萨隆又开始结巴了：“我……我没有……我不是……我从来不……”

这时候，外面突然传来一声巨响，把大伙儿都吓了一跳，也把阿布萨隆的话打断了。

萝卜跑到窗前向外看。“抓佬刚刚把工作间的门扯掉了，他们正朝这里走来呢。”

阿布萨隆尖叫一声，飞身扑到门前，整个人靠在上面。

“我们不能让他进来啊!”他吼道。

埃丝特尔叹道：“不放他出去，又不让他进来，你到底想怎样?”

“够了！你们别再胡说八道！我再也不会容忍你们在这里捣乱了!”阿布萨隆尖叫道。

埃丝特尔却还是那么镇定，语气还是那么随意。“一会儿抓佬破门而入，看你怎么办。”

阿布萨隆看着她，脑袋晃了一下，老老实实地从门前让开了。就在这时，有人敲了一下门，把阿布萨隆吓得整个人蹦起来。杰克好不容易才忍住没笑出声来。埃丝特尔把门打开，只见克里斯托弗就站在门外，身后是巨塔一样的抓佬。

“我是谁造的，阿布萨隆先生?”他一边问一边走进来。

阿布萨隆一个劲儿地向后退，拼命摇着头，两眼只是看着地板。

克里斯托弗步步紧逼。

“我是谁造的?”

阿布萨隆还是摇头。

“我是谁造的?!”克里斯托弗尖声喊道。

阿布萨隆停下脚步，过了片刻，终于抬起头看着克里斯托弗。他的下巴颤抖着，耸了耸肩，似乎在表达歉意。然后他用嘶哑的嗓音小声说：“我不知道。”

杰克相信阿布萨隆，因为他从来没见过有人这么失魂落魄。

克里斯托弗转头看着埃丝特尔。

“你知道吗?”他说。

埃丝特尔摇了摇头。

“你们其他人都……”

克里斯托弗环顾四周，把房间里每一位都看了个遍。大伙儿纷纷摇头，曼达向前迈出一步，手里的泰迪熊依然紧紧地捂在胸前。

“克里斯托弗，我向来不知道原来你不是真人。可是老实跟你说吧，我也不在乎，一点也不在乎，因为你依然是你啊！”

克里斯托弗点了点头，好像挺感激的。可是杰克从他阴沉的目光看出来，克里斯托弗其实完全不能释怀。他好像被另一个克里斯托弗取代了，而原来的他仿佛变成了一个残废的小男孩，有一部分永远地缺失了。杰克想跟克里斯托弗说句话，却不知道说什么好。哪知就这么一犹豫，他就再也没机会开口了——因为就在这时候，一片黄色的亮光出现在天花板上，不住地游动，然后外面传来一阵发动机低沉的轰鸣声。

埃丝特尔飞身扑到窗前。

“啊，不会吧？啊，天哪！”阿布萨隆呻吟着说，继续向后退，整个人缩进了黑影里。

埃丝特尔猛地转过身来，她的脸色比平时更苍白了，而她接下来说的一句话更使杰克心底生出了一阵寒意。

“是管理局的人。”她说。

杰克跑到窗前，只见一辆青铜色的面包车开进院子里，停在了抓佬身后。虽然这面包车没有制造厂商的标志，可是看样子那么正规，肯定是管理局的车，不会错的。虽然他从来没有亲眼见过管理局的人，却对他们的事迹耳熟能详。这时候，车里下来两个人，身穿整齐划一的防水大衣，头戴棕色帽子。当中一个高高瘦瘦的家伙向另一个身材巨大的同伴说了几句，然后两人一起朝窝棚这边走过来。

“啊，不，不，不会吧……”阿布萨隆已经语无伦次了。

“闭嘴！”埃丝特尔狠狠地嘘他，然后揪住杰克，推着他往窝棚里面走。

曼达和萝卜吓得双手乱摆，频率几乎赶得上阿布萨隆的那么高了。克里斯托弗呆呆地站在那儿，脑袋下垂，双肩耷拉着，一副万念俱灰的认输模样。杰克想向他走过去，可是埃丝特尔一个劲儿地推着他往后面储物架那儿走。

“你干吗呀？”杰克尖声叫道。

“你信我吧！我知道接下来会发生什么事情！”埃丝特尔凶巴巴地喝道。

杰克还来不及回答，埃丝特尔就用右臂箍住他的脑袋，用力一扯。

杰克一个“别”字还没说出口，就发现自己正在跟埃丝特尔大眼瞪小眼——原来她已经把杰克的脑袋拔了下来捧在面前。杰克眼角瞥见自己的身体刚刚倒在地上。他特别讨厌这种脑袋和身体分家的状态，正要开口抗议，却被埃丝特尔粗暴地打断了。

“闭嘴，听着，我要把你放在架子上。”她一边说一边朝着窝棚深处摆了一下脑袋，“你要做我们的耳目。”

“可是——”

“我们需要知道过一会儿到底会发生什么事情，而阿布萨隆是绝对不肯对我们说实话的。”

哐当一下，她把杰克——应该说杰克的脑袋——放在架子上。这回他占据了有利地形，可以居高临下地观察，只见大伙儿都已经被吓得半死了。

有人敲了一下门，所有人都不约而同地扭头看过去。埃丝特尔最后看了杰克一眼，“把所有事情都记下来!”她声音虽然压低了，语气却非常严厉。然后她弯腰把杰克的身体塞进一堆废品底部。任务完成后，她重新站直了，走回房间的中心。

又一下敲门声，然后外面有人瓮声瓮气地说：“阿布萨隆先生？格雷戈里·阿布萨隆先生？请你开门好吗?”

在片刻的沉默里，所有眼睛一起盯着阿布萨隆。

“我为什么要开门?”他弱弱地问。

又是一阵沉默，然后那个声音再次响起。这一次的语调还是那么随意，不过其中的恶意就算是聋子也能听出来。

“阿布萨隆先生，我郑重建议你尽快开门。”

阿布萨隆只好走到门边，手忙脚乱地扭动把手。门打开了，只见那两人就站在门外。他们迅速地把眼前的一切都扫了一遍，然后快步走进了窝棚。在来人当中，戴软毡帽的瘦子看起来很精干，应该是长官。他拿出一个贴着一张证件的黑色钱包，在众人面前晃了晃，然后严肃地说：“我叫莫蒂默·里夫斯，管理局高级官员，专门负责调查和规范所有获授权和未获授权的人造生命体。”

阿布萨隆还来不及说话，他就已经把证件装回口袋里，然后开始向一同来的手下发号施令。

“把所有机械人都带出去问话，把这个小姑娘也带上。”

然后里夫斯转头打量着一脸迷茫和沮丧的克里斯托弗，突然露出了微笑。杰克留意到他的牙齿很小很整齐，而他的笑容却又特别恶毒。

“当然还有他，把他也带出去。”

第 7 章

里夫斯双手插着裤兜，站在那里似笑非笑地盯着阿布萨隆，然后示意他坐在桌子旁。阿布萨隆乖乖地坐下来，刻意避开里夫斯的目光。可是他无论如何也坐不住，屁股在椅子上微微挪动着，眼珠子四处乱转，不时偷瞧里夫斯两眼，目光又马上跳开。要是杰克的脑袋还连在身上的话，肯定吓得手脚都绷紧了。

里夫斯开始踱步，刻意走得很慢很慢。他离开阿布萨隆，走到那幅发霉的肖像画跟前，两片嘴唇紧紧地抿起来。

“任瑟堡，人类历史上第一位工程师。”他朝着画像点了点头，说道，“真正使任瑟堡不朽的是什么，你知道吗？我应该告诉你吗？”

阿布萨隆很快瞥了里夫斯一眼，可是里夫斯根本就没转身看他。

“魔法符咒能把意识和生命授予某些机械物体，而任瑟堡的伟大之处在于他把所有的符咒系统化了。”里夫斯不等阿布萨隆回答，自个儿就说开了，“这种方法被称作……”

他扭头斜视着阿布萨隆。阿布萨隆把双手搁在大腿上，不停地拨弄着手指。“初级推送法。”他低声说。

里夫斯的嘴角扭曲着，挤出一丝假笑，神情里充满了轻蔑。“很好，阿布萨隆先生，很好。”然后他又把脑袋转回去对着画像，叹了一口气，“唉，可是任瑟堡先生刚开始研究的时候，人们对他是又惊又怕又猜疑。他创造出来的第一个成果——大家把他叫作‘阿一’——就是被人们抢走烧毁的。任瑟堡却没有泄气，终于成功创造了今天我们所说的‘机械人’，而人们也开始意识到这项发明的重要性。比如说，机械人可以做苦力和用人。就这样，乔舒亚·任瑟堡永远地改变了英国。”

他把画像扶正，然后从口袋里掏出一块手帕，轻轻地擦拭着画面，使任瑟堡的脸孔显得更清晰一点。

“不幸的是，有些人还是害怕，那些成年人大小的机械人尤其为大众所诟病，因为他们害怕这些机械人终有一天会取代人类。不过最后各方还是达成了妥协：在文明社会里，那些体积较小、勤奋耐用的儿童机械人还能派上用场，而且不会伤害英国人民的感情。”

里夫斯把手帕收起来，转过身来咧嘴一笑。杰克不喜欢他的笑容，因为里面流露出强烈的恶意。

“不过，阿布萨隆先生，贵行业有悠久的历史和优良的传统，你作为其中一分子，这些事情你当然都是了如指掌的。”

阿布萨隆咽了一下口水。

杰克目不转睛地盯着里夫斯，虽然很紧张，却在不知不觉中被他迷住了。这人一举一动都显得特别精确，精确得让杰克心里发毛。

里夫斯把帽子摘下来放在桌面上，再把大衣脱下来折好，搭在椅背上。他一头黑发油光锃亮、服服帖帖，明显是用发胶黏在脑袋上的。虽然头发没乱，可是他依然仔仔细细地整理一番：先用右手掌根部轻轻拍几下，确保手指没有碰到头发；再用左手重复这个步骤。头发理顺了，心满意足的里夫斯从笔挺的深灰色西装内袋里掏出一个小笔记本和一支短短的铅笔，拉开一张椅子，极其优雅地在桌子旁坐了下来。

“好了，格雷戈里·阿布萨隆先生，阿布萨隆机械人公司的董事长。”里夫斯微笑着说，阿布萨隆看起来不知道该怎么回答才好，“我们管理局是干什么的，你知道吗?”

阿布萨隆点了点头。

里夫斯好像没看见阿布萨隆的反应，继续往下说：“我们的职责是对机械人的制造和使用进行管理，使其规范化。我们确保他们符合工业标准，确保制造者给每个型号都分配一个合适的序列号，确保制造机械人的工程师都是记录在案的官方认证注册工程师。”

阿布萨隆低头看着桌子。

“你有接受过正规训练，并且注册成为工程师吗？阿布萨隆先生?”

房间里的气氛很紧张——也许正是因为这紧张的气氛，杰克几乎忍不住要哈哈大笑。阿布萨隆没有回答。里夫斯身体前倾，平静的语气中带着一点同情。

“你最好老实交代，我只要回局里一查记录就能摸清你的底细。要是你现在乖乖合作的话，我或者会考虑坦白从宽。”

阿布萨隆摇了摇头。

“这是什么意思，阿布萨隆先生？我不是很明白，你得大声说出来。”

“没有。”阿布萨隆小声答道。

里夫斯皱起眉头，抿着嘴唇，拿起铅笔在笔记本上写了几下。然后他放下铅笔，又像刚才那样一丝不苟地把头发整理了一遍。

“你能不能解释一下，外面那个巨大的机械人是怎么回事？”

阿布萨隆一脸蒙。“抓佬？他……他是专门用来干粗重活儿的。”

“嗯。”

这时候，阿布萨隆好像突然活过来了。“我向你保证，里夫斯先生，他是绝对符合工业标准的。首先，他的心智能力远没达到独立机械人的水平——嗨，他充其量就像个小孩子罢了。其次，关于他的体型和外观，相信你也看得出来，他远远超出了业界承认的任何一种人形仿真程度参数的测量范围，所以绝不可能被误认为是一个成年人类。从这个角度看，我相信我并没有违反法律规定。”

说着说着，阿布萨隆恢复了一些平时的自信。他用食指敲着桌面来加强语气，然后向后靠在椅背上，尝试在脸上挤出一丝不太自信的微笑。

“呵呵，那是菲尔比判例。我看出来了，你对相关法律的某些方面还钻研得挺仔细嘛，阿布萨隆先生。那个案例是哪一年？一九二……”

“二四。”阿布萨隆说完，舔了舔嘴唇，清了清嗓子，又跷起二郎腿，十指交织着搁在瘦骨嶙峋的膝盖上，还试着直视里夫斯的眼睛，“一九二四年。”他的双眼闪出一丝亮光，仿佛他突然相信自己也许能够凭着三寸不烂之舌走出目前的困境。“所以你看，里夫斯先——”

“跟我讲讲那个小男孩。”里夫斯打断了他的话。

阿布萨隆咽了一下口水。“小男孩？”

“对，小男孩。不好意思，我用了‘男孩’这个字眼，可是我们都心知肚明，他其实是一个机械人。今天我来这儿的任务，就是为了他。”

阿布萨隆想了片刻，然后身体前倾，露出一脸油腻的笑容。“我觉得嘛，里夫斯先生，你会发现你所说的那个‘男孩’是绝对符合工业标准的。”

里夫斯默默地看着他。阿布萨隆想把脸上的笑容维持下去，可是在里夫斯的逼视下，他的信心开始动摇，他的笑容也在颤抖中逐渐消失了。杰克的视线在两人的脸上移来移去，他发现里夫斯并没有笑。

“你的意思是，他是你制造的咯？”里夫斯问道。

“是的，是我造的。”阿布萨隆答道，又努力把微笑挤回脸上。

“你是说你制造了那个男孩……”他向阿布萨隆挥了一下铅笔，示意他接话。

“克里斯托弗。”阿布萨隆识趣地补充。

“你是说你制造了克里斯托弗，是你把他组装起来的。”

“对，是我。”阿布萨隆说。不过他的嗓音突然有点沙哑了，他连忙清了清嗓子，在椅子上挪动了一下。

里夫斯环顾四周，看着窝棚墙边的几个储物架，还有散落了一地的杂物。杰克看见他的眼中逐渐现出轻蔑的神色，可是他依然用轻松的语气侃侃而谈。

“你用这些原材料制造了克里斯托弗和在场这些机械人？”

“是……是的。”阿布萨隆说。

里夫斯的目光突然钉在了杰克的脑袋上。在这个恐怖的瞬间，杰克突然有一种很想眨眼的冲动！这种感觉太强烈了，他好不容易才忍住，两眼一动不动，死死地盯住正前方。这一瞬间仿佛过了无穷久，里夫斯的脑袋终于转回去，重新看着阿布萨隆。

“他是怎么激活的？”

阿布萨隆看起来好像蒙了。

“这男孩是用什么驱动的，阿布萨隆先生？”

阿布萨隆很紧张地干笑了两声。“怎么了？当然是用初级推送法了。我是用任瑟堡的标准符咒进行授魂和激活的。”

“当然了。”里夫斯一边说，一边用铅笔敲着下巴，依然目不转睛地盯着阿布萨隆，“你确认他不是靠其他方法激活的？”

听了里夫斯的暗示，阿布萨隆哈哈大笑。“胡说八道！哪里还有什么其他方法？”

“请你告诉我，阿布萨隆先生，你熟悉精炼系统所包含的原理、方法以及实际操作吗？”

阿布萨隆的脑袋晃了两下，好像刚刚被人抽了一个耳光。“什么？”他说。

里夫斯冷冷地笑了笑，轻声说：“我是问你，阿布萨隆机械人公司的董事长格雷戈里·阿布萨隆先生，是否熟悉精炼推送法的技术、原理及其应用？”

阿布萨隆的脸一下子没了血色。“我……我……请你……”恐惧使他的声音也嘶哑了，“你为什么这样问呢？”

里夫斯十指交织在一起，两眼慢慢向下垂，突然又抬起眼看着阿布萨隆。虽然他说话时依然是轻声细语，可是他的目光流露出一丝阴暗。

“那我就换个说法好了，阿布萨隆先生。这个男孩是使用精炼推送法激活的吗？”

杰克猛然意识到这句话事关重大，顿时觉得脑子一热。看来，这事情只有一种可能性……他开始觉得天旋地转。

阿布萨隆摇了摇头。他的两只眼睛瞪得溜圆，眼神里充满了恐惧。

里夫斯轻轻地叹了一声。“请你告诉我，阿布萨隆先生，精炼系统是怎样激活的?”

“是……是……用……”阿布萨隆结结巴巴地说不下去。

里夫斯点了点头，示意他继续往下说。杰克睁大眼睛看着，完全不敢相信面前发生的这一切。

“是……是把人的灵魂融入机械系统里。”

杰克震惊了，脑子里一片混沌，不知道他们到底在说什么。

“你不会以为……你不会以为……?”阿布萨隆又结巴了。

里夫斯不理会他，从鼻孔深深吸了一口气，又低头看着他的笔记本。

“你是在哪儿捡到他的，阿布萨隆先生?”

阿布萨隆哼了一声，咧嘴笑了——也许他看见换了话题，忍不住高兴吧。可是当里夫斯抬头看他时，阿布萨隆的笑容随即消失了。

“我没有捡……他不是捡来的，是我制造……”突然，他意识到自己正在招认的是什么，马上陷入了恐慌。“我说我制造他，不是用精炼法……我不会……”

“你是在哪里捡到这个男孩的?”

里夫斯隔着桌子，目不转睛地盯住阿布萨隆。阿布萨隆想说话，却只能在喉间发出几下窒息似的声响。杰克能听出来，他是想找一个借口搪塞过去。在里夫斯刺刀般锐利的目光逼视下，这位工程师缩在椅子里不停地动来动去。

这时候，有人敲了一下门，阿布萨隆吓得几乎一头从椅子上栽下去。

“进来。”里夫斯说。

另一位探员走进来，把一块碎纸片递给里夫斯。里夫斯看了一眼，然后向同伴点了点头。“很好。”

那人出去了，里夫斯把纸片放在桌面上，又低头继续看着笔记本。

“跟我说说真人爱德华。”

阿布萨隆好像挨了一记重拳，杰克觉得他会向后直飞出去。

“真……真……真……”阿布萨隆结结巴巴地说。

“真人爱德华。”里夫斯说完对他笑了笑，笑容里充满了温暖和鼓励。

阿布萨隆开始吭哧吭哧地喘粗气。“我可以解释……这是一个意外。”

“什么是一个意外，阿布萨隆先生？”

阿布萨隆盯着那片碎纸。“求你了……”他喘息着说。

里夫斯把两只手掌按在桌面上。“根据英王陛下御敕《机械人制造与激活管理法令》第一部分第三章第五段的规定，有意或无意地将意识授予符合标准成年人尺寸的原材料属于违法行为，最低判处十五年有期徒刑。”

阿布萨隆喘得越来越厉害。他挣扎着吸气，双肩不住地起伏。

“一个意外……我发誓……”

里夫斯向前靠，平静地说：“有意或无意，阿布萨隆先生。你知道为什么法律严禁制造成人机械人，对吧？”

阿布萨隆捣蒜似的点头。“因为这样做是错误的，是不合适的，会冒犯广大人民群众。”

里夫斯突然身体前倾，厉声吼道：“现在我就被你冒犯了，先生！”

就这样，里夫斯猛地变成了一个声嘶力竭、暴跳如雷的恶魔。他漆黑的眼中充满了怨毒，就连杰克也能感受到他突然发作时的强大威力。“你只是一个不学无术、诡计多端的骗子！你作奸犯科、欺世盗名！你害英王陛下的庄严法令沦为笑柄！你玷污了大不列颠的威名！你让我恶心！你让我作呕！”

这时候，里夫斯陷入了狂怒之中。他浑身发抖，气喘吁吁，大鼻孔呼扇呼扇的，就像一头愤怒的公牛。然后他开始深呼吸，让自己缓慢地、一点一点地冷静下来……终于，他的呼吸又恢复了正常。于是他挺直双肩，小心翼翼地扯了扯上衣的褶边，然后用惯常的方式理顺自己的头发：先用右手掌的根部，再用左手掌的根部。最后，他心满意足地发出短暂而清脆的“啊”的一声，还给了阿布萨隆一个灿烂的微笑，仿佛什么事情也没发生过。

“作为管理局的高级探员，我有权对你做出宣判。”

阿布萨隆的脑袋垂得更低了，双肩不住地抖动——这家伙明显在痛哭流涕。杰克虽然鄙视他，却也起了一点恻隐之心。

“不过，如果你老实交代这个男孩的来历，我保证会轻判你。”

“捡来的。”阿布萨隆抽抽噎噎地说，“两年前在一个沟渠里捡来的。虽然当时他一动不动，可是我一眼就看出他是什么。我知道他只是处于休眠状态，于是我把他带回来，想办法唤醒了他。”

“那个沟渠在什么地方，阿布萨隆先生？”

“距离这儿大约五英里的地方，就在迟平顿镇边上。”阿布萨隆一边回答一边用手擦鼻涕。

里夫斯向后靠在椅背上。“很好。”他低声自言自语道，然后再次把身体前倾，“他苏醒时有没有残留的记忆？”

“没有，只有一点没有什么意义的零碎片段。”

“不过他一直以为自己是一个真人小孩？”

“是的。”

“你是怎么说服他相信这一切的呢？”

阿布萨隆又现出了鬼鬼祟祟的神情。“我给他打补丁了。”

“你给他打补丁？”

“是。”

“像你技术这么差，也敢打补丁？”

阿布萨隆再次把脑袋埋起来。

“你从哪里弄来的补丁？”

“黑市。”阿布萨隆抬起头，眼中一片茫然，“我可以告诉你卖家的名——”

“不必了。”

里夫斯看起来正在考虑刚才阿布萨隆提供的信息。然后他从座位上站起来，把大衣穿好，动作迅速而优雅。接着，他稍停片刻，低头看着阿布萨隆。“虽然你涉嫌窝藏精炼机械人，可是我决定对你宽大处理，不予处罚，前提是你保证不向别人提起今天发生的事情。”他俯身凑到阿布萨隆面前，冷冷地低声说：“绝不可泄露，明白没有?”

阿布萨隆抬起头，用凄惨的眼神看着里夫斯。他的脑袋又开始晃动，不过这次他勉强点了点头。

里夫斯站直了，把大衣领子翻起来遮住脖子。“谢谢你，阿布萨隆先生。你很配合，之后我会在判词当中提及的。”

他躬身行了个礼，然后把帽子戴回头上。“你感觉好点的话，就请跟我出去一趟。”

第 8 章

里夫斯离开了窝棚，阿布萨隆继续呆坐着，怔怔地盯着前方的空气。过了一会儿，他低声呻吟了一下，把脸埋在两只手里。

杰克的脑袋搁在架子上，能隐约看见窗外的夜色中有人在走动。

“阿布萨隆先生，我需要帮忙。”杰克说。

阿布萨隆嗖的一下转过身来，却用力过猛，连忙抓住桌子才勉强稳住。

“杰克？可是你……”

“求你了，阿布萨隆先生，快把我装回去。”

阿布萨隆跌跌撞撞地走到杰克脑袋跟前，根据他的提示，在地上乱翻，终于找到了杰克的身体。他把杰克的头装回身体上，然后揪住杰克的肩膀问：“你什么也没听见，对吧？”他几乎是在恳求了。

杰克悲哀地摇了摇头。“我什么都听见了，阿布萨隆先生。”

说完，杰克举步向门口走去。阿布萨隆一下子蹦过来，挡在他跟前。

“我那时候不知道啊！我发誓，我已经尽力了。”

杰克用谴责的目光看着他。“你明明知道他不是真人，阿布萨隆先生，可是你一直瞒着我们。”

阿布萨隆还想说些什么，可是杰克硬把他挤开了。

杰克打开门走出去，却被面包车的车头灯照得什么也看不见。他连忙抬起手臂挡在眼前。

“长官，这里还有一个。”里夫斯的手下指着杰克说。

里夫斯本来看着笔记本，听了之后抬起头，漫不经心地瞥了杰克一眼，然后挥手让手下走开。

曼达和圆萝卜一起走到杰克身边，两人看起来都很害怕；埃丝特尔站在几英尺外；克里斯托弗蜷着背，站在面包车旁；而抓佬则站在窝棚附近，两条手臂摆来摆去，满脸困惑地看着眼前的这一幕。

“他问我们问题，杰克。”曼达说，“萝卜什么都告诉他了。”

“我没有啊！”萝卜连忙否认，脸上却露出惭愧的神色。杰克向他笑了笑，以示安慰。

“别担心，萝卜。”杰克说。

这时候，阿布萨隆也走了出来。他靠在门柱上站着，长长的手指不住地颤抖。杰克又仔细看着克里斯托弗，发现他依然是一动不动。

里夫斯清了清嗓子，立正站好，然后拿起笔记本开始宣读。

“格雷戈里·阿布萨隆先生，经调查发现，你没有工程师执照却无证执业，而且你向符合成年人尺寸的机械人授予意识，犯下十恶不赦的弥天大罪。在此，谨奉英王陛下授予我的权力，我做出以下宣判：第一，你在三十天内必须将个人资产全部上缴或者丢弃，否则将会受到严惩。第二，你终身不得制造机械人，若有违反，将被关进英王陛下的监狱，刑期十五年或以上。本判决即时生效。”

宣判完毕，里夫斯向手下点了点头。于是那家伙走上前，把一张封条贴在阿布萨隆窝棚的门板上。这回里夫斯终于心满意足了，他把笔记本放回大衣的内袋，然后朝着克里斯托弗的方向点了点头。

“邓洛普先生，把他带走。”

在那一瞬间，杰克完全不敢相信他听到的这句话。

邓洛普伸手托着克里斯托弗的两边腋下，开始拖着他走向面包车。

“住手！”杰克尖声叫道。

抓佬也身体前倾，发出一声震耳欲聋的怒吼。

杰克向着克里斯托弗拔腿就跑，起步时隐约觉得好像把圆萝卜撞翻在地上。可是他已经顾不上许多了，他必须赶到克里斯托弗身边，他必须阻止他们！

邓洛普发现杰克正朝自己跑过来，于是随手把克里斯托弗往地上一摔，然后把手伸进大衣口袋。这时候，杰克撞上来了，邓洛普把他往后一推，杰克一个踉跄，好不容易才站稳了，又重新扑上前。

只见邓洛普从别在腰间的皮鞘里抽出一根金属长棍，只听见咔嗒一下，然后响起一连串咔嚓和吱吱的爆响，一道刺眼的蓝光激射而出。杰克觉得胸口好像被人重重地踹了一脚，整个人向后飞出去，摔倒在地上，又滑了一段，终于停在了埃丝特尔脚边。

他想尖叫，却怎么也叫不出来，好像话都堵在喉咙里了。埃丝特尔的脸出现在他上方，曼达一下子扑上来抱住他，开始号啕大哭。“杰克！杰克！你害死了杰克！”

杰克开始猛烈地抽搐，四肢和头部一阵阵痉挛。他隐约听到抓佬发出夹杂着愤怒和痛苦的吼声，然后是另一下咔嚓声，以及蓝色电光的吱吱声。

他勉力抬起头，刚好看到邓洛普拿着那根电棍逼着抓佬步步后退。接着又是一阵咔嚓和吱吱声，只见抓佬吼了一下，两只巨爪在空中乱抓。事到如今，他实在没办法，只能放弃了。邓洛普很随意地把电棍插回皮鞘里，然后把克里斯托弗从地上抬起来。

杰克只能眼睁睁看着好朋友被拖着穿过院子，到了面包车的车尾。克里斯托弗的眼神本来一直都很迷茫、空洞，可是这时候他的眼睛突然眨了一下，仿佛打开了一个开关——他开始大声尖叫、拼命挣扎。不过那个家伙太强壮了，无论克里斯托弗怎么踢怎么叫，怎么用脚跟在地上乱蹬，最后还是被塞进了面包车里。

在这一片混乱之中，里夫斯纹丝不动地站着，一声不吭，暗黑的眼睛里仿佛没有灵魂。

克里斯托弗发出最后一声尖叫，车门砰地关上，把他锁在里面了。

杰克躺在地上，十根手指就像蟹钳似的一张一合，不停地抽搐着。埃丝特尔抱着他的脑袋，正在默默地流眼泪。他看不到阿布萨隆，不过眼不见为净，反正他恨死这家伙了。杰克还想开口说话，可是他的脑袋一个劲儿地颤动着，依然是一个字也说不出口。这时候，圆萝卜跌跌撞撞地向他们跑过来，而那两个探员正在打开车门。

里夫斯转头看了众人最后一眼，就坐进了副驾驶座。

面包车驶出了废品处理场，车灯的亮光迅速消失在远方。

四周一片寂静，院子里只剩下抽咽的声音。

第二天早上，萝卜和曼达走进工作间，只见杰克正在用扳手拧紧左髋上的一颗螺帽，而抓佬就站在一旁看着。萝卜一下子就看出杰克正在干什么了。

“你为什么装两条新腿呢？”

刚开始，杰克忙着弄那颗螺帽，完全没听见。抓佬低声说了两句，杰克猛地抬头看着萝卜。只见他双眉紧皱，脸上带着一点很少见的怒气。

“什么？”他说。

“你为什么装新腿呢？”萝卜毫不顾忌地继续追问。

“不为什么。”杰克说，“只是旧的那两条……”

萝卜和曼达一起点了点头。

“因为昨晚那根带电的棍子，是吧?”曼达说。

杰克没有回答，不过萝卜看得出他的下巴在轻轻地颤抖。

“埃丝特尔说电会让很多东西不能正常运行，所以你的两条腿——”

杰克将扳手扔在地上，大声吼道：“不是因为那个，曼达！根本就不是!”

曼达低下头，将泰迪小熊紧紧地抱在胸前。大家都不说话，过了一会儿，抓佬磨了磨下颌，发出一下金属摩擦的声音。萝卜看了抓佬一眼，然后又看回杰克。

“是真的吗?”萝卜问。

杰克紧紧咬住牙关，低头弯腰捡起扳手。

“真的是因为电呀。”曼达吓坏了，却还在嘟囔着。

杰克把扳手拿在手里转来转去，始终没有抬头。

“阿布萨隆先生在办公室里面乱砸东西，还在叫嚷什么？精面推送法?”曼达低声问萝卜。

阿布萨隆把自己关在窝棚里，躲了整整一个晚上。到了清晨时分，大伙儿听见窝棚里传来一阵阵可怕的噪声。萝卜和曼达听见他声嘶力竭地吼叫，还在不停地乱扔东西，持续了整整半小时。打那以后，窝棚里就再也没有动静了。

“曼达……”杰克说着，很郁闷地长叹一声。

曼达盯着他。“你又要对我吼吗?”

杰克内疚地看着曼达。“不，曼达，不会的。我一开始就不应该对你吼，真对不起。”

“既然你道歉，那就原谅你吧。”曼达说。

杰克的眼神依然是那么阴暗，那么痛苦，不过他还是勉强挤出一丝微笑。

萝卜看着杰克的双腿，情不自禁地扬起了右边眉毛。不过同时他又不假思索地用食指及时把那根眉毛托住，不让它掉下来。

“这是你珍藏好久的宝贝新腿吗？你要参加派对吗？”萝卜问道。

杰克难过地摇了摇头：“不，萝卜，我不是去参加派对。”

“那你打算去哪儿呢？看样子你要去什么地方嘛。”

这时候，抓佬站起来，粗声粗气地说了些什么，然后用右手连续敲了自己胸膛三下：哐！哐！哐！

“真的吗？真的吗？真的吗？”萝卜一边问一边把脑袋在抓佬和杰克之间转来转去，几乎晕倒在地上。

虽然刚才杰克一直很不开心，可是这时候他突然咧嘴一笑，露出狡猾的神情。抓佬又吼了一句，又用拳头砸胸口——这一次他吼的更大声，砸得更大力了。

“太好啦！”曼达欢呼道。

萝卜茫然地仰头看着屋顶，好像还不敢相信自己刚刚听到的话。然后他回过头来看着杰克，笑了。“那么我们怎么做？怎样才能……？”

“我们先去跟他说。”杰克说。

第 9 章

“你给我听着，杰克，小伙子，这……你们哪儿也不能去……这还了得？要是，要是，要是……”

大伙儿站在院子里，阿布萨隆在他们面前踱来踱去。突然，他停下脚步，眯起眼睛，疑心重重地盯着杰克。

“等等！这两条腿不是你的！”他说。

“这两条是他出远门专用的宝贝腿呀，阿布萨隆先生。”萝卜在旁叽叽喳喳地说。

阿布萨隆又开始来回踱步了，而且这次走得比刚才快多了。他使劲搓着手，大声咆哮道：“好嘛！你们这回是想打我一个措手不及是吧。我为你们付出了那么多，你们就这样来报答我？好嘛，你们一定会后悔的！”他大声嚷嚷，用手指指着他们，“谁也不许离开这个大院！绝对不行！这就是我最后的决定，你们死心吧！”

说完，阿布萨隆站直了，啪的一下把衣领竖起来围着脖子，对着他们发出一声轻蔑的冷笑。然后他转身朝着窝棚办公室走去。他身后突然响起一声呼喊，喊声越过他，直飘到院子的另一头。

“格雷戈里!”

每一双眼睛都盯着杰克，阿布萨隆一下子僵住，连空气也仿佛凝固了。工程师缓缓地转过身来，一脸难以置信的表情。杰克继续往下说，声音很平稳，语气也很冷静。

“我们要走了，阿布萨隆先生。我们要去找克里斯托弗，你是拦不住的。”

阿布萨隆想说点什么，却一个字也挤不出来。他的呼吸在空气中凝成一团团白雾，他的双肩不住地起伏，就像小鸟的翅膀在一扇一扇。

杰克向其他人点了点头。“是时候出发了。”

然后他转身朝着卡车走去，其他人也紧跟在他身后。四周一片死寂，杰克想不到阿布萨隆竟然这么顺当地放他们走。可是当他打开车门时，身后终于传来了阿布萨隆的叫嚷声：“等……等等……等一下!”

杰克爬进驾驶室，坐在司机位上，正想关车门。阿布萨隆扑上来，一下子揪住车门把手，硬是把车门撑开了。

“你们不能走!”阿布萨隆吼道，他的目光突然充满了狂野和绝望。

“我们能走。”杰克说。

阿布萨隆开始喋喋不休地向着杰克唠叨；同时，抓佬帮助萝卜和曼达在座位上安顿好了。

“我不许你们走！”阿布萨隆尖叫道。

杰克想把车门拉上，可是阿布萨隆紧紧抓住车门把手不放，还想往驾驶室里挤。这时候，抓佬伸出大手，轻轻地拦在工程师的胸前。

“你们不能这样做！杰克！你们是属于我的！”

杰克摇了摇头，说：“我们现在不属于任何人了，阿布萨隆先生。”

抓佬笨手笨脚地爬上了后车厢，在他的重压之下，卡车嘎吱嘎吱作响，杰克觉得自己突然往下一沉——这种感觉太熟悉了。杰克集中注意力，开始舒展两条可伸缩的新腿，直到脚掌够到了脚踏板，他才暗自松了一口气。曼达高兴地拍着手掌，阿布萨隆痛苦地看了她一眼，然后用恳求的目光盯着杰克。

“求你了，杰克。”他呻吟着说。

杰克转动插进点火器里的车钥匙，发动机发出一阵断断续续的轰隆声，然后就起动了。

“再见了，阿布萨隆先生。”杰克说。

卡车开始动了。工程师还不死心，手忙脚乱地去抓车门把手，却一个踉跄跪倒在地上，只能无助地看着杰克一行开车出了院子大门。杰克看着侧后镜，只见那个抽泣的身影迷失在一座座垃圾山里，显得那么弱小，那么凄凉。杰克心里突然感到一阵刺痛——他有点内疚了。

杰克开着车，忽然觉得圆萝卜正在盯着自己，于是瞥了他一眼，只见他咬着上唇。萝卜猛然惊觉杰克留意到了，连忙看向别处。

“怎么了，萝卜？”杰克问。

萝卜把脑袋缩进肩膀里，用警惕的目光看着杰克。

“没事儿。”他嘟囔着回答。

杰克叹了一口气。“喂，萝卜，有话直说。”

萝卜好像在想事情，然后突然问道：“你害怕吗？”

杰克微笑着说：“我当然害怕了，要是完全不怕就不自然了。如果我有一颗心脏的话，现在肯定在怦怦乱跳呢。”

“不过我们还是非去不可。”萝卜斗志昂扬地说，他透过挡风玻璃盯着前方的道路，“因为他是我们的朋友。”

杰克紧紧地握住方向盘。“就是！”

大伙儿都不作声，过了好一会儿，一个细细的声音打破了沉默。

“我不害怕。”

杰克咧嘴一笑。“你好厉害，曼达。”

曼达板起脸，努力摆出最严肃的模样，还用力揪住泰迪熊，紧紧地捂在胸前。杰克忍不住咯咯地笑出声来。

“我们从哪里开始呢？”萝卜问。

“艾顿伯里村。”杰克说。

萝卜困惑地看着杰克。“克里斯托弗在艾顿伯里村？”

“笨蛋，不是啦，我们先去接一个人。”

艾顿伯里村在三英里外，不过这段路好像一眨眼就走完了。刚才杰克说的是大实话，他确实感到害怕。不过奇怪的是，一路下来，他心里开始感到一种莫名的兴奋。他觉得一切尽在自己的掌握之中，龟缩在废品处理场的小日子已经一去不返了；他觉得自己的生命正在扩大，他终于融入了广阔天地当中。

在这个清晨，村子里静悄悄的，他们在路上只遇到两个人。第一个是一位送牛奶的工人，正驾着马车慢悠悠地过桥。第二位是村里的邮递员——那家伙发现开车的竟然是杰克，顿时惊呆了，几乎一下子从自行车上摔下来。杰克猜这里的人很少遇上机械人，可能甚至连汽车也不多见。其实，杰克知道在伦敦的大街小巷，像他这样的机械人开车一点也不罕见。

他们的卡车开到了巴纳比老太太的出租房外。这是一座高大坚固的房子，墙上还开了十几个窗户，曼达一看就喜欢上这里了。

“埃丝特尔就住这儿吗？”她问。

“是的。”杰克答道。

“好像一个宫殿呀。”她充满渴望地说。

路上一辆车也没有。杰克微笑着把卡车停在房子前大门外，大伙儿纷纷从车里爬出来。抓佬正想跟着他们下车，杰克却吩咐他留在车上。他们踏上一条用奶油色小石子铺成的羊肠小道，曼达陶醉地看着四周景物，每个细节也不愿放过。

房子正门是紫红色的，显然是刚上过漆。杰克敲了两下门，萝卜用手肘撞了他一下，点头示意他看看自己的腿。杰克这才留意到自己比平常高了整整一英尺。他刚刚把腿缩短，门就打开了。开门的是一个长着棱角脸、尖鼻子的女仆。她看了大伙儿一眼，顿时皱起了眉头。

“你们想干吗？”她问。

“我们来找埃丝特尔。”杰克说。

这女人逐个打量他们，然后看着他们身后的卡车。抓佬刚好在伸懒腰，发出一声响亮的呻吟。女人的眉头皱得更深了。

“你们的主人是谁？”她问。

杰克刚刚开口想回答，却被萝卜抢先一步。

“我们再也没有主人了。”他兴高采烈地说。

那个女人和杰克同时想开口说话，可是萝卜一打开话匣子就停不下来了。

“我们来找埃丝特尔，看她能不能帮我们一起去找克里斯托弗。他是我们的朋友，我们一直以为他是真人，后来才发现他不是。有两个家伙过来把他抓走了，还警告阿布萨隆先生，说他犯了法，所以必须放弃废品处理场。卡车上面的是抓佬，他可强壮了，有一次我亲眼看见他把整台拖拉机举起来呢！这位是曼达，她是最小巧玲珑的。这位是杰克——这双不是他平常用的腿，而是他的开车专用伸缩腿。我叫圆萝卜，用阿布萨隆先生的话说，我这人没什么用，不过你只要花六便士就可以把我从山顶滚下去，我是无怨无悔啊。”

说到这里，萝卜突然打住了——就像他刚才开口时那么突然——然后给女人送上一个灿烂的笑容。女人看着他，张开嘴巴却说不出话来。一时间，大家都默然不语。

“这里是一个宫殿吗？”曼达突然问。

女人警惕地看着他们，最后用大拇指朝着房子后面的方向指了指。

“在后院。”说完她就把门关上了。

大家一起看着杰克，杰克很快地向他们点了点头。

于是大伙儿小心翼翼地从房子侧面绕道，走进了后院。只见院子里有一个长条形的窝棚，棚子里堆满了干草；一头小山羊系在一根柱子上，还有一个机械人小男孩正把一些蔬菜往一辆手推车上放。

“埃丝特尔在哪里？”萝卜问。

机械小男孩听了，猛地抬起头，然后往窝棚一指。大伙儿一起走进棚子里，萝卜是第一个看见埃丝特尔的——她就躺在干草堆上。

“埃丝特尔！”萝卜大声喊道。

只听见嗖的一下，埃丝特尔整个人坐直了，头发里还插着几根稻草。“什么事？什么事？”她嚷道。然后她看见站在面前的原来是几位朋友，于是她狠狠地眨了眨眼睛。她的脸上本来就没什么血色，现在变得越来越苍白了。紧接着，她的脸突然涨成了深红色，红得让杰克担心起来，怕她的脑袋会突然爆炸。

“你们来干吗？”埃丝特尔大声质问。她竭力摆出权威的架势，效果却不甚理想。这也难怪，毕竟她刚从干草堆上跳下来，脚跟还没站稳呢，怎么扮权威？

埃丝特尔手忙脚乱地拍掉身上的干草，马上用大衣裹住全身，再用一根旧皮带系好。不过杰克已经瞥见她里面的衣服破破烂烂，两只袜子也不是一对，上面还有洞呢。

“喂，怎么回事？”她继续逼问。她想让声音显得铿锵有力，可是话说出口时却变成了尖细的吱吱声。这时候，她的脸色已经平复了一点，却还残留着一抹鲜明的嫣红。

萝卜皱起眉头。“你为什么睡干草堆上，埃丝特尔？”

“这是你的床吗？”曼达问。

“你是在玩捉迷藏吗？”萝卜接着问，然后咧嘴一笑，神情里充满了渴望。

这时候，杰克发现埃丝特尔的脸色变来变去，眼看就要发作了。他觉得这样不妥，连忙开口打圆场。

“我们是来找你的，埃丝特尔。我们想你跟我们一起出发，帮我们找克里斯托弗。”

埃丝特尔警惕地盯着他们。“为什么？”

“因为你见多识广呀！而且你又是我们的朋友。”萝卜说。

埃丝特尔的肩膀稍稍放松了一点，可是她看起来依然很警惕，依然充满了戒心。

“我不能说走就走。”她说。

“为什么不能？”萝卜问道。

埃丝特尔一脸的困惑，显然是在搜肠刮肚地思考该怎么回答萝卜这个问题。“我还有……活儿要干。”她最后来了这么一句。

“你有什么活儿要干呀？”杰克问道，“你连牌照也没有，埃丝特尔，阿布萨隆先生就是你最大的雇主。”

“我在这儿也打些散工。”埃丝特尔说。可是杰克看得出来，这话一说出口她就后悔了。她浑身不自在地站着，把身体重心在两只脚之间移来移去，恨不得在地上找条缝钻进去，避开众人的目光。

杰克看着那个正在装车的机械男孩。只见他脸上的皮肤有些裂缝，露出了里面锈迹斑斑的青铜色金属支架；而且他最轻微的举动也会发出嘎吱嘎吱的声响。

杰克又回头看着埃丝特尔，实在受不了她满脸羞惭的神色。其实杰克一走进后院就看出了埃丝特尔的窘况，对她是又同情，又生气。埃丝特尔不能合法从事造皮匠的工作，因为她是女孩，而法律规定女性不得从事任何与机械人制造业有关的工作。所以她只能给巴纳比老太太打些散工，才能有地方住。她干的活儿只有机械人才会去做，只是巴纳比老太太很抠门，舍不得买新型号，所以她才有活儿干。

“跟我们走吧。”他说。

埃丝特尔看起来很犹豫。

“求你了，埃丝特尔。”萝卜说，“要是路上我鼻子掉了，谁帮我装回去呢?”

埃丝特尔看着杰克，杰克向她笑了笑，以示鼓励。终于，埃丝特尔伸手拿了靴子，然后坐下来开始穿鞋。“你们去前面等我，”她说，“我收拾一下就来。”

几分钟后，她来到卡车这里，还拎着一个装满了工具的帆布书包。抓佬把书包接过来，轻轻地放在后车厢里。埃丝特尔挤进车里，坐在萝卜和曼达中间，看样子还是有点魂不守舍。只见她把头发全部拨到肩膀后面，使劲地摇了摇脑袋，竭力显示出强横的样子。杰克从没见过她这么狼狈。

“好了。”她说，“你们的计划是什么?”

大伙儿一起看着杰克。

“我们还没有计划呢。”他说。

在这个瞬间，大伙儿都熟悉的那个埃丝特尔又回来了。她的声音沉稳，一举一动幅度不大，却仿佛一切都在掌握之中。

“你们没有制订计划?”她说。

“目前还没有。”杰克硬着头皮说。

“那你来找我干吗?”

“我想着你能帮忙呀，哪怕给我们出点主意也好。”

埃丝特尔扭过头去不看他，斜着眼睛凝视着窗外。

“他会在伦敦。”过了一会儿，她说，“他们会把他抓到管理局的总部。”

“那我们就去伦敦好了！”萝卜叫道。

“这事没那么简单。”埃丝特尔说。

杰克叹了一口气，点点头表示同意。

埃丝特尔一边自言自语，一边发出啧啧的声音。“我们得从这事情的开端想起。他们为什么要抓他？克里斯托弗为什么那么重要？”

“他是从哪里来的？”杰克提议说。

“在你们看来，一个怎样的机械人才算是重要呢？”埃丝特尔问道。

萝卜听了，拼命地挠自己脑袋。杰克想了想，转头看着埃丝特尔。

“取决于我们这产品有多好。”

“谁能够制造一个好产品呢？”埃丝特尔继续问。

“一个好的工程师。”杰克说。

“或者一个伟大的工程师。”埃丝特尔补充道。

杰克向后靠在椅背上，仔细想着她的话，然后又抬头看着她。“当时我在阿布萨隆先生的窝棚里，听见那个叫里夫斯的家伙说起什么精炼推送法。”杰克突然觉得车上的每一双眼睛都在盯着自己，接下来的这句话几乎说不出口。“我想，克里斯托弗是有灵魂的。”

埃丝特尔点了点头。萝卜的两只眼睛睁得更大了，杰克担心那两个眼珠子会从萝卜脑袋上掉下来。

“发明精炼推送法的工程师正是柯米尔。”埃丝特尔说。

“精炼推送法是什么？”曼达问。

“他是有灵魂的，曼达！”萝卜上气不接下气地说，“克里斯托弗脑子里有一个灵魂，他和真人很相像啊！”

“那么他就是柯米尔级的机械人了，对吧？他肯定是！”杰克说。

埃丝特尔点头赞成。

“你见过原版的柯米尔真品机械人吗，埃丝特尔？”杰克问道。

埃丝特尔摇头说：“没见过。不过像克里斯托弗这么以假乱真的型号，肯定是柯米尔亲手做的。”

“他会不会是布莱克级的产品呢？”杰克又问。

“我没见过布莱克机械人，不过我猜你一眼就能看出那是机械人，因为布莱克的产品跟柯米尔的相比总是差那么一点——某个关节没弄好，有只眼睛不对劲儿，或者是说话的方式有点怪……反正总会有缺陷。而且布莱克从来没有学会授魂，这门技术只有柯米尔懂。”

“柯米尔级。”杰克喃喃自语。他的眼睛睁得特别大，目光里充满了欢喜。

“克里斯托弗也许是世界上最后一批原装柯米尔真品当中的一员，所以才那么珍贵。”埃丝特尔说。

“那么我们这就去伦敦，把克里斯托弗接回来？”萝卜问道。

“我们不能这样做，萝卜。”杰克说，“我们不能就这样跑去要人的，只有他的主人或者制造他的工程师有权这样做，可是现在他没主人了。”

萝卜一下子瘫倒在车座里，埃丝特尔若有所思地看着仪表盘。

“我们就去问问不行吗？”曼达说，“如果我们让埃丝特尔进去，好好地问……”

杰克难过地摇了摇头。

于是大家都不说话了。杰克绞尽脑汁地想也想不出对策，于是他用恳求的目光看了埃丝特尔一眼，希望她能提出一个好主意。可是埃丝特尔只顾着扭头看窗外，没空理他。

“那我们怎么办？”萝卜问。

“我们还是去伦敦。”埃丝特尔说。

“可是这样去没有意义啊。我们不是他的主人，也不是造他的工程师，人家根本就不会理睬我们。”杰克说。

“只要带上工程师就可以了。”埃丝特尔一边说，一边用拇指和食指捏着下嘴唇，显出深思熟虑的样子。

杰克看着她，难以置信地摇了摇头。“他不会去的。”

埃丝特尔侧着脑袋嘿嘿一笑。“不一定，我们可以去问一下。”

“问谁？问什么？”萝卜说。

“去问菲利普·柯米尔，求他帮我们去管理局要回克里斯托弗。”杰克说。

萝卜皱起眉。“可是我们怎么问呢？”

“对啊，怎么问呢?”杰克说。其实他完全知道这个问题的答案是什么。

埃丝特尔终于转过头来看着杰克，脸上露出了微笑。埃丝特尔竟然会笑?！杰克吓了一跳，几乎从座位上摔下来。

“我们这就去安乐铁乡。”她说，“直接开到菲利普·柯米尔家门口。”

第 10 章

“别把这里看成监狱，就当这儿是家好了。”

监狱？克里斯托弗想道，这里肯定不是管理局的总部，他们为什么把我带到这儿来呢？

他们身处一片宽阔的平原中。里夫斯先生脸带微笑，仰望着矗立在眼前的一栋巨大建筑物。这栋灰色的大厦即使沐浴在晨光里，还是显得很丑陋。它的外墙镶了好几十个窗户，每个都特别狭窄，密密麻麻的，就像一块被青苔覆盖的石头上面的一条条裂缝。大颗大颗的露珠顺着窗户往下滚，留下一道道黑色的痕迹。大门也是黑色的，看起来就像一个恐怖的黑洞，仿佛是这座建筑物饱受折磨，正在张开嘴巴大声惨叫。他们走向这座庞然大物时，克里斯托弗瞥见大厦后面有一片破败的墓地，墓地里长满了潮湿的苔藓，还点缀着零星的灰色墓碑。废弃的金属堆成一座座小山，散落在墓园的四周。

“人们把这里叫作‘危崖居’。”里夫斯先生说，脸上露出得意的微笑。可是克里斯托弗一心想着杰克他们，哪有心思听他讲废话。不过一想到小伙伴们，他就觉得心头一阵剧痛。于是他强忍心痛，狠狠地咽了一下口水，竭尽全力不让眼泪流出来。为了掩饰心中的伤痛，他开口说话了。可是他的声音很小，就像沙哑的低语，听起来可怜兮兮的——克里斯托弗恨自己这么不争气！而且他看见里夫斯的眼睛里充满了残酷的笑意，心里更加难受了。

“没听说过。”克里斯托弗说。

里夫斯弯下腰来，用傲慢的目光看着他。

“你当然没听说过了。”他说，“危崖居是一个很特别的地方。不过正如我刚才说的，你现在可以把它叫作家了。”

克里斯托弗低头看着脚边的小草，只见草叶绿得苍白，叶面上还布满了棕色的斑点，仿佛这个监狱的地基有剧毒，把邻近的土地都污染了。

里夫斯凑到他面前。“我说，你可以把它叫作家了。”

克里斯托弗看了一下里夫斯的脸，马上又把目光跳开。

“快说，把那个字说出来！”里夫斯恶狠狠地说。

克里斯托弗闭上眼睛，想着废品处理场，想着杰克、萝卜、抓佬和曼达，然后硬是把抽咽吞回肚子里。

“家。”他说。

“再说一次。”里夫斯低声说。

“家。”克里斯托弗又说了一次。这回，他鼓起勇气看着里夫斯。虽然他的嘴唇和下巴在不停地颤抖，可是他希望自己的眼神是不屈的。

“好孩子。”里夫斯一边说一边揉了揉克里斯托弗的头发。克里斯托弗突然觉得无比的恶心，浑身上下打了一个冷战。里夫斯还在得意扬扬地笑着，完全没留意小孩的反应。然后他转身看着同伴。

“邓洛普先生，有劳你了。”

邓洛普先生咕哝了一句，然后从衣服里掏出一大串钥匙。他把其中一把钥匙插进前门巨大的挂锁里，咔嗒一声巨响，挂锁打开了。两人一前一后，押着克里斯托弗穿过大门，走进一个大院子里。

院子里和院子外的世界一样，都是那么阴森。院子中心隆起一个个巨大的、用防水帆布盖住的小丘，底下露出一些废金属、旧轮子和轮胎。四周的高墙仿佛要压下来，形成一种强烈的逼迫感，好像快要把空气都榨干了。克里斯托弗的世界变得越来越小，他突然喉咙一紧，一阵眩晕。

可是我又不用呼吸空气，他想道，怎么会觉得头晕眼花呢？

邓洛普先生又拿出那串钥匙，打开了大厦金属门的锁，然后用一把扳手将门拉开，只见一片片铁锈从门边纷纷散落。他们走进一条走廊里，克里斯托弗闻到潮湿的空气中有一股陈腐的石头气味。

这条长廊铺着水泥地面，两旁的墙壁涂成苍白的绿色。大片大片的油漆已经剥落；霉菌和潮气凝成的水滴聚集在一起，随机在墙上形成一块块斑纹。他们在长廊里走了大约五十英尺，路上还打开了另一扇铁门，最后终于来到一组双扇门前。

里夫斯先敲了敲门，然后把两扇门推开，带领其余两人走进了一个巨大的实验室。这里面是一片水泥般的灰色，在一面墙上嵌着一条蓝白相间的马赛克瓷砖，从墙的一端延伸到另一端。这面墙上还镶着一个水池和几个不锈钢架子。房间里有几辆锈迹斑斑的手术推车，上面放着一堆堆零件、电线和金属片。实验室另一端的角落里有一个巨大的液压冲床，门的左侧摆放着一张好像牙医诊所专用的椅子。

房间中心站着一个人，背对着他们，正在操作一堆复杂的银色电线和管子。

“嗯?”那个人头也不回地问。

里夫斯清了清嗓子。“已经按您的吩咐，把那台设备取回来了，先生。”

那人开了某个开关，一根玻璃管子里的电线马上闪出蓝色的火花。“很好。”他说。克里斯托弗不知道他是在称赞里夫斯还是在说自己手头上的工作。

那人转过身来，从身旁的工作台上拿起一块布，开始擦拭手上的机油。只见他三十出头，相貌英俊，五官精致，梳着一个整整齐齐的大背头。不过他身上那件长可及地的灰色皮围裙跟他温文尔雅的姿态显得格格不入。

“很好。”他微笑着说，“好极了。”

然后他伸出手，大步向着克里斯托弗走过来。克里斯托弗被他这副友好的姿态惊呆了，不假思索地伸出了自己的手。那人用两只手一起握住他的手，使劲摇了几下。

“终于见到你了，我实在是说不出地开心。”他说。

那个人的笑容很灿烂，月牙嘴形，完美的牙齿，连闪闪发亮的深蓝眼睛也带着笑意。事态的发展完全出乎克里斯托弗的意料，他觉得措手不及，想开口说点什么，却一个字也说不出来。

那人单膝跪在克里斯托弗跟前，双眼不住地打量着他的面容。

“了不起！绝对是了不起！”那人说，“过程中遇到了什么阻碍吗？”他问里夫斯，眼睛却还盯着克里斯托弗。

“没有，先生，基本没抵抗。”里夫斯答道。

“那个工程师呢？”

里夫斯从鼻子里哼了一声。“这家伙哪有资格叫工程师，我已经把他搞定了。他以为自己会一直处于管理局的严密监视之下，所以绝不敢把昨晚发生的事情泄露出去。”

那人开心地拍着手。“哈哈，对，管理局。这么说来，我们这招真管用嘛。很好，很好。”他继续查看克里斯托弗，脸上的笑容更显灿烂。

克里斯托弗顿时蒙了，只觉得头昏脑涨。如果这些人不是管理局的探员，那么他们到底是谁呢？感觉这一切都不合理呀！到底发生了什么事情呢？

这人抬起双手，做了一个安抚的手势。“克里斯托弗，我看得出来，你现在觉得很困惑。可是马上就会真相大白了。”

“你怎么知道我名字的？”克里斯托弗冲口说道。

那人站起来，微笑着俯视克里斯托弗，又伸手拨弄了一下他的头发，然后转身面对里夫斯，完全把他的问题忽略了。

“他几岁了？”

“号称十二岁，实际当然老得多。”里夫斯答道。

“当然了。”那人说，若有所思地敲着下巴，“他的记忆呢？”

“记忆有流失，很可能是由精神创伤导致的，而且我怀疑后来还被篡改过。”

“这么说来，他上过补丁？”

“那家伙自己说的。”

那人点了点头。克里斯托弗两眼四处乱瞄，两人的谈话逐渐变成了嗡嗡的背景噪声。突然，他心头一热，顿时觉得满腔激愤。

“我为什么在这里？你是谁？”他大声质问。

里夫斯眨了眨眼睛，而那人则显出惊奇的神色。克里斯托弗更加愤怒了。

“不好意思。”那人说，“我应该先介绍自己的。我叫理查德·布莱克，查尔斯·布莱克正是先父。谦虚来说，我和先父，都是当代最伟大的工程师之一。”

说完，他脸上又出现了灿烂的笑容，仿佛期待着万众欢呼。

“我要回家！”克里斯托弗喊道。

布莱克的笑容动摇了，露出了失望的神色。“可是，我亲爱的克里斯托弗，你已经回到家了呀。”

克里斯托弗踉踉跄跄地向后退，口中喃喃地说：“我要回家。”邓洛普想扑过来抓他，却被布莱克挥挥手制止了。他跪在克里斯托弗面前，扶着他的双肩。

“听我说，克里斯托弗，既然你已经来了，这里就是你的新家了。你会帮助我们做研究，我们的成果将会流芳百世，你明白吗？”

克里斯托弗看着布莱克，又是一阵头晕目眩，好像被人打了一拳。眼前这一切仿佛已经超出了他的承受范围。

“你在说什么呢？”他问道。

布莱克捏着他的肩膀。“我们准备改变这个世界，克里斯托弗。你和我齐心合力，把这个世界变得更美好！”

克里斯托弗心中的愤怒开始渐渐平息，现在他觉得精疲力竭，眼泪也快要流出来了。当克里斯托弗开始哭泣的时候，布莱克惊讶地张开嘴巴，又开始仔细打量着他的脸孔，仿佛在欣赏一个奇迹。

“了不起啊！”布莱克倒抽一口凉气，“用来制造眼泪的模仿机制，情感转换过程中的流畅性和机动性……多少个世纪以来涌现出那么多天才，却没有一个能创造出这样的杰作。”布莱克站起来，惊诧地摇着头，“绝对是了不起啊！”

布莱克跟里夫斯低声商量了一会儿，然后邓洛普押解着克里斯托弗走出了实验室的双扇门，沿着长廊往回走。里夫斯一直跟在两人身后。

克里斯托弗不用看也知道，对于他的难过，里夫斯是幸灾乐祸的。他那一脸诡异的笑容让克里斯托弗觉得身边的空气都变得黏稠滑腻起来。

他们转了一个直角的急弯，走进了右边一条比较窄的走廊里。走廊两侧各有十几扇铁门，每扇门顶都镶了一个装着铁栅栏的窄窗。

邓洛普先生打开其中一扇门，然后闪身让克里斯托弗进去。

克里斯托弗迟疑了。他想跑，却知道这样做没用。这时候，邓洛普撩开大衣，右手搭在别在腰间的电棍上。

“不至于这样，邓洛普先生。”里夫斯说道，然后朝着克里斯托弗使了个眼色。在这一瞬间，克里斯托弗突然感到一阵冲动，只想扑过去把这家伙的眼珠子也挖下来。可是这种感觉稍纵即逝，他心中马上又被绝望和沮丧重新占据——他很想吐。就这样，仿佛有一股大力在背后推着克里斯托弗，迫使他身不由己地向前迈步，走进了小牢房里。

“这才是好孩子嘛。”里夫斯说。

克里斯托弗觉得身后刮过一股微风，然后是铁门关上的哐当声。他回头一看，只见里夫斯那双狡猾且恶毒的眼睛正透过小铁窗盯着他。

“家。”说完他就走了。

四周只剩下让人窒息的死寂。克里斯托弗觉得脑子里一片麻木，不知道该怎么办才好，只能怔怔地看着那扇方形的小窗。

然后他觉得脚下一软，整个人倒在了一张小铁床的旁边。克里斯托弗想起了杰克，又想起了圆萝卜、抓佬、曼达和埃丝特尔。他又哭了，这一次，眼泪汹涌着夺眶而出。

第 11 章

安乐铁乡下起了倾盆大雨。

杰克从来没有见过这种景象。当时，他们开着车前行，到了傍晚时分，前方出现了一个错综复杂的世界，里面堆满了各种东西：塔楼、房子、电塔、树木、山丘……它们都是用金属做的，黑色的表面光滑流畅，在越发昏暗的暮色中闪闪发亮。这堆东西有点像阿布萨隆废品处理场里堆放的垃圾，不过这些“垃圾”是有规律的，也是有存在意义的。

“这些东西是谁做的？”曼达问道。

“机械人。”一脸晦气的埃丝特尔答道。在一英里前，她看见路边竖着一块标志牌，上面写着“活人勿入”。打那以后，她就一直黑着脸。路上还有其他类似的标志牌，上面都是些字迹潦草的涂鸦，写着诸如“此处无活人”“不欢迎活人”等语句。

“创造安乐铁乡的都是被丢弃的或者擅离职守的机械人。”埃丝特尔继续说，“以前并没有法律规定人类应该怎样处理自己的机械人，他们通常把旧的机器人往路边一扔就不管了。被抛弃的机械人就四处流浪，直到有人把他们领走为止。新主人通常会继续使唤他们干活儿，或者把他们给熔了。”

萝卜打了一个冷战。

埃丝特尔继续说：“可是在安乐铁乡，没有人类的干涉，机械人可以为所欲为。他们开始建造自己的家园，于是这个城镇就开始成型和壮大。政府还没想好拿这个地方怎么办，柯米尔就搬进来，还宣布安乐铁乡正式独立。”说到这里，他们经过了一个写着“活人勿近，回头是岸!”的牌子，埃丝特尔悻悻地盯着这块牌子，“而且柯米尔禁止真人进城。”

“为什么政府不管管他呢?”杰克问道。

埃丝特尔耸了耸肩。“因为他是菲利普·柯米尔，人类历史上最伟大的工程师。政府也不想得罪他呀。”

“为什么不想得罪他呢?”萝卜问。

埃丝特尔转头看着萝卜。“萝卜啊，对付一个爱发脾气的小孩，有时候最容易的办法就是，他要什么就给什么。”

萝卜听了皱起眉，用手抓自己下巴。沉思片刻后，他终于点了点头。

他们距离安乐铁乡越来越近，雨也越来越大。到后来，雨幕仿佛变成了一堵无法穿越的灰色墙壁。雨点砸在车顶上，发出巨大的声响，他们要高声喊话才能压过大雨的声音。

他们离小城越近，杰克就对这里愈加赞叹。这里竟然有树，但都是用金属做的：铁树干、锡树皮和铜树叶。那些房子都是有棱有角的，一个个好像被胡乱摞在一起。而在杰克眼中，它们的构造和摆放方式却都显得很合理。这个城镇虽然是机械人搭建的，可是感觉它好像是从地里长出来似的。

这时候，杰克分神了，因为他突然留意到埃丝特尔正在低头呻吟。他转头一看，只见她正在揉太阳穴。

“怎么了，埃丝特尔？”

“没事，继续往前开！”埃丝特尔没好气地说。

于是他们又往前开了一会儿，路上一个人也见不到。不久，他们来到一条窄路上。

“停车！”埃丝特尔喝道，“我看见有人。”

只见前方有一个人影正在过马路。那人的四肢很细长，有点像蜘蛛腿。他转过头来看着卡车，杰克连忙刹车，在那人跟前三四英尺的地方停住了。杰克转头看着埃丝特尔，只见她正在揉前额。

“大伙儿都下车。”她说。

众人好不容易从卡车里爬出来，那机械人也迈开大步走到他们跟前。在噼噼啪啪的雨声中，他们还是能听见那人四肢发出的哐当声。杰克朝着他迈出一步。

“劳烦您，我们想找菲利普·柯米尔，请问他在哪儿呢？”他问。

杰克看见那人有一张愁苦的长脸和一双又大又圆的眼睛。然后他的心突然咯噔一沉，因为他发现这个机械人没有嘴巴。

“是个哑巴机械人。”埃丝特尔说。

哑巴看着他们。他的两腿是弯的，后背是驼的，右手也不见了。大家都不说话，只有雨滴打在他圆溜溜的黄铜脑袋上发出的叮咚声。哑巴继续用一双饱含悲怆的眼睛凝视着他们。

“什么叫哑巴机械人，埃丝特尔？”萝卜低声问道，眼睛还一直盯着这个正在观察他们的陌生人。

“哑巴机械人不能讲话，通常只在工厂里干活儿。有些人不想听用人唠叨，也会雇用哑巴。我开始明白为什么他们不想听别人唠叨了。”

杰克狠狠地瞪了埃丝特尔一眼。她的讥讽本来就让他很不爽，更何况她讥讽的对象是萝卜呢！不过埃丝特尔完全没留意杰克，她还在忙着揉太阳穴呢。

杰克继续迈步朝着哑巴机械人走去。

“柯米尔，你知道柯米尔在哪里吗？”

哑巴上上下下地打量着杰克，脖子的铰链发出嘎吱嘎吱的声响。他缓缓地抬起右臂，指向马路对面的一间棚屋。只见柔和的橙色亮光从那间屋里散发出来。

“他在那儿吗？”杰克问。

哑巴放下手臂，又上上下下地看着杰克，然后摇了摇头。

“可是——”

哑巴又抬起手臂，还是指着那间棚屋。

“我猜他是让我们去那里问，埃丝特尔。”杰克说。

“去就去！”埃丝特尔没好气地说，然后跺着脚向棚屋走去，溅起一路水花。走近了，他们看见棚屋外有一个细小的人影——原来是一个还不到一英尺高的旧洋娃娃。她头戴一顶湿淋淋的破烂小圆帽，身上套着一件脏兮兮的旧围裙，正在来来回回地踱步，口中反反复复地说着“妈妈”两个字。突然，她停下脚步，扭头看着他们。过了一会儿，她看够了，于是又重新来回走动，继续念叨着“妈妈”。

埃丝特尔走到棚屋的门前——其实这根本算不上一道门，只是一块金属板斜搭在门框上，看样子摇摇欲坠。而曼达则目瞪口呆地凝视着一棵树，然后伸出手，用拇指和食指捏住一片树叶。这片叶子镶着金丝和银丝，做工很精细。“哇！”曼达赞叹道，“太漂亮了。”

“离那儿远点，曼达！”埃丝特尔板着脸说。

然后她开始嘭嘭嘭地砸门。杰克想不到她会这么狂暴，被那砸门声吓得往后一缩。*敲门不需要这么大力吧*，他想。意外的是，屋子里竟然传出一个很平静的声音：“什么事？”

“我们找柯米尔。”埃丝特尔说。

没有回答。

“我们可以进来吗？”她生气地问。

突然，门里伸出一个男孩的脑袋，把大伙儿吓得直往后缩。萝卜向后跳的时候用力过猛，一下子失去平衡，两条手臂在空中乱摆。幸好抓佬很体贴，伸手轻轻扶了他一下，萝卜才没有摔倒在一洼雨水当中。

“你们知道吗，从约翰奥格罗茨到兰兹角[①]的距离是六百零三英里？”男孩说。

大家怔怔地看着这个男孩。只见他左半脸没有皮肤，右半脸的皮肤也开始脱落了，他的脑袋布满刮痕，磨损得很严重。不过他的眼睛还是那么清澈明亮。

“可以。”他笑着说。

“什么？”杰克问。

“你们可以进来。”

说完，男孩侧身让开。于是抓佬把金属板掀开，好让大伙儿挤进去。埃丝特尔吩咐抓佬在门外等着，然后深深吸了一口气，迈步走进棚屋里。

① 约翰奥格罗茨（John O’Groats）位于苏格兰东北角，兰兹角（Land’s End）位于英格兰西南角，是英格兰主岛的两端。——译者注

第 12 章

等大伙儿都走进了棚屋，男孩转身说："尼斯湖的淡水存量比英格兰和苏格兰境内所有淡水湖的总水量还多。"

"真有意思。"萝卜说，"这些小知识很有意思呀，对吧？"他转头对朋友们说。

"太厉害了。"埃丝特尔说。她愁眉苦脸的，还用手掌根部揉着右边太阳穴。

"他不在这儿。"另一个声音说。

大家一起向棚屋深处看去，只见里面有一张矮桌，桌上放着一盏油灯，柔和的灯光洒满了室内。桌子右侧站着一个机械男孩，说话的正是他。这男孩的状况看起来还可以，可是他有不止两条腿。他脖子上挂着一条锁链，锁链两端还各自连着一颗脑袋。这两颗额外脑袋的形状和样子跟他们在外面见到的哑巴机械人的很相近。

"这位是比利。"几条腿的男孩指着半张脸的男孩说，"他的知识很渊博，以前曾经在狂欢节上主持知识问答竞赛。”

比利稍稍鞠了一躬。“你们知道吗，大本钟（伊丽莎白塔）是从 1859 年 5 月 31 日开始运行的?”

萝卜惊讶地摇着头。

“我是六腿山姆。”男孩说。

萝卜嘴唇一动一动地，却没有发出声音，他的食指在空中戳了几下，好像在数男孩有几条腿。“你只有五条腿呀。”

山姆微笑着说：“我曾经有六条腿，现在希望能快点装上第六条腿吧。”他指着右肩膀上的那个脑袋，“这位是蒂姆。”又指着另一个脑袋，“这位是汤姆。”然后他皱起眉头，有点沮丧地说，“我是不是又说反了呢？我怎么也记不住。”

两个脑袋一同翻起了白眼。

“没关系了。”山姆抖擞精神，拍了拍手掌，继续说道，“有什么需要我们帮忙的吗?”

“我们想找菲利普 · 柯米尔。”埃丝特尔说，“你能不能告诉我们，哪儿可以找到他呢?”

这时候，屋外“妈妈，妈妈”的声音逐渐靠近，只见那个洋娃娃走进棚屋里，还在来回踱步。

“噢，对了，这位是黛西。”山姆笑得很灿烂。

“菲利普 · 柯米尔号称工程学之父，许多人认为他是有史以来最伟大的工程师。”比利说。

埃丝特尔哭丧着脸。“那他到底在哪儿呀？”

“在铁屋。”山姆答道。

“妈妈，妈妈。”

“六乘以六等于几？”萝卜问比利。

“三十六。”比利说。

“他真厉害，是吧？”萝卜朝着杰克咧嘴笑道。

“这题我也会。”杰克说。

“妈妈，妈妈。”

埃丝特尔闭上眼睛，好像很难集中注意力。“你说的铁屋又是在哪儿呀？”

山姆和比利同时举起手，却指着两个完全不同的方向。这时候，黛西开始绕着埃丝特尔转圈……埃丝特尔看起来好像要爆炸了。

“妈妈。”

“哪儿……”埃丝特尔刚一开口，马上就停住了。她的脸部也扭曲了，好像正在忍受极大的痛苦。

“……妈妈。”

“这……在哪儿——”

“地球一共有五大洋。”比利说。

“妈妈，妈妈。”

“哪个才是？”埃丝特尔问。

“哪个才是什么？”山姆问道。

“哪个才是去柯米尔家的方向啊!”埃丝特尔大声喊道。

两条手臂又同时举起来，这一次却指向了另外两个方向。

“妈妈，妈妈。”黛西凄凉地叫着，竟然抬起头盯住埃丝特尔。

“你为什么要找柯米尔呢?”山姆问。

“珠穆朗玛峰是世界上最高的山峰。”比利说。

“妈妈，妈——”

暴怒的埃丝特尔突然捡起黛西，一下子把她甩出门外。她紧握双拳，蹲在地上大吼：“那些树都在尖叫!”

大伙儿都惊呆了，棚屋里一片寂静，只有雨点敲打锡皮屋顶的声响。所有人的目光都集中在埃丝特尔身上。这时候，比利轻声说道：“中国的首都是北京。”

埃丝特尔呻吟了一声，跪倒在地上，双手捂住耳朵。萝卜走过来，用一只手搭在她肩膀上。

“怎么了，埃丝特尔?”

“是那些树在作怪。”山姆说，“它们都是柯米尔先生做的，能发出一些只有真人能听见的、刺耳的声音。这也是为什么你在安乐铁乡只见到机械人。”

说完，山姆开始翻一个装杂物的木头箱子。翻了一会儿，他从里面找出一对耳罩，拿到埃丝特尔跟前。当埃丝特尔抬起头时，杰克看见她的眼神很痛苦，苍白的脸上隐隐现出一种死灰色，看样子快要呕吐了。埃丝特尔接过耳罩戴好，深锁的眉毛一下子就松开了，脸色也顿时缓和下来，还露出了感激的神情。

“我们需要找柯米尔！”埃丝特尔喊道。杰克连忙打手势，提醒她说话太大声了。于是她压低声音说：“我们需要找到他住的地方。”

这时候，萝卜走出去了。

“我可以给你指路。”山姆说，“不过我先警告你，他已经很多年没出过家门了。”

“为什么呢？”杰克问。

这时候，萝卜又走进来了。他一手抱着黛西，另一只手轻轻地捂着她的嘴巴。黛西依然念念有词：“妈妈，妈妈。”

山姆耸了耸肩。“没人知道。”

“就连我也不知道。一百的平方根是十。”比利说。

“我们在这里很久了，”山姆说，“连他一面也没见过。”

“还有很多人比我们来得早。”比利说。

“现在已经没那么多了。”山姆说，“有些已经走了，有些觉得这样做不值得。”

“有些觉得做什么不值得？”杰克问。

“等待。”山姆说。

“等什么？”埃丝特尔问。

“等修理啊。”山姆说完，跟他的朋友们对望了一眼，好像不敢相信竟然有人会向他提出这样的问题，就连蒂姆和汤姆也在翻白眼。

“这就是我们待在这儿的原因啊。”比利说。

“我们来这里是希望他能把我们修好。”山姆说，“在以前，方圆几十英里的机械人都来这里，柯米尔是有求必应啊。他不但是史上最负盛名的工程师，而且他打心眼儿里关心我们机械人。”

“可是最近这些年来他再也没有出现过，不过我们还留在这里等。鲸是人类所知道的最大的哺乳动物。”比利说。

“快带我们去他家。”埃丝特尔又开始喊了。

“你认得路吗？”杰克问山姆。

山姆点头说：“只要我到室外就能认路走到他家，可是你别让我用手去指方向。”他拍了拍脑袋侧面，咧嘴笑道：“看到了吧，我也想把这里修好呢。”

于是山姆带着大家走出屋子。他告诉他们别开车了，最好是走路去。这时候雨势减弱了一点，他率领众人沿着一条狭窄的巷子往前走。萝卜对山姆的走路方式赞叹不已。“你好像一条蜈蚣呀。”他说。

他们在小镇当中穿过，沿路引来了许多流浪的机械人。还有些机械人从各自的窝棚和房子里走出来，像影子一样跟着他们在细雨中前行。他们好像都感觉到有些事情即将发生。

一行人终于来到一条大街尽头。这里有一个广场，广场远端有一堵黑色高墙，墙的正中有一道大门——高墙和大门都是用铆钉钢板做的。

“他住那儿，就在大门背后。”山姆指着相反方向说，“这些年没有人出来过，也没有人进去过。”

埃丝特尔穿过广场，开始用力砸门。

山姆吓坏了。在他们身后，有些机械人躲在阴暗的门廊或者角落里。他们看到埃丝特尔这么狠，都纷纷向后退缩。

“我不觉得……”山姆开始说。

可是埃丝特尔根本不听他的，继续用拳头狠狠砸在门上，一直砸到连她自己也受不了为止。终于，她停下来揉着手，扭头问山姆：“还有别的路进去吗？”

山姆摇了摇头。

埃丝特尔盯着大门，似乎想看看这钢板表面到底有没有弱点。最后，她终于转过身来，朝着杰克咧嘴一笑，笑容里流露出一点渴望。杰克一下子就猜到她在想什么了，两人不约而同地一起看着抓佬。

埃丝特尔侧身站到一旁，右手朝着大门一挥。“抓佬，有劳你了。”

抓佬的目光从埃丝特尔移到杰克身上，然后又回头看着萝卜。这时候夜色渐浓，在他们身后有许多影子在不安地躁动着。

山姆很紧张地看着抓佬说：“他是不是打算——”

抓佬低下头，迈开大步朝着门板猛冲过去。只听见砰的一声巨响，抓佬整个人被弹开，门板也被撞出了一个大坑。他似乎对自己的第一次尝试很满意，又摩拳擦掌地继续发起冲击。

只见他把爪子插进两扇大门中间，然后像开沙丁鱼罐头盖似的把一块门板一点一点地掀开，空气里顿时飘荡着金属扭曲变形时发出的刺耳噪声。最后，大门中心裂开了一个锯齿形的大口子。

“抓佬好样的!”杰克大声喝彩。

抓佬的下巴动了动，发出金属摩擦的声音。

“你这话说得太有水平了，抓佬，我可说不出来。”萝卜说。

埃丝特尔让同伴们凑上来。然后她看见山姆和其他机械人依然聚集在阴影里不出来。“你想跟我们一起进去吗?”她问道。

山姆紧张的神情里流露出一丝希望。他摇了摇头，后退一步。“我反正已经等了这么久，也不差这一时半会儿。”

埃丝特尔点了点头，表示理解。“好吧。”说完，她迈步走到大门的残骸前，从口子里钻了过去。

大门后有一条崎岖不平的小路，路的尽头是一座看上去用金属做的、棱角分明的建筑物——与其说这栋建筑物是房子，还不如说是一座城堡。墙壁上有许多窗户，却没有一扇透出亮光。这座大宅前面有一排长长的钢铁台阶，台阶顶端就是房子的正门。埃丝特尔大步流星地走上前，两三下就登上了台阶顶；其余几位也跟着她小跑起来。埃丝特尔来到门前，又开始用双拳砸门；机械人小伙伴们跟着跑上台阶，发出哐当哐当的声音。埃丝特尔砸了整整两分钟才终于停下来。她站在那里，累得直喘粗气，脸色发白。

“你还能听见树的尖叫声吗，埃丝特尔?”萝卜问道。

埃丝特尔没回答。于是萝卜拉了拉她的手肘，大声喊道：“你还能听见树的尖叫声吗，埃丝特尔?”

埃丝特尔转头看着萝卜，然后点了点头。杰克能够看见她的脸，却不知道她脸上有多少是雨水，有多少是泪水。

埃丝特尔又举起双拳，杰克一把揪住她的手臂。

“让抓佬干吧。”杰克说。

埃丝特尔让开，换抓佬来敲门。

砰！砰！

没人答应。

过了几分钟，杰克朝抓佬点点头，抓佬又开始敲门了。

砰！砰！

杰克看见埃丝特尔咬紧牙关，正在喘粗气。他必须时时提醒自己：埃丝特尔是一个怕冷怕雨淋的真人，就算戴着耳罩，恐怕也难免被那些铁树的尖叫声逼疯。

又过了几分钟。

“可能他外出了。”萝卜说。

杰克正想对埃丝特尔说点什么，就在这时，大门猛地打开了。这下子来得太突然，抓佬吓得几乎从台阶顶上滚下去。

“什么事?!”那人站在门口大吼一声。

这是一个身材高大、不修边幅的老头儿。他凌乱的白发恣意生长，全方位多角度地从脑袋向外辐射出去，也只有他满脸乱蓬蓬的胡子能跟他的头发比任性了。他身穿十字条纹的真皮马甲，还穿着皮裤和两只巨大的黑靴子。出奇的是，虽然他一把年纪了，可是两条精瘦的手臂依然长着结实的肌肉。他的一双蓝眼睛以咄咄逼人的目光迅速地把众人扫了一遍，然后咆哮道："什么事?!"

"柯米尔先生?"杰克说。

"谁在问?"

"是我们在问。"萝卜爽快地答道。

"'我们'是谁?"那人大声问。

"就是我们嘛。"萝卜一点也不慌张。

那人的五官扭曲成一团。"走吧！'我们'！"说完，他狠狠地把门关上了。

埃丝特尔慢慢地眨了眨眼睛，脸色突然一沉，又开始砸门了。

"柯米尔先生！柯米尔先生!"

大门再次打开。

"又怎么了?"

埃丝特尔狠狠地"哼"了一声。"这么说来，你就是柯米尔先生咯?"

柯米尔瞪了她一眼，又逐个打量他们一伙儿。"我叫你们走，可是你们不听。我是一个有教养、有礼貌的人，所以我打算再说一遍。可是这一次，你们可以想象一下我这句话里面带着粗口。走开!"

说完，他又狠狠地把门一甩。这一次他特别用力，杰克觉得一阵疾风从面前刮过。

埃丝特尔大怒，一边砸门一边大吼。

“我们需要你帮忙，柯米尔先生！我们大老远跑来，你不出来好好谈谈我们就不走！”

这时候，雨下得更大了，无数雨滴打在台阶上，四处飞溅。

最后，埃丝特尔终于住手了。雨水淋湿了她的头发，一缕一缕地沾在脸上。她满腔怒火却又无可奈何，只能咬紧牙关，站在门前直喘气。

“他是不会回答的。”杰克说。

“那我们就等！”埃丝特尔说。

“那我们找个干的地方等嘛。”杰克说。

“就在这里！”埃丝特尔指着脚下，大声说，“我们就在这里等！”

说完，她就转身面向着那两扇紧闭的大门。杰克叹了一口气，向大伙儿使了个眼色，于是其他人跟着他走开两步。**也许我们可以回山姆他们那儿待着吧**，他想道。柯米尔显然不是个友好的人，不过如果他们反反复复地上门，也许能够让他回心转意吧。于是他们开始下台阶，埃丝特尔很生气地摇了摇头，很不情愿地跟着大伙儿往下走。

杰克刚刚走下一级台阶，忽然听到身后传来嘎吱一声。他连忙转身，看到大门开了一条缝。只见柯米尔一双愤怒的眼睛在黑暗里闪闪发亮，仿佛要喷出火来。

“你！”他说。

杰克往四周看了一眼。“谁？我？”

“不！”柯米尔大声说，然后指着曼达，“你！谁把你弄成这样子的？”他恶狠狠地质问。

曼达低头看了自己一眼，然后抬头看着柯米尔。“阿布萨隆先生。”

“阿布萨隆先生？谁是阿布萨隆先生？哎，等等，你不用告诉我了。我一看你就知道他是个白痴，一个完完全全的、不折不扣的白痴。还有你！”这次他指着萝卜，萝卜也很识趣地指了一下自己，“对，就是你。你的头发做得太恶心了！还有两条腿……和你的躯干。”柯米尔皱起眉头，上上下下地打量着萝卜，“咳，你全身上下都做得乱七八糟的！”

然后他按顺序逐个指着曼达、萝卜、杰克和抓佬。“你，你，你，还有你，装了一个钝下巴的傻大个儿，都进来！”

“埃丝特尔呢？”杰克问。

“我不欢迎她。”柯米尔说。

“为什么？”埃丝特尔问。

“因为你是活人！活人都信不过！”柯米尔说，“还有啊，我从你身上嗅到了化学物质和熔炼皮肤的气味。我就知道，你们这些手艺拙劣的造皮匠，就像寄生虫一样赖活着。”

埃丝特尔苍白的脸一下子涨得通红。柯米尔竖起一根手指，侧着脑袋警告她。

“不许反驳！”柯米尔说。

杰克看着埃丝特尔。虽然她很生气，却还是点了点头，表示同意，于是杰克又回到台阶顶上。柯米尔把门拉开一点，杰克第一个进去，紧接着是萝卜、曼达和抓佬。抓佬进门时，小心翼翼地往里面挤，唯恐撞坏了门框。柯米尔在旁边唠叨着，叫他小心别蹭掉油漆。

最后，柯米尔轻蔑地瞥了埃丝特尔一眼，用力把门关上了。

第 13 章

杰克转身看着紧闭的大门。

“你就把她扔在外面啊？”他问道。

“是又怎样。”柯米尔没好气地说，连看也不看杰克。他指着大伙儿的右方，“沿着走廊过去，第一道门。”

大家一起看着杰克。

“喂，你们快走呀！”柯米尔吼道。

杰克带头向前走，其他人都跟在他身后。这大宅里面跟外壳一样，都是冷冰冰的金属，只求实用，毫不花哨。杰克一看就知道，柯米尔对身边环境的美观与否是完全不在意的。

他们排着队在走廊里前进，在第一个门口右转，进了一个大房间。房间里只有一个裸露的灯泡，所以很昏暗。墙壁反射着微弱的灯光，发出金属的光泽。墙边立着一个个书架，可是书架上大多堆放着杂七杂八的机械零件，真正的书本反而没多少。房间里最抢眼的是一张巨大的桌子，就连桌面上也有三箱零配件。地上更是七零八落地放着很多盒子和箱子，里面装着各种各样的金属配件。已经褪色的红地毯上沾满了油渍。

杰克正要开口对柯米尔说话，哪知老头突然动身，扑到曼达面前，一下子揪住她，带着她走到房间正中心。

“来吧，我给你看看。”他说。

他跪在曼达面前，伸出右手。

“左腿。”

曼达乖乖地伸出左腿，却怎么也够不着柯米尔的手。

“太恶心了！太恶心了！”柯米尔骂道，“几乎一点关节也没有！右腿，来！”

曼达抬起右腿，感觉比左腿容易点，却也没有好多少。柯米尔难以置信地摇着头。

“简直是犯罪！”他吼道，又转头对着门口咆哮，“艾格伯特！艾格伯特！”

然后他回过头来，一边继续检查曼达，一边念念有词，嘴里骂个不停。杰克不禁被这老头逗乐了，而萝卜已经完全被他迷倒了，他微笑着在柯米尔身旁转悠，柯米尔开口骂人的时候，他就跟着发出“啧啧啧”的怪声，还模仿老头一边摇头一边敲下巴，脸上露出极度厌恶的表情。

“在，柯米尔先生。”门口传来一个清脆响亮的声音。

杰克转头一看，原来是一个身穿大管家围裙的高瘦机械人。他的四肢就像火柴棒那么细，他的脸是长长的圆柱形，而且没有脸皮。尽管这样，杰克依然觉得这是自己见过的最和蔼可亲的面容。他长长的手指优雅地交织在一起，气度从容，一看就很有耐心。

“我需要一些腿，艾格伯特。”柯米尔头也不回地说，“要质量过硬的，大概一英尺以上吧。”

“好的，柯米尔先生。”艾格伯特说。

“还要茶，还有机油，还有玻璃杯。”柯米尔嘱咐道。

艾格伯特鞠了一小躬，说：“是的，先生。”

“别忘了拿腿。”

圆萝卜抿着嘴唇，严肃地看了艾格伯特一眼。“拿腿，艾格伯特。”他说。

“好的，先生。”艾格伯特答应着，也向圆萝卜鞠了一躬，然后转身离开了。杰克看着他走出房间，不禁皱起了眉头。

“他是成年人的身材。”杰克说。

“当然了。”柯米尔说。

“可这是——”

“违法？呸！我是菲利普·柯米尔！我爱干吗干吗，法律可管不着！把工具箱递给我。”他一边说一边指着左侧。

“是的，先生。”萝卜答应道，摇摇摆摆地走到柯米尔指的地方。

杰克已经失去耐心，实在等不及了。

“柯米尔先生——”

柯米尔举起手示意他闭嘴。“我在工作。”

“我知道，柯米尔先生。可是——”

“这两条腿是哪年的呀？”他又开始嚷嚷了，“它们比我见过的一些化石还要古老。”

圆萝卜突然爆笑出来，柯米尔恶狠狠地瞪着他……接下来，一件最魔幻的事情发生了：柯米尔先生咽喉深处传出一阵湿嗒嗒、轰隆隆的喉音，很快就变成一种类似咳嗽的咆哮声。萝卜仰起头，笑得更厉害了。过了好几秒钟，杰克才意识到柯米尔原来是在笑。他和萝卜相对大笑，笑得前俯后仰，笑声此起彼伏。杰克觉得这两人会一直笑到天长地久。

抓佬看着杰克，杰克也看着抓佬，两人大眼瞪小眼，都觉得莫名其妙。过了好一会儿，他们的笑声才开始慢慢停歇下来。

柯米尔伸出手指，向着萝卜摆一摆，大声说：“我喜欢你！你可以留下来。”

萝卜转头看着杰克，开心地笑了。

对于杰克来说，接下来的几分钟完全是一片模糊和混乱。柯米尔继续修理曼达，萝卜则不停地给他递工具。老头设法将两条腿都卸下来，就这样把曼达搁在地上，看起来就像没在齐腰深的水里。曼达好像一点也不介意，还如痴如醉地凝视着柯米尔。柯米尔目光炯炯地与她对视，又仔细查看她四肢的关节和铰链。

艾格伯特捧着一箱子腿进来，摆在柯米尔身旁。然后他消失在门外，很快又端着一个茶具托盘、一罐子机油和几个大玻璃杯回来。他把这些东西放在一张桌子上，将茶水倒进一个精美的瓷杯里，再递给柯米尔。柯米尔接过茶来一饮而尽，另一只手也没闲着，拿着扳手不停地转动，把曼达的一条腿拧开了。然后他用小臂擦一下嘴巴，将茶杯递回给艾格伯特。管家接过来，轻轻地放回托盘上。

“别忘了我们的客人。”柯米尔嘟囔着说。

于是艾格伯特把机油倒进四个大玻璃杯里，用一个小银盘托着在房间里走了一圈。他先把杯子递给萝卜，萝卜接过来就喝，拿杯子时还把小手指伸直了。“很好，艾格伯特。”艾格伯特又递了一杯给曼达、一杯给抓佬。两人都只是瞄了一眼，就连杯子带机油一股脑儿吞进肚子里了。

艾格伯特把最后一杯送到杰克面前。

杰克茫然地看着杯子，又看看托盘。

“这是顶级的机油。”说完，艾格伯特还奉上一个灿烂的笑容。

杰克拿起杯子，端到灯光下细看。艾格伯特用鼓励的眼神看着他，杰克开始喝机油，艾格伯特脸上的笑容越发灿烂了。

“我希望你喜欢，先生。”他说。

最后，艾格伯特把茶具收拾好，飘然而去。别看他那么细长，好像会很笨拙，谁也想不到他的动作和身段会那么优雅。

“好了！大功告成！”柯米尔一边站起来一边大声说。

曼达现在拥有了两条一样长的腿。她看着自己的新腿，惊呆了。

“给我们转一圈看看。”柯米尔说，用食指转着圈。

曼达很顺从地转起圈来。杰克很想走近点，防止她摔倒——因为曼达脚步总是不稳——可是他还没迈出一步就停住了，因为他看到曼达竟然用脚尖旋转起来，姿态还非常优美。最后，曼达停下来，向大伙儿鞠了一躬。抓佬和萝卜一同拍起了手掌。柯米尔把扳手抛向空中，等它转了几圈落下来，又敏捷地伸手接住，然后一把指向萝卜。

“好了，下一个轮到你！”

萝卜摇摇晃晃地向前走，突然听到身后传来杰克的声音。萝卜听出他的语气不对劲，连忙停住了脚步。

“求你了，柯米尔先生。”杰克恳求道。

柯米尔用一只眼睛瞥了他一下。“什么？你到底求我干什么？你身上有什么地方需要修理吗？说起来，你的脑袋好像有点歪。过来吧，我给你——”

“不是！”杰克大声说。

柯米尔好像稍稍吃了一惊。

“我们来这里是求你帮忙的！”杰克说。

“帮忙干什么呢？”柯米尔怀疑地问。

“我们的朋友……”杰克开始说，“他是……我们找到了你亲手制造的一个原版真品机械人。”

柯米尔看了他一会儿，突然轻蔑地哼了一下，又仰起头发出那种鬼哭狼嚎般的笑声。

“胡说八道！你看看我这些七零八落的配件，我就只剩下这么多了。所有零零碎碎的东西，都在这个屋子里了。”

杰克走到柯米尔跟前，与他面对面。“这不是真的。”

柯米尔又惊又怒。“你当自己是谁呀？竟敢来告诉我什么是真，什么是假？”

“既然你问了，我就告诉你吧。我叫杰克，这几位是萝卜、曼达和抓佬。我们来这里是想求你帮忙找我们的朋友。他确实是你亲手做的真品。”

“噢？是吗？”柯米尔扬起一根眉毛，用嘲弄的语气说，“我肯定是不小心在什么地方丢了一个。那就请你告诉我，是谁把你们的朋友抢走了？”

“是管理局。”

柯米尔想了一下，然后轻轻地笑了一声，摸着胡子说：“既然这样，你们最好还是去找管理局商量，对吧？”

说完，他转身假装去检查萝卜。可是杰克已经看出来，自己的话已经刺穿了老头裹在外面的那层厚厚的“狼皮”。因为在柯米尔把头扭开的一瞬间，杰克在他眼中看到了一丝疑虑。

“我们是机械人，怎么能去跟管理局交涉呢？你又不是不知道!”杰克说。

柯米尔听了，只是耸了耸肩，鼻子里哼了一下。

“我想要眉毛。”萝卜说，“我要全新的、不会掉的眉毛，我要装上之后能让我显得与众不同的眉毛。也许你可以给我装那种尖尖的眉毛，我可以在上面涂发油，把它变得更尖，就像一个真人男子汉似的。”

柯米尔本来正在检查萝卜的膝关节，这时候猛地抬起头来盯着他。

“你说什么?”

“我说我想要新的眉毛——”

“不！后面呢？你说你想变得像……”

“真人男子汉。”萝卜微笑着说。

“在这个家里，我们不说那个字眼。”柯米尔平静地说。

“哪个字眼？男子汉吗?”

“不!”他满怀怨愤地说，“是那个‘什么人’的字眼!”

说完，他又埋头检查萝卜的关节。萝卜看着杰克，只见他皱起了眉头。

“你们今晚可以留在这里。不过记住了，仅此一晚。”柯米尔说。他的声音突然变得跟刚才完全不一样，显得平静了许多，也不再咄咄逼人。杰克不明白他的情绪为什么会突然变化这么大。“然后你们就可以上路了。”他一边说一边用手挥舞着扳手。

“埃丝特尔怎么办？”杰克问。

“埃丝特尔是谁？”

“你留在外面的那个女孩。”

“活人？活人就得待在外面！”柯米尔又发起飙来，看来他反复无常的脾气又要发作了。

杰克登时怒从心头起。“埃丝特尔！”他反驳道，“她的名字叫埃丝特尔！”

不知不觉地，杰克朝着柯米尔迈出了一步。柯米尔上上下下地打量着杰克。

“再说了，你自己也是活人，你跟她有什么不同？”杰克说。

柯米尔哼了一声，说：“我就是与众不同！”

杰克不回答，只是瞪着老头。

“好吧，她可以进来。不过就一晚，然后你们全部都要走！”说到这儿，柯米尔皱起眉头，“我挺好奇，你们是怎么来这里的？”

“我们是开车来的。”萝卜答道，“嗯，开车的其实是杰克，只有他懂，而且他有两条开车专用腿。”

柯米尔用厌恶的眼神看着杰克的双腿，摇了摇头。“谁给你装的？”

“我自己。”杰克答道。

柯米尔又转头回去对着萝卜，嘴里嘟囔着什么。然后他大声说了一句“就一晚”，也不知道是冲着谁说。

他拧紧了萝卜身上的几颗螺栓和螺帽，接着就开始检查抓佬。

他一边给抓佬刨脑袋，一边骂骂咧咧。完事了，他带着大伙儿回到大堂。“二楼左边有一个房间，你们就待在那儿吧。”

然后柯米尔打开正门，只见埃丝特尔就坐在门前台阶上。她面朝小镇，蜷起双腿，下巴搁在膝盖上，怔怔地看着眼前那片灰色的雨幕。

“喂，活人。”柯米尔说。

杰克咬紧牙关瞪着他，可是柯米尔视而不见。

埃丝特尔还戴着耳罩，所以听不见，于是柯米尔用鞋尖碰了一下她的后腰。埃丝特尔扭过头来盯着他，目光简直能杀人。

柯米尔好像也不介意。“进来。”他说完，把门拉开让她进。

埃丝特尔站起来，小心翼翼地向大门走去，全程一直狠狠地瞪着柯米尔。她走到门前时，工程师抬起一只手，示意她停下来。

“喂喂，你浑身上下在滴水，会弄湿我的地板，快把身上的水抖一抖。”

“我又不是狗。”埃丝特尔说。柯米尔扬起一条眉毛，埃丝特尔叹了口气，只好随随便便地抖了一下。柯米尔哼了一声，就让开了身子让她进来。

埃丝特尔又狠狠地瞪了柯米尔一眼，他还是装作没看到。

“那些树！”她说。

“树怎么了？”柯米尔皱起眉。

“它们在尖叫啊！”埃丝特尔说。

柯米尔嘟囔了几句，走到大门旁。只见在门边墙上大约一个人身高的地方镶着一个黑盒子，柯米尔拨了一个开关，埃丝特尔的姿态一下子就改变了。她的双肩本来一直耸着，现在终于回复到正常的姿势。她摘下耳罩，长长地舒了一口气，整个人放松下来。柯米尔转身看着杰克和其他几位。

“那些树是我亲手做的，它们发射出一种只有活人能听见的频率。我一辈子都有人在耳边唠叨，所以我是习惯了。不过这种频率能够把不受欢迎的活人挡在城外。”说到这儿，他看着埃丝特尔，“这招通常很有效。”

他上上下下地打量着埃丝特尔，然后从鼻子里哼了一声。“你的朋友们很够义气，帮你出头。可是我并不信任你，所以请你老老实实待在二楼房间里别四处走，我先谢谢你了。那里有一张小床，今晚你就睡那儿吧。”然后他转过身来，目光在每个人身上扫过。“还有，你们所有人明早都得走。艾格伯特！”

艾格伯特从大堂另一头飘然而至，好像脚底装了滑轮似的。

“带这几位到二楼客房。”柯米尔说完，用大拇指往身后一指。

“好的，先生。”艾格伯特应道。

然后他滑到楼梯旁，优雅地伸出一只手，指引众人向上走。埃丝特尔踏上第一级台阶，发现自己几乎跟管家鼻子碰鼻子。她用充满敌意和怀疑的目光瞪了他一眼，而艾格伯特依然面带微笑。

这楼梯也是金属做的，抓佬踩上去时，楼梯发出痛苦的呻吟声。他们小心翼翼地走到客房里，发现里面只有一张床，床垫中心还是塌的。

“女士需要床单和毯子吗？”艾格伯特问。

“女士要。”埃丝特尔答道。

于是艾格伯特出去了。大伙儿默默地站着，环顾这个房间。

“我们面对现实吧，这家伙不打算帮我们找克里斯托弗，对吧？”埃丝特尔说。

没人回答。

第 14 章

清晨，克里斯托弗被带回实验室，布莱克已经在那儿等着了。里夫斯出去后，布莱克让他坐下来。克里斯托弗慢慢靠在椅背上，突然觉得一股寒意在心头席卷而过。

“你能记得多久以前的事情呢？”布莱克问道，他的语气很友好，也很随意。

克里斯托弗看着他。“记得？”

“我希望你回忆一下以前的事情。”

“为什么？”

布莱克微笑了。“就跟我说说吧。”

克里斯托弗满腹怀疑地盯着布莱克。这家伙明显是在图谋些什么，可是现在除了按他的话做，克里斯托弗想不出有什么别的选择。也许他老老实实帮忙，布莱克会放他回去跟小伙伴们团聚吧。他也知道这个希望实在很渺茫，这时候却只能抓着不放，就像一个溺水的人揪住最后一根稻草。

他咽了一下口水，闭上眼睛，努力集中精神。“我记得……”他眼前突然蹿起一道火舌，同时喉咙被烟熏得火辣辣地痛。他连忙睁开眼睛，觉得心窝已经揪成了一团。他不能告诉布莱克，他实在不想回到那一段记忆当中，因为实在太痛苦了。“孤儿院，我记得孤儿院。”他骗布莱克。

“你记得孤儿院的什么事情呢?”布莱克问道。

“什么都记得。”克里斯托弗说，“我上过的课、护士杰瑟普女士、管理员詹金斯先生。”

“在那之前呢?”

克里斯托弗张开嘴，却不知道说什么好。此刻他脑海里只有一片熊熊烈焰，除此之外一片空白。

奇怪的是，布莱克的声音特别温柔，而且饱含着同情。“你过去的记忆，包括孤儿院的经历，都不是真的。”

克里斯托弗突然觉得一阵恐慌袭来，心头火辣辣地痛，豆大的汗珠从他头顶上渗出来。

“可是我什么都记得!”克里斯托弗说，“孤儿院里发生的一切事情我都记得!”

“那么孤儿院之前的事情呢?”

克里斯托弗又张开了嘴，却还是不知道说什么好。

“对不起，克里斯托弗。”布莱克说，他脸上写满了同情，显得那么真挚，“我之所以苦苦追问，是因为我们只有彻底了解过去，才能改变未来啊。”

克里斯托弗摇了摇头，努力摆出迟疑的表情，却装得不太像。此刻他的心底其实充满了恐惧，胃里有如翻江倒海般难受。

“只是……你说的这些不都是废话吗？记忆怎么可能是假的呢？我想回家！我现在就想回家！”

布莱克叹了一口气，恼怒地摇了摇头。“克里斯托弗呀克里斯托弗，我们现在要做的是发掘过去的秘密。你的记忆被人篡改了，因为他们想掩盖某些真相。”布莱克挤出一丝苦涩的微笑，“有人曾经告诉过我，秘密之所以成为秘密，自然有它的道理，我们不应该去多管闲事。可是我不认同这个观点，我相信秘密的存在价值恰恰在于能让人去挖掘，就如同一个隐藏的宝藏。”

“你说有人想掩盖真相，到底有什么真相要掩盖呢？”克里斯托弗问道。

布莱克避而不答，只是微笑着转身，从桌子上的一个锡皮盒子里拿出一小块长方形的金属片。他把金属片的两面都展现给克里斯托弗看。

“你看见什么了？”

“什么也没看见，上面是空白的。”克里斯托弗答道。

布莱克伸手从胸前口袋里掏出一根形状像钢笔的黑色金属条，然后开始用这支金属笔在长方形小金属片上刻东西。刻完了，他又把金属片拿起来。这一回，克里斯托弗看见上面有许多符咒。这些符咒散发出柔和的白光，片刻之后，亮光变黯淡，终于消失不见，只剩下一个个笔触优雅的黑色符号。

“现在你看见什么了?”他问道。

“符咒。”

布莱克微笑了。“很好。没错，就是符咒。”他从圆凳上跳下来，开始翻桌面上另一个比较大的盒子。

等他转过身来面对着克里斯托弗时，手上已经多了一个金属质地的、类似人偶的东西。这个小人偶的脑袋上没有五官，是一个光溜溜的小圆球。他开始在人偶的头顶上雕刻一些精细的图文。

“符咒的秘密在于它们的组合方式。不同的组合方式会产生不同的结果，比如说各式各样的性格等等，可以说是千变万化，有无穷无尽的可能性。有许多符咒集合与子集是很常用的，其中有些符咒子集是可以用来创造记忆的。现在的情况是，你的朋友们不需要记忆，他们在这个世界里醒来的时候，本来就是一张白纸，就和这个人偶一样。”

布莱克拢起嘴唇，吹掉粘在人偶脑袋上的钢铁碎末，又用手把人偶脑袋包住，然后闭上眼睛，嘴里念念有词。他的掌中散发出一团亮光，过了一会儿，亮光才慢慢熄灭。

亮光熄灭了几秒钟后，人偶的两条腿开始动了。布莱克微笑着把它放在桌面上。人偶的腿继续抽搐着，慢慢抬起。然后它好不容易爬了起来，迈着颤颤巍巍的步子，开始在桌面上走动。终于，它找到了一个平稳的步伐节奏。

"停。"布莱克说。

人偶停住了脚步。

"坐。"布莱克说。

人偶坐在桌面边缘，两条手臂垂在身体两侧。

布莱克微笑着摊开双手放在人偶面前。"瞧，这就是机械人的雏形，以最简单的方式激活的最初级的系统。"布莱克看起来对这个结果真的很满意，他两眼放光，就像一个小孩子那么快活，"总是能让我惊叹不已。"说完，他摇了摇头，"好了，得继续干正事了。"

布莱克又拿起那支像笔一样的设备，走到克里斯托弗脑袋旁。他推着一根操纵杆，椅背开始向后倒。克里斯托弗越降越低，心头的恐惧愈加强烈了。他挣扎着想坐起来。

"镇定……"布莱克说着，把一只手牢牢地按在克里斯托弗的胸口。出奇的是，他这一按虽然有力，却感觉很柔和。

然后，布莱克站在克里斯托弗的正后方，把右手放在他的前额上，刚好在他的刘海下方。

"可能你已经听过里夫斯先生提起'打补丁'。"

克里斯托弗点了点头。

"打补丁是一个复杂的过程，要做好需要高超的技巧。一个高阶机械人也许需要反复打几次补丁才能达到用户的要求。要向你解释打补丁是怎么回事，最好还是展示给你看。"

布莱克把那片金属放在克里斯托弗眼前。在这么近的距离下，他看得更真切了——金属片表面的字符真的很优美。

“这就是一个补丁。”布莱克说，“这个补丁有趣的地方在于，它是我用一些很特别的符咒修改而成的。”布莱克稍稍用力按着克里斯托弗的前额，“如果你允许的话，我可以让你亲自体验一下。”

克里斯托弗知道自己根本没条件去和布莱克争执，而且他也确实有点好奇，于是用力点了点头。

布莱克把他垂在前额的头发往上推，然后用手稍稍扯了一下。突然，整片头发从克里斯托弗的脑袋上升了起来。他吓了一大跳，在椅子里乱动。“这是机械人头发的标准属性。”布莱克说道，微笑里似乎带着一点歉意，“请坐好。”

克里斯托弗努力让自己放松，眼睛盯住天花板。他感觉到布莱克的手移到自己的颅骨上面，把那片补丁轻轻地压在脑顶上。只听见咔嗒一声，他觉得头部的重量增加了一点点。然后布莱克让克里斯托弗的头发重新落在脑袋上。

“来吧。”他说。

“来什么?”克里斯托弗问。

“你记得五岁那年的一次野餐吗？你把锈锈也带上了。”

克里斯托弗皱起了眉。

“锈锈，你的宠物狗呀。”

克里斯托弗一脸茫然。“我从来没去过野餐，而且也绝对没养过宠——”

突然，他脑海里涌现出一片金光，四周绿草的气味让他觉得很温暖。克里斯托弗发现自己坐在山坡上，看着起伏的群山沐浴在晨光之中。他正坐在一张毯子上，吃剩的三明治扔得四处都是。身旁放着一瓶柠檬汁，他只需要看一眼就能感受到柠檬水在他舌尖翻腾跳跃，散发出强烈的香气。他记得喝了一大口，然后紧闭双眼，仰头迎着蓝天和旭日，享受着柠檬水的甜香对味蕾的冲击。他又听见狗吠声——锈锈迈着欢快的脚步向他跑来。狗的舌头挂在嘴巴外面，两只红棕色的耳朵一扇一扇的。对，正是他的狗狗——锈锈——向他跑过来，越来越近了。

他伸出双手迎接……

就在这时，他又听见咔嗒一下，紧接着呜的一声，整个世界突然变成了死灰色。然后克里斯托弗发现自己又回到了椅子里。他顿时觉得胸口一阵剧痛——那是一种茫然若失的空虚感。克里斯托弗一下子坐直了，双手紧紧握拳捂在胸前。

“那是什么?”他喘着气说。

“克里斯托弗——”

克里斯托弗从椅子前面跌下来，几乎摔倒在地。“那到底是什么?”他尖叫问道。

“很对不起，可是我想向你展示何谓补丁，这就是最简单直接的方法了。”布莱克说。

克里斯托弗身体前倾，用右手支撑，整个人靠着椅子的前端。这时候，巨大的失落感已经开始消退，虽然锈锈依然在他脑海里，可是刚才撕心裂肺般的悲痛已经减弱了。这就好比人从一个特别真实的梦中突然醒来，将梦里的情绪都带到了现实世界里，然后这些情绪缓缓减退，如同涟漪消失在水面上。

“对不起。”布莱克说，“我在这里向你道歉。”

“那是梦吗？”克里斯托弗问道。

布莱克摇了摇头。“不，那是一段记忆。”说到这儿，他停住了，皱起眉头陷入了沉思，“或者说，至少可以算是对记忆的模拟吧。”他又拿起那片金属给克里斯托弗看，“这块补丁上面刻的就是你们所说的‘记忆’。一旦打上，它就会给机械人一个错觉，让他们以为自己拥有一段过去。我给你举一个实际应用的例子，你应该知道，有些消费者购买机械人来代替自己的小孩。他们可能觉得有必要让买回来的这台设备拥有一些与他们家庭相关的记忆。比如说，上学第一天的经历，或者被蜜蜂蜇了，爸爸妈妈来安慰，诸如此类。”

克里斯托弗还是觉得恶心想吐。他不喜欢布莱克说话的方式，好像正在上公开课似的，而且是在不厌其烦地详细阐述自己如何如何伟大。这位工程师看着克里斯托弗的时候，努力显示出关心的样子。不过克里斯托弗从他的眼神里看出了一丝冷漠——对于他来说，克里斯托弗只是一件有利用价值的工具罢了。

“你没事吧？”布莱克问道。

克里斯托弗揉了揉前额，突然觉得很疲累，仿佛有一个重担压在了自己的肩膀上。

“这么说来，我的记忆其实并不是真正的记忆了？”

“嗯，问题就出在这里了——我们并不能百分之百确定。在你的记忆当中，有些也许是真的，还有一些嘛，可能是假的。”

突然，妈妈出现在克里斯托弗的脑海里：沾在头发上的面粉，亲切的微笑……这瞬间，他胸口的剧痛又发作了，而且比刚才更强烈。这一次，他知道自己的心会一直痛下去。

“我怎么知道哪些事情发生过，哪些事情没发生呢？我怎么知道到底什么才是真实的呢？”他抽泣着说。

布莱克走到他身边，用手扶着他的肩膀。“没事的，克里斯托弗，我答应你，我们齐心合力，一定要找出真相。”

在泪光中，他看见布莱克的脸不停地晃来晃去。

*我怎么能哭呢？*他又在想。机械人会哭……这个念头本身就像是对他的嘲弄和侮辱。

布莱克让他坐回椅子里平静一下，可是他止不住地抽咽、喘气，全身不受控制地抽动着——克里斯托弗觉得很尴尬、很丢脸。早些时候他还想逃跑，可是现在他不想逃了。一方面他知道自己根本逃不掉，另一方面他还真的想留下来——因为他需要知道自己的记忆当中哪些是真的，哪些是假的，他需要知道自己到底是谁。其实他心里害怕极了。

“这可能会是一个漫长的过程。”布莱克轻声说，“你打过许多补丁，为了把假记忆跟真记忆分开，我必须深入研究才行。”

克里斯托弗点了点头，用手揉了一下鼻子。布莱克检查他的颅骨时，他努力把身体挺直，两眼盯着天花板，心里想着自己的人生面临着怎样的剧变，想着什么是真，什么是假……

第 15 章

杰克看着埃丝特尔从床上坐起来，眼睛像要喷火似的。她还穿着大衣，两只手依然插在大衣的口袋里。她睡觉时也没把靴子脱掉，杰克甚至能看到沾满泥土的鞋底。

“你在想事情吗，埃丝特尔?”萝卜问。

清晨的亮光从窗户缝里渗进来，只见萝卜正坐在房间的一个角落里，而曼达、杰克和抓佬则靠着房间尽头的墙壁站着。

“是的。”埃丝特尔回答道，眼睛还是死死地盯着墙壁。

“我猜到了。”萝卜说，“我为什么会猜到呢？因为你又摆出那副皱眉沉思脸了。我不善于摆皱眉沉思脸，因为我不像你，我脸上没有真的皮肤。不过如果我想让别人知道我正在想事情的话，我有时候会摸下巴，像这样。”

于是萝卜眯起眼睛，开始用拇指和食指摸自己下巴。

“这样一来，人人都知道我在思考。如果他们想征询我意见的话，他们就会知道现在正是向我提问的大好时机。你看，我也许正在想一些有用的东西，比如说，怎样——”

“萝卜，”杰克轻声说，“你说这些话有什么用呢?”

萝卜把手从下巴那里拿开，满脸失望的神情。他转头看着埃丝特尔，“你在想什么呢，埃丝特尔?”

“和昨天一样，我在想他不会帮我们了。”埃丝特尔说，眼睛依然看着墙壁。

“你怎么知道呢?”杰克问道。他竭力让自己语气显得轻松点，仿佛根本不相信埃丝特尔说的就是残酷的事实。

埃丝特尔用近乎同情的目光瞥了他一眼。杰克讨厌被人这样看，心中不由得生出一丝怨恨。

“你怎么知道呢，埃丝特尔？说不定他会改变主意呢!”杰克的语气很严厉，连抓佬听了也转头看着他。

“他不愿意帮忙，不是你自己说的吗?”埃丝特尔说。

“可是我们可以说服他改变主意啊!”杰克反驳说。

埃丝特尔摇了摇头，从鼻子里哼了一声。

杰克一下子蹦起来。“哼！那你说怎么办？你想放弃吗？就任由管理局把克里斯托弗关起来吗?”

“谁说的?！当然不是了!”埃丝特尔说着，也从床上跳下来。

“好啊!”杰克只用这两个字回应，好像这就足够解决这次纷争了。

可是埃丝特尔不肯善罢甘休，她还想大声吼什么，却被一个欢快的、充满朝气的声音打断了。

“麦片粥？”那个声音说，“或者白煮蛋和面包？”

大伙儿一起转头，只见艾格伯特就站在门口。他脸上带着灿烂的笑容，十指并成一个尖塔的手势，就像祈祷似的，显得特别彬彬有礼。

“什么？”埃丝特尔没好气地说。

“我是问，女士的早餐是要麦片粥呢，还是要煮鸡蛋加面包？”

埃丝特尔盯着艾格伯特，好像看着一个双头怪物。

“也许女士两种都要？麦片粥里需要加蜂蜜吗？还有，我能不能建议——”

“不，你不能！”埃丝特尔狠狠地说，“而且你应该叫我小姐，不是女士！难道柯米尔先生没有教你接待人的礼仪吗？噢，等等，这句话就当我没说过，柯米尔先生跟礼仪两个字根本八竿子也打不着！”

可是艾格伯特一点也不生气，还是满脸笑容。他越平静，埃丝特尔就越抓狂。

“这位柯米尔先生嘛，我敢打赌他是一位助人为乐的好人呀！至少我的朋友杰克是这样认为的。”

杰克咬紧了牙关。“我只是提议——”

“提议什么？提议我们三跪九叩去求他是吧，杰克？他是不会帮我们的！你这厚金属脑壳怎么就吸收不了这么简单的道理呢？”

杰克朝着埃丝特尔逼近一步。“你！你怎么敢——”

“呃，其实，柯米尔先生是很乐于助人的。”艾格伯特说。

“没人跟你说话，瘦子！你怎么不闭嘴呢?!”埃丝特尔吼道。

艾格伯特还保持着微笑。杰克开始对埃丝特尔吼，埃丝特尔不甘示弱，尖叫着反击。两人越吵越激烈，没人能分辨出谁在对谁吼，也没人能听清他们在吼什么。最后，有第三个声音加入了战团。

“我好想念克里斯托弗啊!”

每只眼睛都盯着圆萝卜。只见他站在房间正中心，双拳紧握，狠狠地瞪着两人。

“我好想念克里斯托弗啊!”他又说了一遍，继续用挑衅的目光轮流瞪着吵架的双方，“我们不应该吵架，我们应该尽力去找他才对啊!”

杰克转头看着埃丝特尔。埃丝特尔满脸羞惭，慢慢低下头看着地板。

“其实很简单。”萝卜说，“为了他，我们尽力去做就是了。因为他是我们的朋友，我们想念他，我们必须为他尽力。换了是他也会为我们这样做的。”

杰克微笑着朝萝卜点了点头，以示感谢。萝卜自豪地挺起胸膛，然后稍稍扭动了一下，让全身上下僵硬的关节放松下来。

“麦片粥吧。”埃丝特尔叹了一口气，转头向艾格伯特说。

艾格伯特鞠躬说："好的，女士。"

他们跟在艾格伯特身后，鱼贯而出，走下楼梯。柯米尔不见踪影，管家欢快地告诉他们："早餐结束后，柯米尔先生就会来找我们。"

艾格伯特带领大伙儿来到餐厅，餐厅里有一张很大的、感觉像是给巨人设计的餐桌。埃丝特尔坐在餐桌前，两个肩膀向前缩起来，双手夹在膝盖之间，看起来好像比实际年龄小了一半。杰克第一次意识到，她那么恼怒，其实是为了掩饰心中的恐惧。她跟其他小伙伴一样，都在为克里斯托弗担心。

艾格伯特给几位机械人端来机油。大伙儿都在餐桌前就座，只有抓佬一个人尴尬地站在门边，身体重心在两只脚之间移来移去——抓佬太高大了，没有合适的椅子给他坐。

杰克很焦虑，连空气中也充满了紧张的气氛——他仿佛听见空中响起了爆裂的噼啪声。杰克知道，他们只剩下一次机会去说服柯米尔帮忙，若是再不成功的话就会被他踢出去了。不知怎的，杰克觉得这个重担正慢慢压在他的肩膀上。可是为了克里斯托弗，他必须勇敢地接受挑战。这个道理，刚才萝卜已经说得很清楚了。想到这里，杰克转身找萝卜，想谢谢他刚才在楼上大发雷霆。

可是圆萝卜不见了。

按照阿布萨隆的说法，圆萝卜脑子里有一根"好奇筋"。他总爱四处乱钻，无论去哪里，总是很容易走丢。

去吃早餐的路上，在经过一条长廊时，萝卜又一次感到那种熟悉的冲动。其实，在他们刚刚走出二楼房间时，他就有一种百爪挠心的感觉。当大伙儿渐渐走远时，萝卜却一个人落在后面东张西望。他开始仔细察看走廊两旁的墙壁，好像能在墙上发现什么好玩的东西似的。

就在这时，他听见一阵咔嗒咔嗒的声响。

这声音是从他左侧传来的，萝卜转头朝那个方向看去。要是他长了一颗心脏的话，此刻肯定会咯噔一下，因为他看见了一扇通往大宅另一头的门，而且这扇狭窄的门是开着的。

“什么声音？谁在那儿?”萝卜兴奋地问道，忍不住笑了。

咔嗒咔嗒声又响起来了，就像几只小脚踏在金属上。萝卜实在耐不住好奇心，朝即将消失在转角的小伙伴们看了最后一眼，就转进门廊，走进了那扇小门。

小门另一头的走廊很狭窄，也很阴暗，两边墙上镶着污迹斑斑的灰色面板。而且这条走廊之字形地向前延伸，天花板一会儿高、一会儿低，完全没有规律可言——萝卜从来没走进过这么古怪的长廊。忽然，幽暗的前方又传来一阵急促的脚步声，萝卜听了心中一痒，心情激动，抬腿继续往前走。他其实一点也不害怕——圆萝卜向来就是天不怕地不怕，因为他觉得世界是一个合理的地方：无论遇上多复杂的难题，通常都能找到某种简单的解决方法。

比如说克里斯托弗被抓走了，对于萝卜来说，要解决这个问题其实很简单：把他找回来。

他真的很想念克里斯托弗，而且他能感到这种思念就藏在自己身体里。跟驱使他追踪神秘脚步声的好奇心相比，思念其实是一种孤独、凄冷的感觉，就好像身体的某个部分被掏空了——他知道，自己必须把那部分找回来，放回身体里。

走着走着，萝卜又听见了那种细碎的拍击声响——原来是从左侧的一扇门里传出来的。门里的房间很小，充其量像个加大版的壁橱，只在远端墙上开了一个脏兮兮的小窗。萝卜往四周扫了一眼，只见地上有一堆堆电池和废金属零件，摞得乱七八糟的，他不禁皱起了眉头。萝卜等了一会儿，什么也听不见，正想转身出去，却突然看见窗台边沿有东西在动。

只见一小块薄薄的锡片正在一点一点地向前移动，仿佛有东西在后面推。萝卜顿时看得入迷了。锡片继续往前移，终于越过了窗台边沿，在重力作用下，一下子掉进一堆螺钉和螺帽里。

刚才在推锡片的那个东西终于现形了。那是一块拳头大小的灰色薄片，长着六条细腿和两只闪闪发亮的小眼睛。它用针尖似的腿刮着玻璃窗，发出嘎吱嘎吱的噪音——看样子它想离开这窗台。萝卜走上前去，摆动着手指跟它打招呼。

“你好。”他说。

这个形似蜘蛛的小家伙猛地转过身来，用两颗圆溜溜的眼珠子瞪着萝卜，几条多节细腿竟然开始发抖。

“我叫圆萝卜，我是朋友哟。”

蜘蛛用怀疑的目光上下打量着萝卜。萝卜又数了一遍它的脚，然后提醒自己：蜘蛛是有八条腿的，昆虫才有六条腿。这个像蜘蛛的家伙这么害怕，难道是怕被真的蜘蛛吃掉？圆萝卜连忙向右侧扭头，盯着身后，好像担心随时会有一只金属大蜘蛛扑过来。

等他确信没有危险了，圆萝卜才转过头来看这蜘蛛。噢，应该是“非蜘蛛”，他提醒自己。萝卜想了片刻，决定不能叫它“非蜘蛛”，可是这家伙看起来又不像他见过的任何一种昆虫……最后萝卜做出了一个最符合逻辑的决定，他给它取了一个名字：乔治。

“乔治，小家伙，快过来。”他说。

乔治坐直了，用两条前腿在两人之间的空中很优雅地刨了一下，仿佛想试探一下面前的空气。圆萝卜看见乔治对自己的新名字有反应，觉得是个好兆头，于是上前一步，伸出手臂。乔治的两条前腿咔嗒咔嗒地动着，缓缓地在空中划了几个圆圈，然后试探着搁在萝卜的手臂上。

“这就对了，乔治。”萝卜微笑着说。

乔治先把两条腿放在萝卜的手臂上，再放第三第四条，最后把六条腿全部放上去了。然后它坐下来，仰起头，用两颗闪亮的眼珠子看着萝卜。萝卜乐坏了，忍不住笑出声来，而乔治看起来也很开心。接下来，萝卜简直不敢相信自己的好运气：只见乔治迈着细碎的步子，咔嗒咔嗒地沿着萝卜的手臂往上走，最后在他的下巴底下安顿好了。

萝卜咯咯咯地笑着，转身离开了这个房间。“我们看看还能找到什么别的东西。”他对新朋友说。

很快他就找到了“别的东西”。在走廊前方五英尺处的右侧有另一扇半掩着的门，萝卜天不怕地不怕，不管门的另一边会有什么东西，想也不想就推开门，慢慢地走了进去。

这个房间很大，而且出奇的整洁。房间里有一张大床、一个衣橱和一个梳妆台。床边放着一张圆凳，上面搁着一个洗脸盆和水罐。萝卜的目光扫过房间每一个角落……突然，他的视线跳向右侧。

在那里，他发现了一件最不可思议的事情。

第 16 章

埃丝特尔把第二碗麦片粥也吃了个干干净净。

当她把最后一勺往嘴里送的时候，汤匙还在半空中，她的眼睛突然碰上了杰克的目光。“什么事?”她说。

“没事儿。”杰克说，眼看埃丝特尔又要低头盯着粥碗了，“呃，其实是有一件事。”

“什么事?”埃丝特尔很警惕地问。

“对不起。”杰克说，“刚才的事……不好意思。”

埃丝特尔用感激的目光回望他一眼，然后耸了耸肩，又很快地皱了一下眉头——她不想让杰克以为自己变得心太软。

杰克朝她咧嘴一笑，心中突然胆气横生：接下来这个问题，此时不问，更待何时?就这样，他还没反应过来，那句话就脱口而出了。

“你为什么要离开家呢，埃丝特尔?”

埃丝特尔的脑袋猛然抬起，一脸惊诧的表情。她的下唇不停地颤动，上、下、上、下……好像她已经忘记了怎样说话。最后，她终于连珠炮似的说出了答案。

“我想看看这个世界，我想不断提高自己。”

杰克点了点头。他竭力显示出善解人意的样子，其实心里不知为什么暗暗欢喜。他决定乘胜追击，继续问下去。

“你爸爸是怎样的？”

“不好。”埃丝特尔冲口而出。杰克看得出来，她一说完就后悔了。

“不好？怎么不好？像阿布萨隆先生那么吝啬吗？”

埃丝特尔下意识地摇了摇头，动作很细微。杰克这下子明白了，埃丝特尔说她爸不好，并不是说钱财上的抠门，而是指他为人刻薄。只见她垂下眼睛，一边假装用汤匙搅动碗里的麦片粥，一边盯着那把汤匙。

“爸爸将他掌握的所有知识都传授给我了。”埃丝特尔苦笑了一下，说道，“然后我进步越来越大，有时候反而是我教他怎么做了。换了其他人，他们得到帮助会很开心，还不时会在别人面前称赞我几句呢。可我爸爸从来不会！”

说到这里，埃丝特尔狠狠地把汤匙摔进粥碗里。杰克从这个小动作看出来，这个话题就到此为止了。埃丝特尔又重新耸起双肩，似乎想抵挡什么东西，又好像后悔说了这么多。

早餐吃完了，艾格伯特走进来宣布：“柯米尔先生现在会接见你们。”

“他谁呀？王室成员啊？”埃丝特尔暗骂了一句。

艾格伯特带领众人沿着长廊往回走，走向昨天第一次跟柯米尔打交道的那个大房间。走着走着，曼达突然抓住杰克的手。“萝卜在哪儿？”她问。

“我不知道。”杰克答道。

“我就一点儿也不担心。”埃丝特尔说，“他会出现的，这家伙向来都这样。”

大伙儿走进那个房间里，只见柯米尔跪在地上，嘴里叼着一把锉刀，正恶狠狠地从一台发动机上面拆什么东西下来。他干得很费劲，不断发出吭哧吭哧的喘气声。柯米尔明明知道大家进来了，却故意不看他们，只是朝艾格伯特点了点头。

“树谁……艾伯？”他叼着锉刀含混不清地说。

“是我们的客人，柯米尔先生。你说想在他们走之前跟他们道别。”

柯米尔冷冷地朝他们挥了挥手，嘟囔了两个字，像是“再见”，然后就回过头去继续干活了。

“我们哪儿也不去！”杰克说完，往房间里跨了一步。

柯米尔把锉刀从嘴里拿出来，瞪着杰克。“什么？”

“我说我们——”

“我知道你说什么！”柯米尔打断他的话，开始用锉刀磨发动机的表面。

杰克苦笑了一下。“我也知道你不想听，可我还是非说不可。”

柯米尔长叹一声，摇了摇头。

“我们的朋友是你的原版真品，他自己也许不知道，可他确实是你制造的，所以只有你去才能把他领回来。”

“我做的机械人全部是有记录在案的。正如我之前所说的，我现在只剩下一些零配件了。”柯米尔喃喃地说。

“你确定？”杰克说。

“我当然确定了。”柯米尔怒道，“退一万步说，就算你那位朋友真的是我做的，你怎么证明呢？他不见得有我的印记吧。”

杰克迷惑地看着埃丝特尔。“有些型号的机械人是刻了印记的。”她解释说。

“我从来不给自己的作品刻印记。”柯米尔说，“只有自大狂才这样做。”

“他确实没有印记。”埃丝特尔说。

“呵呵，那也不能说明什么。”柯米尔耸了耸肩，“还有，你们还没解释一下，为什么一口咬定他是我做的？”

“因为他是一款顶级的机械人啊。”埃丝特尔说。

柯米尔嘟囔了一句。

“做工简直是超一流！”埃丝特尔补充道。

柯米尔沉思片刻，点点头，算是向她让了一步，同时也趁机自我骄傲一下。不过在下一秒，他又恢复了一脸的苦大仇深。

“无论是外形、关节还是动作，每一个环节都是顶级水准。”埃丝特尔继续说。

柯米尔哼了一声，继续埋头干活。

“没有别人能做出这样的机械人，他就是你的作品！”杰克说。

柯米尔缓缓地站起来，用一块破布仔细地擦拭沾满油污的双手。然后他伸出一根手指，对着杰克和埃丝特尔的方向。“你们现在给我听着，仔仔细细地听好了。我，菲利普·柯米尔，当代……不，是有史以来最伟大的工程师，在这里郑重确认一件事情。我剩余的原版真品全部都已记录在案，我有他们每一个的名字、出品日期、地点，还有主人的详细信息。要是其中一个自己跑掉，溜到了某个垃圾场，我是肯定不会忘记的。”

说完，柯米尔扬起一条眉毛，等着他们反驳。

“你非帮我们不可。”杰克平静地说。

“我没有义务帮任何人。”柯米尔说。

“我们一来你就帮了曼达和萝卜。你本来可以把我们扔在外面不管，可是你让我们进来了。你为什么要这样做？”

“我只是闷了。”柯米尔答道，显得有点狼狈。

“我觉得你是一个好人，柯米尔先生，我觉得你还是关心别人的。”杰克说。

“少废话！”柯米尔大声吼道。

杰克牵着曼达的一只手，轻轻地推着她向柯米尔走去。“既然这样，就算我错了吧。”他说，“很明显，你谁也不关心，柯米尔先生。”说完，他目光炯炯地盯着曼达。

柯米尔气得手臂直发抖。他紧紧地握住扳手，指关节也发白了。

“出去。”他强压着怒气低声说。

“柯米尔先生——”杰克开口说。

“我说出去！”柯米尔大吼一声，用扳手狠狠地砸在发动机上，溅起几点火花，“你们那个次货朋友是死是活跟我有什么关系？就算管理局把他拆散了做废铁我也懒得管。他们在伦敦有很多机器，叫作轧碎机。这些机器可以把他砸得稀巴烂，最后变成拳头大小的一个立方体。”

曼达开始号啕大哭。

柯米尔看着曼达，脸上露出了内疚和害怕的神情，可是他依然硬着头皮大声嚷嚷。“对啊！没错！就是一个小小的立方体！这样的下场对他来说最合适不过了！他才不是我做的呢！他哪怕去上吊自杀我也不管。你们都给我滚！”

这么大吼一轮，柯米尔累坏了，站在那里大口大口地喘气，胸口不住地起伏。曼达还在哭；抓佬抱着自己的左臂，很凄凉地低头看着地板；就连艾格伯特看起来也惊呆了。埃丝特尔轻蔑地瞪了柯米尔一眼，然后转头看着杰克。杰克与她对望着，从她闪烁的目光中看出来，埃丝特尔已经绝望了——杰克突然体会到一种从高空坠落的恐怖感觉。于是他向埃丝特尔点了点头，带着大伙儿动身了。

柯米尔喘着气，满脸羞愧地目送着他们步履蹒跚地向着房门走去。

眼看一切都完了，可是就在最后关头，圆萝卜出现了。只见他晃晃悠悠地走进房间里，右手高高举起，手里拿着什么东西。

他目不转睛地盯着柯米尔——对于好好先生圆萝卜来说，这种目光已经算是特别狠了——大声问道：

“你卧室里为什么会有克里斯托弗的相片？”

第 17 章

克里斯托弗来到危崖居的第一天大部分时间都是坐在椅子上度过的。布莱克一直在处理他的补丁，还总是显得很抱歉，经常说一两句类似“这次可能会有点疼”“准备好”这样的话。

过去的一些场景会经常浮现在克里斯托弗的脑海里。让他难以置信的是，这些画面的色彩很艳丽、很鲜明——多看两秒眼睛就难受。克里斯托弗又看见了詹金斯先生正在孤儿院的大堂里擦地，他用的醋酸溶液太浓，把克里斯托弗的两眼熏得隐隐作痛，连眼泪也流出来了。詹金斯穿的粗布工作服本来是浅蓝色的，这时候突然变得特别明亮，克里斯托弗几乎想伸手在眼前挡住强光。突然，詹金斯抬起了头。就在这个瞬间，他、走廊上闪亮的红褐色地面、扎眼刺鼻的醋酸……一切都化为乌有，就像被一股大力猛地吸进了一个小孔里。

“刚才那个如何？”布莱克问。

“哪个?”克里斯托弗说。

“那段关于管理员詹金斯先生的回忆。”

克里斯托弗皱起眉。“詹金斯先生是谁?”

布莱克呼了一口气，用沾满汗的手抹了一下眉毛。“证明这也是一段虚假的记忆。”他说。布莱克早就把外套脱掉，袖子也卷了起来，专心致志地整理克里斯托弗头颅里面的各个补丁。他很小心地用镊子触碰它们，轻轻地把它们拔出来，然后叫克里斯托弗回忆某段经历。到了目前这个阶段，他已经把克里斯托弗在孤儿院时期的大部分记忆整理了一遍。这时候，他哼起了小曲，然后喃喃自语：“这些补丁都不错嘛。你的朋友阿布萨隆是在哪儿找到的呢?”

“阿布萨隆先生不是我的朋友。”克里斯托弗说道。就在他说这句话的时候，孤儿院的庭院突然变得无比明亮，四处泛着一道道红黄橙白的强光。紧接着，一切都消失了。克里斯托弗突然感到胸中涌起一阵刺痛，还没反应过来，连这痛感也不见了。

“这个补丁好厉害。”布莱克一边说一边用镊子夹起那片补丁仔细查看，“气味、声音、质感……应有尽有啊!”

他把这片补丁扔进一个肾形小托盘里，哐当一下，跟里面的补丁撞在一起。

“阿布萨隆是个大骗子!”克里斯托弗说着，突然觉得一股怒气在心头掠过，顿时全身一震。

“听你这么说，我觉得很遗憾。”布莱克说，“这世上没有比骗子更坏的人了。”他眯起眼睛，仔细检查克里斯托弗的头颅，“你现在记得什么?”

克里斯托弗咽了一下口水。他脑海里闪过一个场景：在厨房里，暖暖的阳光透过窗户照进来，还有烘焙的香气。“我看见妈妈了。”

“好。”布莱克说，“我想——”

“什么?”克里斯托弗厉声喝道。布莱克的目光中流露出诧异的神色，克里斯托弗顿时觉得很内疚，可是刚才他实在是忍不住。他的神经绷得太紧，几乎要超负荷了。而且布莱克每拿走一段记忆，克里斯托弗心中的恐慌就增加一分。“不好意思。”他说道。

“没关系。”布莱克微笑道，“我正想说，我们也许太接近你的真实记忆了。”

克里斯托弗点了点头，却把脸转去另一边，不让布莱克看见他眼中的恐惧。**万一我妈妈不是真的怎么办?** 他想，**万一她也是补丁产生的幻象呢? 那我怎么办?** 他觉得冰冷的恐惧在心中逐渐膨胀，就像一块石头压在胸口，让他觉得很痛，快连气也喘不上了。

“还有那些眼泪。”布莱克没有留意到克里斯托弗情绪的变化，还在不停地唠叨，“做工太精细了，我是无论如何也做不出来。”

“我还吃东西。”克里斯托弗说，“我还能喝水呢!”

布莱克呻吟了一声，用力拔出另一片补丁，举起来端在克里斯托弗眼前。“不，你再也不用吃喝了。”

克里斯托弗愕然地眨了眨眼睛。

“这个补丁设计得很巧妙。它给你灌输一些发生在近期的虚假记忆，比如说你早餐吃什么、下午茶吃什么，诸如此类。其实，你这辈子连一块熏肉三明治也没吃过。你仔细想想，还有比这更折磨人的吗？”

布莱克被自己的幽默逗乐了，脸上现出一丝虚弱的笑容。然后他把补丁扔进小托盘里。

“我是柯米尔的产品，对吧？”克里斯托弗说道。

布莱克停顿了片刻，仿佛正在仔细思考克里斯托弗的问题。“可能性极大。”

“那他为什么要抛弃我呢？我是怎么流落到阿布萨隆那里的呢？”

“呵呵，我们现在就是要想办法找到答案呀，对吧？”布莱克兴致勃勃地说。

“你认识他吗？”

“认识谁？”布莱克把另一片补丁扔进小托盘里。

“柯米尔，你认识他吗？”

布莱克不说话，只是轻轻地敲打另一片补丁的边缘，让这片补丁渐渐松脱。房间里只有一下下啪、啪的响声。

克里斯托弗咬了咬嘴唇，决定乘机继续逼问。“我听说他是你父亲的同事。”

突然，布莱克用力把一件工具扔进一个托盘里，那件工具砰的一下反弹出来，掉在地上。

然后他绕到克里斯托弗的视线范围内，用一条毛巾擦着双手和前额。

“看来我们今天的任务完成了。”他脸上挂着一丝微笑。这笑容明显是勉强挤出来的，完全掩饰不了他内心的愤怒。布莱克说完，狠狠一按椅子的控制杆。那椅背猛地竖起来，几乎把克里斯托弗弹飞出去。

布莱克大步走到门口，对着外面走廊大声喊：“里夫斯先生，请你来一下好吗？”

然后他走到一张书桌前，开始在一个笔记本上奋笔疾书。克里斯托弗这才意识到，布莱克是刻意不理他。他觉得心中有一股怨恨正在蠢蠢欲动，突然很想继续追问布莱克父亲的事情——要是能把这家伙气得上蹿下跳，那该多有满足感呀！可惜就在这时候，里夫斯和邓洛普推开双门走了进来，这个时机就错过了。

布莱克头也不抬，只是用手中钢笔朝着克里斯托弗比画了一下。“你可以把他带走了。”

“好的，先生。我能不能问一下，进展顺利吗？”

“才刚刚接触到皮毛。等明天吧，看看消除记忆会不会对它造成什么影响，我们就能从中了解更多信息。”

克里斯托弗突然意识到布莱克口中的“它”指的正是自己，顿时火冒三丈。

里夫斯用力抓住他的手臂，推着他往门外走。

“等等！”

里夫斯揪着克里斯托弗一起转身，只见布莱克从一张桌子上拾起一件东西，朝着双门走过来。

“这是给你的。”他对克里斯托弗说，然后把人偶递给他。

布莱克这个举动，别说克里斯托弗，连里夫斯也大感意外。布莱克的怒气似乎已经平息，不过克里斯托弗还是看不懂他的表情——难道是内疚吗？克里斯托弗把人偶从他手上拿过来。

“谢谢你。”

布莱克转身回到书桌前继续写笔记。

邓洛普和里夫斯押解着克里斯托弗回到他的小牢房。铁窗外的天空是一片深蓝色，而且越来越晦暗了。门闩发出哐当一声，把克里斯托弗吓了一跳。他将人偶放在地面上，人偶站着不动，抬头看着他，好像在等待指示。

“坐。”克里斯托弗说。

人偶于是坐在地面上。

克里斯托弗爬上小床，怔怔地看着墙壁。牢房里越来越黑，最后，那个人偶变成了暗夜里的一个灰色身影。

第 18 章

圆萝卜拿出克里斯托弗照片的那一瞬间，柯米尔的脸一下子没了血色——杰克从没见过人的脸会变得这么煞白。柯米尔仿佛被人在肚子上打了一拳，踉跄着倒退了几步。要是没有地上那台发动机挡在他身后，杰克猜他肯定会摔倒。在每一双眼睛的注视下，柯米尔的嘴巴张开又闭上，却连一个字也挤不出来。又过了好像天长地久那么久，他才发出几个听起来有点像是单词的音节。等柯米尔终于开口说话时，他还是结结巴巴的，几乎连不成句子。

“你、你……你怎么……克里斯……他是……不过那……怎么会……那不……”

他用扳手指着萝卜，就这样结结巴巴地唠叨了好一会儿。萝卜转过头，不耐烦地看着杰克。

“他出故障了吗?”萝卜问道。

就在这时，柯米尔清了清嗓子，哼哼了两声，一下子就恢复了常态——感觉就像一台发动机突然开始运作，所有齿轮和轮子都在这瞬间疯转起来。他的脸上又有了血色，他的两眼也重新开始喷火。

“艾格伯特，快去准备。”他大声说。

“准备什么？”艾格伯特悠悠地问。

“我们要去伦敦！”柯米尔生气地说，仿佛艾格伯特刚刚问了一个史上最蠢的问题。

“好的，先生。”艾格伯特答道，稍稍鞠了一躬，就飘然出了房间。

“他为什么要去伦敦呢？”圆萝卜问杰克。

“因为那是管理局的老巢呀。”杰克咧嘴一笑。

圆萝卜皱起眉，低头看着地板。过了片刻，一丝微笑缓缓在他脸上绽开——他终于明白柯米尔的用意了。于是萝卜走到柯米尔跟前，把照片递给他。柯米尔本来正在来回踱步，双手不停地抓着自己的头发，这时候他转头看着萝卜，急眨了几下眼睛，好像从来没见过这人似的。萝卜伸手把照片递过去。

“他样子一点儿也没变。”萝卜说，“等我们找到他时，你应该能认出来。”

柯米尔轻轻地接过来，看看这张照片，又看看萝卜。突然，他的喉头开始发出那种刺耳的摩擦声，就像用砂砾碎石漱口似的——他又在开怀大笑了。萝卜也跟着一起笑，两人开始了新一轮的狂笑二重唱。埃丝特尔看着杰克，扬起了一条眉毛。

很快，柯米尔就开始在房子里上蹿下跳，指手画脚地发号施令。可怜的艾格伯特四处飞奔，把各种工具和包包搬到大堂，还不时停下来向着柯米尔点头哈腰地说“好的”。

其他人呆站在走廊里，看着眼前这疯狂的一幕。柯米尔不停地自言自语，脑袋来来回回地晃动着。在这片混乱当中，他的目光突然被萝卜吸引住了。

“那是什么?”他指着萝卜的脖子问。

“那是乔治。”萝卜答道。乔治很紧张，努力蜷缩在他的脖子下，想把自己藏起来。

“乔治?”柯米尔气恼地说。

“就是他的名字呀。”萝卜说。

柯米尔皱起眉头，摸了摸下巴。“我没印象给他起过名字呀。”

“他有六条腿，所以不是蜘蛛。”萝卜说。

柯米尔点了点头，可是他盯着萝卜的目光就像在看着一个精神病人。然后他飞快地沿着走廊跑远了，一边跑还一边喊着艾格伯特的名字。

“我是在那个方向找到乔治的。”萝卜指着走廊，自豪地说。

“哦。”杰克不知道说什么好，只能敷衍着答应了一声。

“你还找到了别的东西吗?”埃丝特尔一边问一边伸手去摸乔治。

萝卜摇了摇头。乔治小心翼翼地碰着埃丝特尔的指尖，慢慢胆子大了，一下子蹦上她的手臂，三两下就跑到她肩膀上。埃丝特尔忍不住哈哈大笑。杰克猛地转身看着她；萝卜扬起一条眉毛，马上本能地伸手扶着，怕眉毛掉下来。两人对望了一眼，都很奇怪——他们从来没听过埃丝特尔大笑呢。

"怎么了?"她问道。

"没怎么。"杰克答道。萝卜连忙装出饶有兴致的样子，观察着地板上的一片灰尘。

过了不久，柯米尔回来了。只见他脚踏一双结实的靴子，身穿一件黑色皮大衣，大衣的衬里缝着一个个口袋，口袋里装满了各式各样的螺丝刀、扳手、螺帽和螺钉。柯米尔仔细检查各个口袋，又从头到脚地整理了一遍。等他确认所有工具都带齐了，柯米尔心满意足地耸起双肩，转了转脖子，像要放松一下情绪。

"好了，我们出发吧!"他说完，把两只手合在一起使劲地搓。

"我们都去吗?"杰克问。

"对，当然了。"柯米尔大声说，然后皱起眉头看着曼达，看了好一会儿，"嗯，也许你可以留下来。"

看样子曼达要开口抗议了，杰克连忙上前一步。

"这样安排可能是最合理的了，曼达。"他说，"你得先适应适应这两条新腿呀。"

曼达绷着脸，很生气地盯着大伙儿。可怜的泰迪熊快被她的臂弯夹扁了。

“在我们回来之前，艾格伯特会照顾你的。”柯米尔说道。他看着曼达，好像想说点别的什么，然后好像觉得还是别说了，紧接着好像马上就改变主意了。他开始结结巴巴地说：“刚才……我说……当我说……然后你就哭了……呃……这个……”

“正常来说，向人道歉的时候应该说对不起。”埃丝特尔竖着眉毛说道。

柯米尔狠狠地瞪了她一眼，然后又转头看着曼达。“对不起。”他哑着嗓子说，然后就跺着脚走出了前门。

大伙儿跟着他走到屋外。柯米尔刚走到最后一级台阶就站住了，目瞪口呆地盯着那扇大门的残骸。

“谁干的好事？”

萝卜不假思索地指着抓佬，抓佬一下子慌了。

“这门，等我们回来之后你再修吧。”柯米尔一边说一边转头看着别处。突然，他又把脑袋转回来，眯起眼睛打量着抓佬，“我也许可以借用你一条手臂来加固新门。”

工程师说完就偷偷笑了；抓佬神色焦虑，不住地揉自己的右臂。

一行人走出了大门，只见卡车就停在外面。此外还有好几十个机械人，纷纷从墙后、电灯柱旁和树后探头出来张望。柯米尔停住脚步，有点不自在地看着大伙儿。然后他装模作样地清了清嗓子，显示出对他们毫不在意的样子。接下来，他低着头，迈开大步朝卡车走去，两条手臂不自然地在身体两侧乱摆。

他想打开驾驶座一侧的车门，车门却卡住了。杰克走上前帮他，听见他歪着嘴低声咆哮道："快点！"

有些机械人从藏身的地方走出来了。

杰克把手放在车门上，突然好像改变主意了，又往后退了一步。

"你干什么？"柯米尔狠狠地说，拼命地摇着车门把手。

杰克看见六腿山姆就站在附近，无所适从地看着柯米尔，眼神里充满了敬畏。

"你应该跟他们说句话。"杰克低声对柯米尔说。

"什么？不行！"柯米尔厉声拒绝，越发抓狂地拉着车门把手。

"你需要对他们有个交代。"杰克说着，向着那群越走越近的机械人点了点头，然后用狡黠的眼神盯着柯米尔，"然后我再给你开车门。"

柯米尔紧紧握住拳头。"哎，好吧。"于是他后退一步，转身叉腰看着大伙儿，用一只脚不停地踏着地面，发出嗒嗒的响声。"呃，这个，是这样的，"他终于开口了，却还生气地翻着白眼，"本人，菲利普·柯米尔，在此声明，我会回来的。"说完，他伸手往空中一指，动作特别夸张。

没有人接话。

萝卜靠着卡车，仰头看着柯米尔。"回来之后我会把大家都修好的。"他低声提示说。

柯米尔一下子被这个提议惊呆了，杰克忍不住得意地笑起来。

“好吧！回来之后，我会把各位都修好的！”柯米尔高声吼道，马上转头看着杰克，“快点！我们走吧！”他嘟囔着说，脑袋又垂下去了。

于是杰克打开车门，柯米尔千恩万谢地钻了进去。杰克扭头朝着萝卜眨了眨眼，萝卜笑了。

“记住了，柯米尔先生，说话要算话哦。”卡车发动机启动时，萝卜提醒说。

柯米尔只是盯着前方，嘴里哼了一下。

杰克不知道柯米尔跟阿布萨隆相比，哪个开车更厉害——或者说，哪个开得更烂。之所以难断定，主要是因为柯米尔的驾驶风格很独特：乍看之下既疯狂又飘忽，可是当中又蕴藏着无比的自信。他用力地抓着方向盘，就像斗牛士揪住牛角把蛮牛死死按在地上。每逢转弯，他总是等到最后一刻才猛打方向盘，同时竟然还狂踩油门，来个加速急转弯。雪上加霜的是，每次转弯，圆萝卜都会发出高声尖叫。

在去伦敦的路上，杰克和埃丝特尔想从柯米尔那里套出更多的消息。可是老头的眼睛始终盯着正前方的路面，顶多哼哼两声作为回答。

“这么说来，他真的是你亲手做的咯。”埃丝特尔说。

柯米尔哼了一声，大概可以解读为“对”。

“那你怎么把他丢了呢？”杰克问。

柯米尔又哼了一声，这次意思也许是“别多管闲事”。

“你不是很想跟我们说。”埃丝特尔说。

又是哼的一声，这次肯定是“对，你们别管闲事”。

埃丝特尔绕起双臂，向后靠在椅背上。“这人真有意思。”她对杰克说。

剩下的两小时旅途基本上是在沉默里度过的。等他们终于到达大都市的时候，大伙儿都兴奋起来，再也压抑不住心中的激动。比如说圆萝卜，他从来没到过大城市，所以反反复复地提醒大伙儿，这是一座“真人”的城市啊！卡车驶进伦敦的街道，萝卜不停地发出“啊啊”和“哈哈”的惊叫声，又指着沿街风景让乔治一起看。乔治蜷缩在他的下巴下面，发出亲切的“啾啾”声跟他对答。不说别的，就说这里的楼房吧，高得让人难以置信，他们看着看着就开始觉得眼花缭乱了。

大家从来没见过这么多汽车。萝卜他们习惯了乡村公路，通常见到的是马车，往往隔好几个小时也见不到一辆汽车。伦敦就不一样了，伦敦四处都是汽车。开车的大部分是机械人，主人就舒舒服服地坐在后座看报纸；有些人买了最新款的超级聪明哈里森威武型号机械人，甚至能让他们读报给自己听。

很多街角有报摊和水果摊，都是由机械人看着。萝卜拼命地看，不想错过任何一件东西。他的眼珠子不停地转来转去，杰克有点担心它们会从他脑袋上掉下来。卡车经过皮卡迪里圆环[①]的时候，他们看见一个机械男孩背着十几个摇摇欲坠的篮子，不慌不忙地穿过熙熙攘攘的车流，来往的汽车都响起了喇叭，他却一点也不在乎。大伙儿都看呆了。

最后，他们停在了一栋门口立着一排巨大柱子的宏伟建筑物前。柯米尔跳下车，站在车旁，双手叉腰，盯着这栋大楼的正面。其他人都下了车，站在他身旁。

这栋大楼的面积占了将近半个街区，而且五层楼上密密麻麻地挤满了窗户——杰克从来没见过一栋建筑物上能有那么多窗户。大楼正面有几个巨大的旋转门，门里面就是接访区。许多西装革履的人进进出出，大部分神情肃穆、行色匆匆。男的都穿着朴素的深色西装；女的则穿着花呢西装套裙，戴着正规的礼帽，衣领的扣子也都很合时宜地扣上了。柯米尔斜着眼睛盯着镶在大楼正中心的一个标志，那是一个风格简洁的白底黑字浮雕图案，上面只有三个字：管理局。

柯米尔迈步向着其中一个旋转门走去，其他人也跟着他往前走。杰克突然听见身后传来一阵哐当哐当的巨响，这才意识到抓佬也下了车，正迫不及待地跟着他们进去呢。杰克连忙回头叫他待在

---

① 皮卡迪里圆环（Piccadilly Circus），伦敦著名圆形广场，建于1819年。——译者注

车里，抓佬听了，很失望地磨着下巴。

“不行。”杰克说，“不为什么，反正你就是不能进去。而且我们很快就回来的。”

抓佬只能郁闷地爬回车里。

杰克跟在众人后面走进大楼，来到了一个大中庭的正中心。这里的大理石地面和墙壁的漆木镶板都闪闪发亮，整个巨大的共享空间显得庄严肃穆，而来去匆匆的人群更给这里平添了一点优雅、高效的气氛。这时候，三个身穿防水大衣、头戴软毡帽的男子从他们身旁经过，朝着大门走去。杰克一看见这仨人，心里突然一阵恐慌。在这个恐怖的瞬间，杰克仿佛回到了阿布萨隆的废品处理场，回到了那个可怕的夜晚：他又看见克里斯托弗被两人拖走，还有一道道蓝色的闪电……杰克突然很想一把揪住埃丝特尔的手臂，好不容易才忍住这冲动。

管理局的接待处就正对着大门，前台有一张特别大的桌子。一个身穿浅灰色西装的年轻人就坐在桌子后，埋头在一个登记簿上面写东西。柯米尔径直朝他走过去，用力敲了敲桌子。年轻人一下子抬起头，努力挤出一丝貌似友好、实则只是公事公办的微笑。他的一边嘴角才刚刚提起，笑容立刻就消失了，脸唰的一下变得像牛奶那么白。

“你好。”柯米尔说。

“你……你……你不会是……”年轻人结结巴巴地说。

"我就是。"柯米尔说。

年轻人扭头望向右后方的墙壁。只见墙上高高挂着六幅肖像画，清一色的男人，而且每一个都用傲慢的眼神俯视着外面的世界。第一个当然是任瑟堡了；而左起第三幅画的正是柯米尔——虽然画中人整洁很多，也年轻很多，却是柯米尔无疑。只见他侧身站着，一手扶着左侧翻领，炯炯的目光里流露出柯米尔特有的那种好斗和挑衅的神情。

"有……有什么需要我效劳的吗，先生?"年轻人说完就慌了，连忙又加了一句"柯米尔先生"。

"希伯特。"柯米尔就说了这三个字，然后用手扶着左边翻领，挺直了腰杆，学画里的姿势站着。

"希伯特?"年轻人重复道。

"希伯特。"柯米尔说。

这两人听起来就像一对青蛙在呱呱叫，杰克心里想道。

"希伯特先生?"年轻人紧张得快要开始尖叫了。

柯米尔凑到他面前，发出一声充满了威胁意味的低吼。"希伯特先生。"

年轻人很紧张地咽了一下口水，茫然地在桌面上看了一圈，好像丢了什么东西找不到了。终于，他抖擞精神，恢复了常态。

"他不能见你，先生。"

柯米尔瞪着他。

“他不能见你。”年轻人不停地舔着嘴唇，高声说，“你没有预约。”

柯米尔朝自己的画像扬了一下脑袋。“上面画的谁?”

年轻人连人带椅向后转，看着肖像。“是你，先生。”

“我是谁?”

年轻人又狠狠地咽了一下口水，仿佛喉咙被什么东西堵住了。“你是菲利普·柯米尔。”

“顶层七号办公室，对吧?”柯米尔说。

年轻人点了点头，脸色依然煞白。

“好孩子。”柯米尔微笑着说。

然后他转身向着电梯门走去。

第 19 章

电梯门是深色的，巴洛克风格的设计，表面有华丽的抛光花饰图案，画着荆棘和树枝。柯米尔按了一个黄铜按钮，电梯门向两边分开，露出站在电梯间里的一个机械小男孩。只见这个小男孩穿着棕色制服，头上还戴着一顶门童礼帽。

众人走进电梯，小男孩大声问：“去几楼，先生？”

“有劳了，去顶楼。”柯米尔答道。

男孩按了一个按键，电梯门缓缓合上。片刻之后，只听见哐当一声，整个电梯震了一下，接下来便有一种上升的感觉。电梯启动了。

电梯间里沉默了一会儿，柯米尔清了清嗓子，目不转睛地努力盯着前方——可是很明显，有个难题正困扰着他。他看了看小男孩，把视线移开。然后他好像实在抑制不住内心的冲动，终于还是低头看着小男孩。

“皮尔金顿出品，对吧?”他说。

“对的，先生。”男孩答道。

“第四级，我说得对吗?”柯米尔说。

“你说得对，先生。身为皮尔金顿第四级机械人，我感到很自豪，先生。”

大家又陷入了沉默，只有电梯滑轮转动和齿轮咬合的声响。柯米尔垂下脑袋叹了一口气，从大衣内袋掏出一把扳手，跪在男孩身边。

“我可不可以?”

“当然可以了，先生。”男孩说。

柯米尔抓住男孩的右臂抬起来，迅速地往上和往下推拉了一下，低声骂道:“我就料到了!”

柯米尔于是将男孩的上衣纽扣解开，把他的右臂掏出来，然后拧紧他左肩上的一颗螺帽。整个过程中，男孩一动不动地看着前方。柯米尔调整得满意了，就让男孩把手臂举起再放下，男孩很听话地照办了。接下来，柯米尔从大衣口袋里掏出一罐机油，给男孩的肩膀和手肘上机油。

“好了。”柯米尔说道。小男孩一下下举起手臂再放下，却还是没有看着柯米尔。

“我一进来就发现问题了。”柯米尔嘟囔着说，低头盯着地板，看样子好像有点尴尬。然后他把男孩的上衣扣好，不过男孩依然只是用空洞的目光盯着前方。

电梯震动了一下，停住了，然后电梯门打开。

“五楼到。”男孩大声宣布。

大伙儿走出电梯，柯米尔动作很快地向男孩深深鞠了一躬，表示感谢。他们一行人沿着长廊向前走，萝卜凑到杰克身旁，低声说：“你看到那男孩的眉毛了吗？好逼真啊。”

一个身穿浅灰色裙子的小女孩在他们身边飘然而过。她手里捧着一个托盘，上面堆满了信封。萝卜回头一直目送她走远，杰克只能用手把他转回来，轻轻地推着他继续往前走。走了没多久，柯米尔突然右转，来到一扇木门前。只见门上镶着一块金色招牌，上面写着几个字：埃德加·希伯特局长。

柯米尔用拳头砸门，才捶了两下，也不等里面的人回答就开门直接冲了进去。

大伙儿一拥而入，只见有个男人坐在窗前的一张大办公桌后面。这人看样子五十几岁，身材矮小，开始谢顶的头上耷拉着一片稀薄的白发。他身穿一件深灰色西装，戴着一副眼镜，两只眼睛眨巴眨巴的，一脸惊诧地看着他们。

办公桌前面摆着三张椅子。柯米尔大步走上前，把中间那张椅子拉开，将大衣尾部向后一扬，大大咧咧地坐下去。杰克和埃丝特尔也一左一右地坐好，而萝卜则站定在柯米尔的右肩后面。

柯米尔朝那人咧嘴一笑，那人嘴巴张开，却震惊得说不出话来。

“埃德加。”柯米尔说。

“菲利普。”

“埃德加·希伯特。”柯米尔一边咯咯地笑着，一边拍着大腿，“老伙计，埃德加·希伯特。”

“老伙计埃德加。”圆萝卜也跟着说，然后和柯米尔互相眨了眨眼，两人一起笑起来。

“你来这里干什么?”希伯特质问道，他的脸颊忽然出现一抹绯红。他在椅子里微微动了一下，努力呈现出“一切尽在掌握中”的气势，可是最终的效果却像一个人发现裤子里有什么不明物体，表现得浑身不自在。

“我来跟老朋友打个招呼呀。”柯米尔说完，硬是在脸上挤出一个微笑。

“得了吧。”希伯特从鼻子里哼了一声，然后清了清嗓子。

“你抢了我的一个甲级机械人。”柯米尔话锋一转，然后把一张镶在相框里的他与克里斯托弗的合照扔到桌面上，正好落在希伯特的面前，“我来要人。”

希伯特拿起相框，只见柯米尔跟克里斯托弗并肩站在一个棚子前，两人面带笑容，都在阳光下眯起了眼睛。照片的上半截已经褪色，所以上面的景物好像正在消失在白茫茫的背景当中。在柯米尔家里，杰克就已经对这张照片惊叹不已。让他惊奇的不仅仅是克里斯托弗也在照片里，更因为照片中的柯米尔看起来竟然一脸幸福。

他的手搭着克里斯托弗的右肩，而克里斯托弗看起来也很开心。

希伯特轻轻地将相片放回桌面上，用一根手指把眼镜往鼻梁高处顶了一下，然后啪的一下，双手拍在面前的桌子上。

“不好意思，菲利普，不过，其实是你自己把他弄丢了呀。”

“哼！”柯米尔大声说，“你的意思是你们把他劫走了。”

希伯特似笑非笑地说：“不，我的意思是，你在许多年前就把他弄丢了。”

“明明是你派人——”

希伯特垂下脑袋拼命地摇。“菲利普——”

“他没有丢，有人找到他了！然后你又派人把他抓走了。”

“这事情我们已经讨论过了。作为你的老朋友——”

“你派人去，他们把他抓走了，现在我来要人！”

希伯特举起一只手，低头看着桌面，对柯米尔说：“你把他丢了，这无疑是一个悲剧。不过菲利普，这事情已经过去那么多年了。而且你别忘了，他的存在本来就违反了第五法则。”

柯米尔怒了。“第五法则是在他诞生后才写进法律条文的！”

“菲利普——”

柯米尔根本就不听他那一套，开始对希伯特吼起来。希伯特始终保持镇定，却毫不退让。杰克完全听不懂他们在吵什么，只是留意到双方反反复复地说起“第五法则”，又提到“初级推送法的相关法规”，还争论各种各样的规则和系统，以及“机械人自然法”

的重要性。柯米尔一边吵一边用手狠拍桌子，杰克忍不住想，到底是桌子先被拍碎还是柯米尔的手掌先骨折呢？他跟埃丝特尔对望了一眼，只见埃丝特尔生气地绕着双臂，鼓起腮帮子，长长地吐了一口气。杰克觉得忍无可忍了。

“不好意思。”他说，“喂喂，不好意思。”

希伯特转头看着他，两只眼睛迅速地眨了几下，仿佛在提醒自己：房间里还有别人呢。柯米尔还在骂个不停，然后才慢慢留意到希伯特的注意力已经不在他身上了。

“不好意思，希伯特先生。”杰克说，“克里斯托弗是我们的朋友，他本来和我们一起生活在阿布萨隆先生的废品处理场。后来管理局的人来把他抓走了，他们是你的手下吧？”

希伯特皱起眉。“你是谁？”

“他叫杰克。”杰克还没来得及开口，圆萝卜就抢先回答了，“除了克里斯托弗以外，杰克就是我最好的朋友。照片里跟柯米尔先生合影的就是克里斯托弗。这位是埃丝特尔，她是造皮高手。虽然她没有牌照，可是她一点也不介意，因为她对自己的水平有信心。这门手艺是她爸爸教她的。她爸爸以前还经常打她，有一次她还手了，她爸爸就再也没有碰过她，后来她就离开家独立生活了。埃丝特尔什么都对我说，是吧，埃丝特尔？”所有眼睛一起盯着埃丝特尔，她低下头看着地面，拼命把涨得通红的脸颊藏起来。圆萝卜回过头去看着希伯特，“我们来找克里斯托弗，你知道他在哪儿吗？”

柯米尔把目光从埃丝特尔身上移开，有点不自在地换了个坐姿。

希伯特清了清嗓子："恐怕我不知道。"

柯米尔向着他怒目而视，希伯特举起一只手，摆出一个"镇定"的手势。

"我是说真的，菲利普。在我们看来，你那个甲级机械人在几年前就失踪了。"

"克里斯托弗。"杰克说。

"什么?"希伯特问。

"他的名字叫克里斯托弗。"杰克说。

希伯特的视线从柯米尔转到杰克，然后又回到柯米尔身上。"真的，菲利普，如果我们要继续讨论这件事情的话，我们确实需要用真——"

"你要是敢再用那个带'真'字的词，我发誓一定会从这里跳过去，赤手空拳把你的喉咙给掐断!"柯米尔痛骂道。

希伯特小心翼翼地碰了碰喉咙，又咽了一下口水。

"希伯特先生，抓走我们朋友的那个家伙叫莫蒂默·里夫斯。"杰克说。

希伯特又皱起眉头。"我不认识叫这名字的人。"

"查一下你的档案。"柯米尔说。

"我不需要查档案，我手下的调查员，每个人的名字我都记得。"

"那么邓洛普呢?"杰克说。

“谁?”希伯特问。

“抓走克里斯托弗的另一个男的叫邓洛普。”埃丝特尔说。

希伯特转头看着埃丝特尔。“我们这里没有男性调查员叫那两个名字。倒是有一位梅根·邓洛普女士，不过她只是登记盖章部门的职员。”

“你在撒谎!”柯米尔说。

希伯特猛地转头瞪着柯米尔，一下子从座椅上蹦起来，脸颊涨得通红。“你给我听着!”他大声说，伸出食指对准了柯米尔，“谁也不能这样污蔑我！我们认识这么多年了，菲利普，你明明知道我是一个有诚信的人!”

柯米尔向后靠在椅背上，耸了耸肩。

希伯特坐回椅子上，拉直了一下西装的褶边。可是他余怒未消，身体还在微微发抖。杰克看得出来，柯米尔的那句话深深地刺伤了希伯特。

“实在太过分了!”希伯特愤愤不平地说。

柯米尔冷冷地看着他。“甲级机械人的没收令是谁签的字?”

“是我!”希伯特一边说一边神情倨傲地点了点头。

柯米尔扬起一条眉毛。

“如果你想问，我有没有签发命令没收你的机械人，答案就是没有。我从来没有布置过这样的任务，这次没有，他失踪那次也没有。”

“你可以查一下你的文件档案嘛。”柯米尔说。

“我向你保证，我根本就不需要查。我们从来没有没收过你的机械人，这个任务根本就不存在。”

柯米尔长叹一声，一下子瘫倒在座位上。

“我一定要找到他呀，埃德加。”

“我明白。”希伯特同情地说，“很不幸的是，菲利普，我们没办法追踪他。”

双方陷入了沉默。在一片死寂当中，柯米尔突然抬起头，脸上慢慢露出一丝从容不迫的微笑。希伯特看在眼里，开始缓缓地向后退缩。他的动作幅度特别小，乍看之下根本瞧不出来。

“办法嘛……倒是有一个。”柯米尔说。

希伯特的眼睛突然睁得溜圆，拼命摇头说：“不行，菲利普。”

“你可以帮我的。”

“不行，菲利普。”

“你有办法的，我知道你有！你可以借我用一下。”

这时候，希伯特显得特别狼狈，杰克甚至看见他前额渗出了一颗颗汗珠。

“第五法则规定——”

“我呸！滚你的第五法则！”柯米尔吼道。

“第五法则是英王陛下批准颁布的！”希伯特尖声叫道，竭力显示出权威的样子。杰克和埃丝特尔对视了一眼，两人都听出了他声音中的恐慌。

“第五法则严禁——”

“我说你有办法，你始终没有否认。”柯米尔咧嘴一笑。

“我们……我们没有。你可以用你自己的。”

“你知道我已经把我那个销毁了。”柯米尔说。

希伯特咽了一下口水，一掌拍在桌面上，声音变得更尖了。“我们没有，就算有也不会让你用，因为于情于理于法都说不过去。”

“你们没有什么？”杰克问。

希伯特刚刚张开嘴，柯米尔就抢先说了。

“他说的是授魂器，是一台特殊的设备，专门用来——”

希伯特突然从椅子里蹦起来，摇着一根手指说：“精炼推送法的秘密决不能——”

“嗨！你给我闭嘴吧，埃德加！我开始觉得你很烦人了。”

“什么是授魂器？”萝卜问道。

柯米尔向后靠，好让萝卜听见他的话。

“菲利普！别说！”希伯特尖声大叫。他现在半坐半站着，屁股悬在椅子上方晃来晃去。柯米尔斜着眼看他，好像在考虑什么事情。过了一会儿，他叹了一口气，身体前倾，凑到希伯特面前。

“快坐下吧，埃德加。”他说。

希伯特涨红着脸，圆睁的眼中流露出恐惧的神情。他打量了柯米尔一会儿，终于慢慢坐回椅子上。他的肩膀一下子塌下来，目光呆滞地看着桌面。

“授魂器是什么东西？”圆萝卜在柯米尔的耳边低声问。

“我是不应该告诉你的。”柯米尔低声答道。

“为什么呢？”埃丝特尔小声问。

“因为这是一个超级大机密。”柯米尔小声回答。

“那是一台设备，可以用来追踪甲级机械人。”希伯特恼怒地说，“你们的柯米尔先生发明了第一台，”希伯特停顿了一下，“然后又亲手销毁了。”

说完，局长大人意味深长地看了柯米尔一眼。杰克想知道这眼神当中隐藏的含义，却怎么也猜不出这两人葫芦里卖的什么药。

“为什么要销毁呢？”埃丝特尔问。

“因为这东西很危险。”柯米尔回答道，眼睛还死死地盯着希伯特。

“为什么危险呢？”杰克问道。

那两人又交换了一个眼色。

“你第一次把他丢了之后，为什么不用这台设备找他呢？”埃丝特尔问。

“因为那时候我已经把授魂器销毁了。”柯米尔说。

杰克越听越糊涂，他们的对话内容完全不合理啊！听着这种信息极度缺乏的对话，杰克感到心中的焦躁越来越强烈了。

“这台设备只是用来追踪，怎么会危险呢？”杰克一边说一边摇头——那两人的话实在是蠢不堪言。

“我经常怀疑管理局自己偷偷做了一台授魂器。”柯米尔说，转头看回希伯特，“他第一次走丢后，我来管理局求助。可是你的前任洛克先生不肯给我，还把我赶出去了。”

“他没有的东西，怎么给你?”希伯特平静地说。

“瞧你又来了，还一口咬定说没有，其实我什么都知道。”柯米尔说完苦笑了一下。

希伯特不愿意直视他的眼睛。

“洛克是一个顽固执拗而且不近人情的家伙，他心里只有规章制度。”柯米尔说。

“我也是。”希伯特说，还扬起下巴，神情充满了挑衅。

柯米尔凝视着他，过了好一会儿才点点头。“没错，你也是。”然后他哼了一声，推开椅子站起来，“是时候走了。”

“什么?”杰克和埃丝特尔异口同声地说。

“我们已经尽力了。”柯米尔说。

一行人走出了局长办公室。奇怪的是，希伯特目送他们出去时，脸上竟然现出了内疚的神情。

第 20 章

柯米尔沿着走廊大步前行，来到电梯门前按下按钮。杰克不用看也能感觉到，埃丝特尔现在已经火冒三丈了。在希伯特办公室的时候，有那么一瞬间，杰克觉得他们离克里斯托弗已经很近了——无奈那一瞬间稍纵即逝。和埃丝特尔一样，杰克觉得心头的怒气越来越盛。可是在愤怒之余，他还感到一种不断滑落的无助感，仿佛他距离克里斯托弗越来越远了。他努力在脑海中想着克里斯托弗的样子，心里却更加难过了。

大伙儿走进电梯时，迎接他们的还是同一个男孩。柯米尔单膝跪下，问："手臂怎样？"

男孩转动着手臂，咧嘴一笑。"很好，先生。真的很谢谢你，先生。"

柯米尔微笑着，正想开口说什么，就在这时候，两个调查员也走进了电梯。于是柯米尔站起来，还顺手把男孩的帽子摘掉，用手揉他的头发。男孩身体稍稍前倾，按了一楼的键。那两个家伙双手合拢搁在身前，冷冷地看着前方。柯米尔左手拿着男孩的门童帽，右手漫不经心地敲着男孩的脑顶。男孩也不介意，任由他的手指在自己的金属脑壳上游走。电梯里一片寂静，只有一阵细碎的嗒嗒声。杰克跟满面怒容的埃丝特尔对望了一眼，心中越发糊涂了：为什么柯米尔的态度突然变得这么无忧无虑呢？他没留意到柯米尔其实在男孩脑顶敲了一句话。

电梯来到了一楼大堂，柯米尔把帽子戴回男孩头上。“非常感谢，先生。”男孩说。

“不，我应该谢你才对。”柯米尔说完，稍稍鞠了一躬。

杰克发现其中一个调查员看着柯米尔的古怪举动，皱了皱眉，然后和同事一起，精神抖擞地走出了电梯。

柯米尔向着大楼出口走去，脸上还带着一丝得意扬扬的笑容。埃丝特尔生气地瞪着柯米尔。杰克本来就很紧张，现在终于忍不住了。

“我们现在怎么办?”他毫不客气地问。

柯米尔瞥了他一眼，加快了脚步。“我们先回卡车里。”片刻之后，他已经来到了大楼正门外的那一条长台阶上，开始一步两级地往下走。

“授魂器怎么办?”杰克在他身后大喊。

柯米尔猛然转身，把一根手指放在嘴唇前。“你别担心。”他说。

“我就是担心啊！”杰克说，“克里斯托弗不见了，我们还不知道抢走他的到底是谁，而你刚才说的那个授魂器也许是找他的唯一途径了。”

柯米尔没答话，可是当他快走到最下面一级台阶时，他停住脚步抬起头，眯着眼睛观察这栋大楼。

“你相信他吗？你觉得他们真的没有授魂器吗？”

“他们当然有。”柯米尔说。

“那么我们无论如何也得拿到手！”杰克说。

“当然了。”柯米尔微笑着说，“这就是为什么我们今晚要回来偷。”

杰克抓破脑袋也想不明白他们怎样才能潜入管理局大楼。他们躲在不远处的一个街角监视这栋大楼，看了整整一个下午。

快到五点的时候，人们陆续从大楼里走出来。五点之后，人流汹涌而出，持续到将近六点，离开的人变稀少了。到了晚上七点，柯米尔揉着双手说：“好，差不多是时候了。”

杰克还是不知道该怎么进去，不过柯米尔只是笑笑，胸有成竹地敲着鼻翼。抓佬请缨去撞门，可是柯米尔告诉他没必要这样做。圆萝卜想到一个方案：他想办法爬上大楼撬开窗户爬进去，然后在管理局的大小走廊里施展“潜行模式”。

“这你怎么爬呀，萝卜？”杰克指着其中一根巨柱说。

萝卜叫他别担心。

"就算你爬进去了，可是那个授魂器在哪儿呢?"

萝卜皱起眉头抓着下巴。"嗯……容我三思。"他说。

埃丝特尔绕起双臂，把头一扬，很不客气地对柯米尔说："那我们到底怎么进去?"

"很容易。"柯米尔答道，"我们把抓佬的方案稍稍改动一下，直接从前门进去。"

他们又等了一个小时，等到夜色下的街道变得空荡荡。这时候，柯米尔赶着大伙儿从藏身的地方出来，一行人装出漫不经心的样子，悠闲地朝着管理局大楼走去。

"他这是干吗?"埃丝特尔一边翻白眼，一边狠狠地低声说道。

柯米尔一步两级地走上台阶，竟然开始敲旋转门上的玻璃。杰克一下子紧张起来，连忙做好逃跑的准备。他看见埃丝特尔半蹲着蓄势待发，也是随时准备着跑路。他们想不到柯米尔竟然会这样做，估计这老头已经失心疯了。杰克正准备叫萝卜和抓佬离大门远点，别让人看见。突然，他发现大楼里有一个瘦小的黑色身影正穿过门厅，向他们走过来。

原来是那个电梯门童。只见他手里拿着很大一串钥匙。他看也不看就把其中一把插进锁孔里，然后一转……

柯米尔迈着轻松的脚步进去了，其他人愣住了，站在旋转门的另一边，目瞪口呆地看着他。

"喂，进来吧。"他一边说一边挥手叫大家进大楼。

大家于是推门往里走。抓佬体积太大，只能弯腰侧身，一点一点地挤进去。杰克是最后一个进门的，他推动旋转门的时候，还扭头看了看背后空荡荡的街道。走出了旋转门，他看着柯米尔。

“你是怎么……？”

“很简单。”柯米尔说着，又把门童的帽子摘下来，开始用手指在他脑顶上敲，“这是莫尔斯电码，所有皮尔金顿机械人都安装了内置莫尔斯电码系统，所以能听懂我的意思。”他咧嘴一笑，用拇指朝男孩方向一指，“我刚刚说了谢谢。”

“你太客气了，先生。”男孩说。

柯米尔咯咯咯地笑了几声，把帽子戴回男孩头上。

“你叫什么名字？”

“我叫威廉，先生。”

“好的，威廉，你能不能给我们带路呢？”

“我能，先生。”

威廉带着大伙儿来到一扇橡木大门前。他又掏出那一串钥匙，敏捷地挑出一把，把门打开了。然后他打开一个开关，许多灯泡闪了几下，都亮了。虽然灯光很昏暗，却让他们看清了面前的路。

“跟我来。”威廉说。

只见门后面有一条往下的石阶，一直通往大楼的深处。石阶很陡，而且每一级都很窄，几乎容不下抓佬的一双大脚。抓佬只能用两只爪子顶住墙壁，这才勉强支撑着身体，小心翼翼地往下走。一想到身后跟着两吨摇摇欲坠的金属，杰克就很紧张。可是大家都已经开始沿着石阶往下走，想回头也来不及了。

柯米尔跟在威廉身后，一边走一边吹口哨，就像在艳阳下野餐那么悠闲。可是杰克觉得浑身不自在——这条往下的路太长太窄，他不知道目的地是哪里，也不知道有什么东西在等着他们——而柯米尔的口哨声更加让杰克心里发毛。埃丝特尔的心情肯定也和杰克差不多，只见她一边往下走，一边紧紧盯住柯米尔的背影，目光仿佛能在他背上烧出一个洞来。

可是圆萝卜竟然听得入了迷。

“你能教我吗？”他朝柯米尔扬了扬脑袋，低声问杰克。

杰克捏了一下萝卜的手。“好的，萝卜，等这一切都结束，我们也找到克里斯托弗了，我就教你。”

萝卜咧嘴笑了。杰克不忍心告诉他，要吹口哨，他必须能呼吸……

一行人终于走到了台阶底部，发现这里是一个天花板很高的长形展览厅。墙壁上挂满了画，大厅里摆着大量雕塑和展柜。杰克看见一个玻璃展柜里摆放着一台精密的设备，像是一个大钟的内核。虽然灯光昏暗，可是这台设备里面的黄铜转轮和齿轮都在闪闪发亮。在对面的一个基座上，立着一具四肢细长的精钢骷髅。

“这是一个博物馆。”埃丝特尔说，语气充满了惊奇。

杰克跟在柯米尔身后，靠着左边墙走，在一个个展柜前经过。这些展柜里面放着各种各样的古怪玩意儿，从皮面精装书、羊皮纸碎片、齿轮和垫圈，到电线以及金属做的手手脚脚，真是应有尽有。

柯米尔在一个展柜前停住脚步，一下子陷入了沉思。他的脑袋越垂越低，下巴都碰着胸膛了。这展柜上方挂着一幅画，画里是任瑟堡和阿一。这幅画的画面跟他们在阿布萨隆窝棚里见到的那一幅相差不大，却生动许多。任瑟堡依然是那一身常见的打扮：猩红色上衣和斗篷，带褶边的领巾，还有及膝的马裤，带着一种高不可攀的庄严气度。

杰克盯着这幅画，特别仔细地观察阿一。他身上的服装跟任瑟堡相像；他的鼻子又短又粗，感觉是砸进他的圆脑袋里的；他的头发是画在脑壳上的；他鼻子两侧的两颗小圆球被画成了两只眼睛；他的嘴巴是在脑袋上刻出来的，还有点歪，好像刚刚准备开口说话。

埃丝特尔站在杰克身边，看着这幅画赞叹不已。

“他们把阿一烧毁了，埃丝特尔，你能想象吗？”说到这里，杰克浑身抖了一下，不知怎的，目光竟然被展柜里的东西锁住了，“我怀疑——”

“嘘！”柯米尔在昏暗的灯光中喝止他。原来柯米尔早已走到了大厅尽头，站在两扇大木门前，把耳朵贴在门板上。

“就在这里吗？”他问威廉。

“我不知道，先生。”威廉答道，“他们从来没有告诉我们大楼的这个部分是干什么用的，而且我也没有这道门的钥匙。”

柯米尔咧嘴一笑。“那就肯定是这里了。”他招手让抓佬过来，然后抬头笑着对他说，“大壮士，劳您大驾了。”

说完，柯米尔侧身让开。抓佬看了看大门，又看了看柯米尔。

“好了，动手吧！”柯米尔低吼一声。

抓佬疑惑地看着杰克。

“动手吧，抓佬。”杰克说。

于是抓佬迈步走到门前，把右拳往后拉，蓄势待发。杰克看见他肩膀里的弹簧和线圈都在收缩绷紧。有件事情一直以来让杰克觉得很惊奇：阿布萨隆只是一个不入流的工程师，却鬼使神差般做出了像抓佬这么高效的机械人。杰克有时候怀疑抓佬根本就不是阿布萨隆做的。

抓佬的右手一动不动，正在积蓄力量。突然，一团灰影猛然击出，就像一根绷了许久的橡皮筋突然弹出。只听见咔嚓一声巨响，抓佬的右拳硬是把厚重的木门打出了一个洞。然后抓佬走上前，用两只爪子抓住洞口参差不齐的边缘，不停地往外撕扯。最后，木门只剩下几块零碎的木片和几个扭曲变形的铰链。

第 21 章

抓佬开始清理木头碎片，柯米尔趁机盯着门后的那片阴暗的空间。展览厅的灯光虽然渗进去一点，可是稍远的地方就照不到了。“就在这里。”他说，“肯定在这里！”

众人陆续走进房间里，然后柯米尔转头看着威廉。

“关于这个房间，你知道什么？”他问道。

威廉摇了摇头。“完全不了解，先生。所有机械人以及七级以下员工都没有权限进入这个房间。”

“我猜这栋大楼里面，只有希伯特先生是七级员工吧？”

“是的，先生。”

柯米尔乐了，咯咯咯地笑出声来。

“我什么也没看见呀。”杰克说。

“这里那么暗，”埃丝特尔说，“肯定有灯吧？”

“就像那两盏绿色的灯吗？”萝卜问。

杰克一时蒙了，还没来得及开口问他什么意思，只见一件锋利的银色物体突然从黑暗中射出来，击中了萝卜。萝卜双脚离地，整个人飞出了门外。

这时候，一阵刺耳的尖啸声划破了宁静，只见一只长着两只绿色眼睛、身形像螳螂似的金属巨怪出现在众人面前，挥舞着两条镰刀似的前爪，向这些不速之客袭来。

“你去死吧，希伯特！”柯米尔破口大骂，连忙扑到一面墙边躲避。

杰克眼看着螳螂怪居高临下地扑过来，紧张得四肢僵硬，竟然无法闪避。就在这个紧急关头，他觉得有什么东西撞在身体侧面，整个人被撞飞，刚好躲开了怪物的一击。杰克抬头一看，发现把他推开救他一命的人正是埃丝特尔。这时候，埃丝特尔正举起双臂，仿佛想凭血肉之躯抵挡螳螂怪的进攻。不过螳螂怪有一条腿的尖端深深地插进了木地板里，它拼命地扭动那条腿，想把它拔出来；其余五条腿一个劲儿地刮着地板，还不停地打滑。最后，螳螂怪竭尽全力一拔，向后一个踉跄，几乎摔了个仰面朝天，高高隆起的后背差点就碰到地面——不过那条腿终于拔出来了。它二话不说，又发起新一轮进攻，这回轮到威廉舍己为人了。他挺身挡在埃丝特尔身前，螳螂怪的腿一下子把他肚子戳出一个洞。威廉发出一声沙哑的惨叫，两条腿一软，摔倒在地上。

“抓佬！抓佬在哪儿?”杰克尖叫道，然后他用余光瞧见了抓佬。只见他僵直了一动不动，只是怔怔地看着这一切。然后他的脑袋一前一后地乱动，显得很不安，好像完全不知道该怎么办了。

“他在这里没用！”一个声音吼道。杰克扭头一看，只见柯米尔匍匐在地上，正朝他爬过来。“别指望他了！”他对杰克吼道，“我们要分散它的注意力！”

说完，柯米尔把两根手指塞进嘴里，吹出一声尖锐刺耳的口哨——螳螂怪的脑袋应声转到这个方向来了。

突然，一道银色闪电掠过——这一回，银光是从刚才大家穿过的那扇破门那儿飞过来的——原来是乔治在空中飞过！柯米尔手疾眼快，右手一探，把这个小机械人抓在手中。然后老工程师压低声音，狠狠地说：“跳！”

这时候，螳螂怪快步向柯米尔扑过来。柯米尔临危不乱，把乔治猛地掷向螳螂怪。杰克留意着怪物的眼睛，发现它看见乔治时，目光里流露出一种好奇的神色。除了好奇，杰克还从中看到了不安和躁动——仿佛有一只受惊的动物被困在这双绿色的眼睛里，正在扑腾着要往外逃。

一瞬间，这双眼睛就闭上了。只见乔治把几条腿插进了螳螂怪的脖子里，螳螂怪尖叫着，发疯似的扭动身体，又在拼命摇头。可是乔治牢牢揪住不放，六条腿反而越插越深——杰克听见了金属碎裂的声音。螳螂怪狂暴地挣扎着，开始满地打滚。杰克慌忙闪避，差点就被它的一条腿钉在地板上。

最后，螳螂怪用力一甩，终于把乔治甩掉了。乔治从怪物脖子上直飞出去，仰面朝天摔倒在几英尺之外，六条腿还在空中乱蹬。

狂怒的螳螂怪厉声尖叫着，长长的脖子一上一下地不停抽搐。杰克吓得完全动不了，他还看见抓佬伟岸的身躯正畏缩在黑暗之中……怪物继续尖叫着，脑袋继续上下抽搐着，一步一步逼近离它最近的目标——威廉。这时候，埃丝特尔扑上来把威廉拉开，自己挡在怪物面前。她用挑衅的目光瞪着螳螂怪，螳螂怪竟然被她的气势逼着倒退了两步。埃丝特尔把一件类似门铰链的东西向它扔过去，哐当一下砸在它脑袋上。螳螂怪摇了摇头，吼得更凶了。**你扔这个威力不够，只能把它惹毛，**杰克想，**这回它要下狠手了。**

就在这个紧急关头，柯米尔走出来了。

他拿着一块从破门上掰下来的木板，走到螳螂怪面前。怪物突然把脑袋往下一沉，向柯米尔猛扑过去。在这个恐怖的瞬间，杰克还以为柯米尔会被它撞飞了。

幸好，柯米尔抢了先机。

他把木板重重地砸在怪物脑袋上，一下子把它打蒙了。然后他趁机抡圆了，用木板的宽面狠狠地打中了螳螂怪的左侧颅骨。这是致命的一击——怪物脖子的基座本来就被乔治用腿钻得千疮百孔，在重击之下，发出一声可怕的金属摩擦声，整个脑袋飞了出去，撞在房间对面的墙上，又跌落在地板上，摇晃了几下，就不动了。两只眼睛里的绿光渐渐变暗，然后完全熄灭。怪物的躯体继续痉挛、抽搐，几条腿不停地打滑，就像学溜冰的菜鸟想努力保持平衡……终于，它的身体也轰然倒塌了。

柯米尔的喘息声回荡在一片黑暗之中。他查看螳螂怪的脖子，只见本来长着脑袋的地方现在只剩下一束束电线伸出来，就像一根根被撕碎的血管。

“这工艺也太烂了！”柯米尔倒吸一口气，用手摸一下前额，突然发出一下短促尖锐的、像狗吠似的笑声。在这一刻，杰克对这个老头恨之入骨。

埃丝特尔肯定也有同感！只见她低着头喘了一会儿气，然后抬头盯着柯米尔，看眼神好像已经把他当成下一个攻击目标了。柯米尔还在沾沾自喜地笑个不停，完全没留意到同伴们生气了。

杰克挣扎着爬起来。他心里首先想到的就是萝卜，可是已经有人抢先一步去关怀萝卜了——只见乔治翻身站起来，迈着细碎的步子，蹦蹦跳跳地跑出了破门洞。片刻之后，晕头转向的萝卜出现了；乔治就蜷缩在他的下巴下面。

“萝卜，你没事吧！”杰克一边说一边向他跑过去。

“有东西打了我一下。”萝卜说着，拼命地眨眼，仿佛在努力重新适应这个世界。

“是那个怪物。”杰克指着螳螂怪一动不动的残骸说。

萝卜走到尸体跟前，倒抽了一口凉气。“它的脑袋哪儿去了？”

“在那边。”埃丝特尔指着对面的墙，疲倦地说。这时候，抓佬仍然蜷缩在墙边不敢动。

柯米尔正在帮助威廉站起来。小门童的身体上开了一个大口子，许多链轮、电线、齿轮在黑暗的胸腔里闪着亮光。他站起来时，体内传出一阵低沉的碾磨声，好像是一台马达正在启动。

“我觉得我需要修理一下了，先生。”威廉对柯米尔说。

“我保证会让你焕然一新。”柯米尔说完，揉了揉威廉的头发。然后他好像一下子就把门童给忘了，转身向房间深处走去，一眨眼就消失在黑暗之中。

杰克走到威廉身边扶他站直了。

埃丝特尔在墙壁上摸索着，找到了照明开关，房间里顿时变得灯火通明。就在这时，柯米尔叫了一声：“啊哈！”

他站在房间尽头一个黑色的基座前，基座上面放着一个银光闪闪的物体。柯米尔双手合拢着伸上前，小心翼翼地把那个小设备捧起来。然后他低下头，背对众人默默地站着。大家都不说话，过了好一会儿，柯米尔低声自言自语说：“对！”语气里充满了胜利的喜悦。然后他猛地一转身，大步向着门口走去。

“好了，我们走！”

“等等。”杰克说，“就是这个东西吗？”

柯米尔转身看着杰克，他怀里抱着那个授魂器，就像抱着个新生婴儿似的。那是一个银色的金字塔，大约六英寸高，除了表面光滑闪亮之外，完全没有什么特别的地方。

“是的。”柯米尔说，“绝对就是这一件。”他站在门口看着大伙儿，“好了，咱们走吧。”

大家都不理他，而杰克尤其接受不了刚才发生的事情。他的脑子在飞快地转动，刚才一幕幕恐怖的场景又浮现出来。那个东西从黑暗中突然扑向他们，一下子就把圆萝卜踢飞了，杰克想起来还是心惊胆战。当时抓佬整个人动弹不得，根本没办法对付那个螳螂怪。

“喂！”柯米尔不耐烦地说。

“它怎么了？”

问这句话的是萝卜，于是所有眼睛一起盯着他。只见萝卜惴惴不安地站在螳螂怪的脑袋前，看看脑袋，再转头看看它的躯体，又回头看着脑袋，脸上写满了疑惑。过了片刻，他暗自点了点头，好像突然想通了一些事情，然后摇摇晃晃地转过身来看着柯米尔。

“你把它杀死了。”他说。虽然只是平常对话的语气，可是他的目光却充满了谴责的意味。

柯米尔条件反射似的眯起眼睛看着萝卜，眼神里带着一点不安。

“为什么？”萝卜问道。

柯米尔把身体重心在两只脚之间换来换去——这个问题显然让他觉得浑身不自在。“你先别问为什么了，我们得赶快溜啊！”

说完，柯米尔大步走出了房间。而萝卜却摇摇晃晃地转过身去，盯着螳螂怪的脑袋，看样子还是心烦意乱。

“快走吧，萝卜。”杰克说。

萝卜看起来欲言又止，最后只能步履蹒跚地跟在柯米尔身后走出了房间。埃丝特尔扶着威廉往前走，经过那排展柜的时候，她突然转身盯住杰克。

“它的眼睛，”她说，“你看到它眼睛了吗?”

杰克点了点头。

在那一刻，埃丝特尔显得六神无主。她停下来摇了摇头，似乎想说些什么，最后却又决定还是不说了，然后就转身向着楼梯走去。杰克稍停了片刻，站在乔舒亚·任瑟堡和木头小男孩的画像前。他再一次看着展柜以及柜顶上那块写着“阿一残骸”的小匾，视线落在了展柜里面几块已经烧焦碳化的木头上。

第 22 章

小人偶坐在实验室一张桌子的边沿，两只手压在腿下面。虽然它没有眼睛，却像在全神贯注地看着椅子里的克里斯托弗。克里斯托弗被困在这个与世隔绝的破地方，杰克、萝卜和一帮小伙伴都不在身边，这个小人偶算是他唯一的朋友了。

“他是一个好人，你知道吗？”布莱克说。

克里斯托弗觉得很意外：布莱克正在挑另一块补丁，竟有心思和他闲聊？

“什么？”他问。

“我的父亲，他是一个好人。”布莱克说，“你之前不是问起他吗？按照礼数我应该回答你呀。”

克里斯托弗一时间不知道该怎么回答这句话，正想着，布莱克又开口了。

“他做那件事的时候，其实是为了这个国家着想。”

“哪件事?”克里斯托弗竭力显示出什么也不知道的样子。

布莱克轻蔑地笑了一声。“你别假装不知道。那次实验的结果已经公开好久了。正是因为那件事情，精炼推送法才会被严令禁止，第五法则才会实施。”

克里斯托弗当然记得阿布萨隆给他们讲过的那个故事。而且他说的时候总是美滋滋的，好像别人的苦难和失败就是他快乐的源泉。克里斯托弗也不知道阿布萨隆有没有添油加醋，反正他讲的那件事情听起来相当恐怖。那个展示会是在皇家园艺学会的大礼堂举行的。“举国上下都充满了信心，因为政府说胜利指日可待。”阿布萨隆说。他还告诉大伙儿，那时候全国人民都热切祈盼着战争快点结束。好几百人聚集在会场，都想一睹首相大人所说的“不列颠最高荣耀”的风采。在这几百位观众当中，一共有好几十人遇难。阿布萨隆每逢说到这一段，总是很合时宜地呈现出悲伤的样子，可是他发自内心的幸灾乐祸却怎么也隐藏不住。“他还有牌照呢。”阿布萨隆会沾沾自喜地补充说，“能想象吗？有牌照呀！所以你们看出来了吧，有牌照，没牌照，其实没什么区别。做工程师，关键看你真实本领有多高强。”

“它真的会喷火吗?”克里斯托弗问布莱克。

布莱克咯咯一笑。“对，真的会喷火。”

“你亲眼见过吗?”

布莱克迟疑了一下，然后犹犹豫豫地答道：“没有。”

克里斯托弗还想问点别的，布莱克已经抢先开口了。

“可是我看过设计草图，也见过某些部件的实物。”

“那些部件看起来是怎样的?”

“叹为观止!”布莱克答道，语气中带着难以抑制的自豪。

“听说主要是你父亲设计的，是真的吗?”

“是的。”布莱克答道，听起来很开心，“我父亲说，这是一台能够终结一切战争的战争机器。它和它的同伴们会在战场上纵横驰骋，能像秋风扫落叶一般击溃敌军。”

布莱克一边说一边绕到克里斯托弗跟前，从他右边桌面上拿起一个仪器。克里斯托弗看得出来，布莱克说起父亲的成就时，两眼都在放光。

“你一定为他感到自豪吧。”克里斯托弗说。

布莱克停下手中的活儿，呆站了片刻，好像记起了什么东西。他左边脸颊有一条肌肉不断地跳动着。“是的，很自豪。”他低声说。

“就算发生了那件事之后也自豪吗?”克里斯托弗继续问下去。

布莱克的语气突然变得冷冰冰的。“尤其在那件事之后，我就更自豪了!”说完，他一步一步地走回椅子后面。

克里斯托弗想了想布莱克这句话背后的含义，觉得还有一件事情需要了解。

“听说它有灵魂，是真的吗?”

布莱克听了好像很紧张，迟疑了片刻才说：“是真的。”

很明显，这些问题让布莱克觉得很不舒服。克里斯托弗觉得自己稍稍占了一点上风，于是决定再接再厉。

“为什么人们要把灵魂赋予机械人呢？”

“呵呵，你问题可真多。”布莱克竭力让声音显得轻松点，不过克里斯托弗还是听出他的语气已经开始变强硬了。

“我是想问，这事情到底重要在哪里，这个精炼推——”

克里斯托弗这句话还没说完就被咔嗒的一下响声打断了，然后他觉得脑子里有东西嗖地动了一下。

布莱克用镊子夹着一根补丁，仔细端详一番，然后得意扬扬地说：“这个小补丁是一段模糊的记忆，发生在某个春天的清晨，其实没什么用处。”说完他把这根补丁扔进托盘里——托盘里的那堆补丁越积越高，“你感觉怎样？”

“我也不确定。”克里斯托弗答道。

他当然没说实话。布莱克继续追寻他最初始的记忆，随着每一段虚假记忆被清除掉，克里斯托弗觉得心中的空虚感就多了一分，不过他再也不会因为这种空虚感而害怕。每段记忆消失所带来的失落感并不会持续很久，而且他已经习惯了——就如同人能适应针尖刺进肉里又很快拔出来的疼痛。奇怪的是，就算他心里多么不爽，克里斯托弗在整个过程中还是能保持着冷静——仿佛剥掉一层层的记忆能让他感受到一个更加真实的自己。

而且，在昨夜牢房的经历之后，他更加不敢把自己的思维状态全部展现在布莱克面前了。

他没有告诉布莱克的是，自从某些补丁被移除，他发现自己体内还发生了一些变化。昨天夜里，有一种古怪的感觉反反复复地在他脑子里出现：他好像获得了新的知识，世界仿佛正在向他敞开。这种朝气蓬勃的感觉既让他兴奋，也使他恐惧。昨晚这种感觉爆发了好几次，当中有些还伴随着栩栩如生的影像，有些则没有。每次发作都像是在一间空荡荡的屋子里打开了一个被遗忘很久的、紧锁的房间。克里斯托弗发现自己每次都迷失在这种奇怪的兴奋感当中。

他不愿意告诉布莱克，因为他并不相信这位工程师真的只是想发现克里斯托弗是怎么落在阿布萨隆手里的。克里斯托弗跟了阿布萨隆那么久，早已学会了判断别人是不是在撒谎——他看得出来，布莱克其实另有目的。克里斯托弗对自己的判断毫不怀疑，可是目前来看，他最好还是顺着布莱克的戏演下去。

当天剩下的时间里，他们继续察看、筛选克里斯托弗的各种记忆。许多虚假记忆都被清除了，比如说，孤儿院一个名叫汤姆的男孩子的生日会，还有某次海滩一日游——和煦的阳光、翱翔的海鸥以及脚趾间温暖的细沙——都没了。

“温暖的细沙敷在脚趾间，这是一种怎样的感觉？”布莱克拔走了补丁，然后问道。

“我不知道。”克里斯托弗答道。这段记忆已经被完全清除掉了。

布莱克工作时很专注，也很平静。房间里只有镊子和针尖摩擦的声音，以及补丁触碰时的咔嗒声。克里斯托弗突然冒出一个念头。

“你去过海滩吗？”

布莱克愣了愣，动作稍稍停了一下，虽然很短，却足以让克里斯托弗心中暗暗偷笑——因为他感觉到布莱克有点失态了，难道这里面有他的弱点？

布莱克清了清嗓子，继续干活。

“就一次。”他说。

“和你爸妈去吗？”克里斯托弗说。

接下来是一阵很长的沙沙沙的摩擦声，克里斯托弗听见布莱克深深地吸了一口气。

“是和我父亲去的，我母亲在我很小的时候就去世了。”

“不好意思。”克里斯托弗说。

布莱克又停顿了一下，然后继续干活。

“他为什么要做那件事情呢？”克里斯托弗继续问。

他感觉到布莱克有所动作，不禁紧张起来。哐当一声，布莱克把手里的工具都扔在工作台上，然后走到克里斯托弗面前，开始用布擦手。

“大战当中死了多少人，你知道吗？”

克里斯托弗摇了摇头。他曾经听阿布萨隆说起过打仗的事，但说的总是他自己的英雄事迹。其实埃丝特尔私下跟大家说过，她知道大战时阿布萨隆只不过是在伦敦一间医院里面洗厕所罢了。

“死了几百万人！几百万人啊！要是当初我们能够早点结束战争，我们能挽救多少生命啊！要是我们造出这种战争机器的话，早就打赢了。”

布莱克靠在克里斯托弗的椅子上。

“打仗用的机械人不但能拯救生命，而且能让我们的祖国再次强盛起来。可是政府仅仅因为一次小意外就彻底取消了生产计划。”

“那天出了人命啊。”克里斯托弗说。

“死那几个人算什么？要是我们沿着这个方向继续走下去，我们能够救回更多人呢！”布莱克愤怒地说，他的脸绷得紧紧的，“我父亲做的这一切都是为了大不列颠！”

“那么你现在又在做什么呢？”克里斯托弗问道。布莱克站直了身子俯视着他；克里斯托弗盯着他的双眼，毫不退缩，“你一定很爱他，所以才能忽视他犯下的错误。”

布莱克没有回答，却猛地转身，推开实验室的门。

“邓洛普先生！”邓洛普应声走进来，“我们今天的工作完成了。”布莱克说完，朝着克里斯托弗的方向走来，却刻意避开他的目光。

邓洛普把克里斯托弗从椅子里揪出来，将人偶猛地塞进他怀里，然后抓住他的手肘往外走。可是克里斯托弗挣扎着转身看着布莱克。

布莱克那股神气的劲儿已经荡然无存。只见他靠在一张桌子边上，脑袋垂着，眼睛看向别处，也许在回想着在某时某地发生的某些事情吧。

他此刻的感受，克里斯托弗完全了解。

第 23 章

柯米尔又变回了那副苦大仇深的模样。

他们刚刚抢到授魂器时，柯米尔还欣喜若狂，迫不及待要上路。以至于他在展览厅里给威廉包扎的时候，竟然流露出不耐烦——杰克都看出来了。他看见工程师的眼中不时闪过一丝烦躁的神情，每当威廉或者其他人开口说话时，他脸上的笑容就会减少一分。

他们帮助威廉编造了这样一个故事：晚上一群蒙面贼人闯进来，把他制服了。杰克觉得希伯特一个字也不会相信。不过他亲眼见证了那两人的对话，料到局长大人一定会把整件事情怨在柯米尔头上，因为对于希伯特来说，威廉根本就是无足轻重的……大伙儿把威廉反锁在壁橱的时候，杰克就在想着这些问题。最后威廉再一次感谢柯米尔，又跟大家道别。不过柯米尔只是很敷衍地说了一声再见，就把壁橱门关上了。

回到车里，柯米尔命令杰克开车，他在旁指路。在柯米尔的呼喝声中，这辆破车在伦敦的大街小巷中吭哧吭哧地前行。夜色已深，马路上依然车来车往。一路上，老工程师目光炯炯地盯着车窗前方，紧紧地咬住牙关，还不时嘟囔两句。一个小时后，他们出城已经将近十英里了，柯米尔叫杰克开进一条岔路。没走多远，他们来到了一个废弃了的破屋前。柯米尔从车厢里跳下来，打开了破屋的大门。这座屋子的屋顶是波浪形的铁片，已经生锈了。屋顶的一角翘起来，仿佛有个巨人把小屋当成了豆子罐头，要把盖子给掀起来。屋子的石墙磨损严重，污迹斑斑，墙边还长出了许多参差不齐的小草。

柯米尔拉一下灯绳，一个灯泡马上发出微弱的灯光，照亮了屋子。他打手势让杰克把车开进来。只见屋里堆满了乱七八糟的电线和管子，生锈的零件洒落一地，应该是从发动机和农作器械上面拆下来的。潮湿的空气里弥漫着一股难闻的气味，杰克忍不住想起了阿布萨隆的窝棚，不由得更加郁闷了。自从离开管理局，杰克心里就有一种不断下沉的感觉，现在这屋子更是把这种难受的感觉放大了。本来成功夺取了能帮助他们找到克里斯托弗的宝物，杰克以为自己会很开心才对。不过奇怪的是，自从柯米尔杀死那头怪物，把授魂器拿到手之后，大伙儿都陷入了沉默。有一种默默酝酿发酵的愤怒情绪萦绕在每个人的心头。杰克忽然觉得这次旅程已经完全失控了。

柯米尔旁若无人地在屋子里走来走去，精气神十足。走动时，他的肩膀碰到一个被铁链绑着、从屋顶垂下来的金属人偶。人偶在空中晃来晃去，发出轻微的嘎吱声。

杰克站在人偶下方，抬头仔细端详。只见它就像一个被主人遗弃了的拉线木偶。它的脑袋是半球形的，脸上没有五官；它的一条手臂被拉起来绕到脖子后面，另一条手臂则软软地垂在身侧。杰克留意到它的脚板上有一道道棕色的腐蚀痕迹，它的躯干有一侧已经生锈了，上面有许多蜂窝状的孔洞，是从屋顶渗进的雨水顺着人偶往下流的时候冲蚀出来的。人偶在空中摇晃时发出轻柔的嘎吱声，仿佛在低声呻吟。

柯米尔朝着门口方向看了一眼，留意到杰克正在观察那具悬在空中的人偶。“那是一个空壳。”他咕哝着说，“这是我以前的一个工作室，已经许多年没用过了。”说完，他朝摆在屋子深处的一张工作台走去。

萝卜走进来，站在杰克身边，也抬起头，上上下下地打量着人偶。自从大伙儿离开博物馆后，萝卜就没说过一句话。他这么安静，真的很反常。杰克从他的眼神里看出了一点无助和一点悲哀。萝卜转头看着杰克，不知怎的，杰克觉得他看起来老了，也睿智了——忧愁缠绕着萝卜，仿佛使他突然老了好几岁。萝卜好像正在等着杰克解答他心中的疑问，杰克也觉得自己应该向萝卜说几句，但他绞尽脑汁也不知该说什么好。

“我们下一步干什么？”杰克一边说一边转身看着柯米尔。他故意提高嗓门壮声威，显示出一切尽在掌握中的样子——其实他心里完全没有底。

柯米尔忙得不可开交，根本没工夫回答。他背对着大伙儿，弯腰站在工作台前，仔细检查授魂器。杰克跟埃丝特尔对望了一眼，只见她咬紧牙关站着不动，两臂垂在身旁，拇指不停地摩擦着食指。

“这东西有什么用?”埃丝特尔问柯米尔，她的声音流露出一丝愤恨。

“你就别多管闲事了。”柯米尔竟然这样回答，连看也不看她一眼。

埃丝特尔迈步向柯米尔走去，杰克连忙伸手揪住她的手臂，摇了摇头，不让她过去。然后杰克清了清嗓子，说道：“我们只是在想啊，柯米尔先生——”

“把这东西给砸了！这垃圾，砸个稀巴烂！原来只是一个雏形！这么劣质的次品，叫我怎么用?！真是忍无可忍！”

柯米尔把授魂器捧在手里转来转去，似乎想在它的表面找些蛛丝马迹。在灯光映照下，授魂器的金属表面显得特别精巧、特别脆弱。圆萝卜皱起眉，向柯米尔走过去。他的双手垂在身旁，步子沉稳而缓慢。乔治蜷缩起来，躲在他脖子里。

“你还以为他们能捣腾出一个勉强能用的东西？哼，哪知屁也没有!”柯米尔一边低声咒骂，一边把授魂器举起来拼命地晃了几下，就重重地放回桌上。然后他用双拳撑在桌面上，低下头长叹一声。在场没有人说话，圆萝卜默默地站在他身后，眉头依然紧缩着。

“柯米尔先生?”圆萝卜说。

柯米尔听了，转过身来，看见是萝卜，脸色顿时和善了不少。可是萝卜依然皱着眉，“你为什么非杀它不可呢，柯米尔先生?”

在这一刻，杰克觉得世间一切都暂停了。屋里很静，隐约有点不知从哪里传出来的沙沙声，就像沙漏中的沙子流动时发出的声响。柯米尔站直了，脸上露出诧异的神色。

“什么?”他问。

萝卜的声音更加坚定了：“在地下室的那个东西，你为什么要杀它呢？它为什么非死不可呢?”

萝卜说完，仔细想想自己提出的这个问题，难以置信地摇了摇头。柯米尔看看杰克，又看看其他人，还看了看门口，好像在想办法逃走。

萝卜目不转睛地盯着他。“你想杀死它，然后你杀死了它，结果它就没了。这是你一手造成的。你为什么要这样做?”

这时候，杰克耳中的沙沙声突然停了，四周一片死寂，甚至连挂着空壳的铁链的嘎吱声也消失了。柯米尔听了萝卜的问题，本来煞白的脸色慢慢开始变红。他的嘴巴张开，却说不出话来。最后，他终于抿着嘴唇，转身面对着工作台，低下头装作继续检查授魂器。圆萝卜还是盯着他不放。

“我觉得他不会回答你了。”杰克凑上去低声对萝卜说。

可是萝卜依然固执地看着柯米尔的背影。

“等我把它修好，就能够用来追踪你们的朋友。”柯米尔突然说。他猛地转过身来，右手挥动着授魂器。这时候，所有人——包括抓佬——都看着柯米尔。老头的态度本来很嚣张很暴躁，不过这时候收敛了许多，估计是因为他心中有愧。杰克从他的眼神里看出了一点迟疑，甚至也许还有一丝内疚。

“这不是马上能弄好的。”他平静地说。

“可是我们一定能找到他？”埃丝特尔问道。

柯米尔点了点头，又转过身去面向着工作台。突然，他好像想到了什么事情，转头看着萝卜。

“有些事情，我们是非做不可的。”他平静地说。

萝卜皱着眉，仔细咀嚼这句话的含义。他低头看着地面，然后点了点头，转身向其他人走去。

柯米尔再次转身背对着大伙儿。可是就在他的脸转开的一瞬间，杰克看见了——他脸上尽是痛苦的神情。

不知为什么，这个小插曲之后，大家的情绪似乎没那么沉重了。最明显的是圆萝卜，他之前的烦躁不安一扫而光，又变回了原来那个开心果。柯米尔依然是一脸苦相，不过在熬夜赶工的过程中，他的态度逐渐变得稍稍和蔼一点了，尤其是在他和萝卜说话的时候。尽管这样，杰克在跟老工程师交流时，还是隐隐感到对方带有一丝敌意，仿佛是因为他心底的秘密被发现了，所以恼羞成怒。

杰克走到屋外坐下来，埃丝特尔也走出来和他坐在一起。

埃丝特尔用靴子尖踢着一丛草。“他在瞒着什么东西。”她说，“你也感觉到了，是吧？”

杰克点了点头。他从一开始就对柯米尔心存怀疑。

“这个叫作‘授魂器’的东西，”埃丝特尔摇了摇头，苦笑了一声，“他好像投进了很多心血。”

杰克没接话，埃丝特尔继续踢着那丛草。“你有没有想过，我们找到克里斯托弗之后去哪儿呢？”

杰克被问住了，觉得有点措手不及——老实说，他还真的没想那么长远。“我不知道啊。我觉得……应该是要找个地方安家吧。”

埃丝特尔抿着嘴点了点头，眼睛却一直盯着靴尖。

“你不会以为……”杰克开始说。埃丝特尔扭头看着小屋，只见柯米尔正在昏暗的灯光下埋头苦干。

“他会收留我们？”她摇了摇头，“要是他想把克里斯托弗留下来呢？我们怎么办？”

“哼，谁说克里斯托弗想留下来跟他过的？”杰克语气有点急了。

“将来会发生什么事情，谁知道呢？我甚至不确定能不能找到他呢。”埃丝特尔凄凉地说。

杰克瞪了她一眼。“你别说这种话，埃丝特尔，永远也不要说这样的话！我们会找到他的，我敢打包票！”

埃丝特尔长吁了一口气，叹道：“前提是他那个神奇的授魂器真的有用。而且就算知道他在哪里，我觉得派遣里夫斯抓人的那个幕后主谋也是不会轻易放人的。”

说完，埃丝特尔站起来。

“我看看能不能睡一觉。要是有什么进展就叫醒我吧……不过我觉得希望不大。”

埃丝特尔钻进卡车的车厢里，从座位底下找到一条毯子。她把毯子紧紧裹在大衣外，舒舒服服地睡下了。

天快亮的时候，埃丝特尔突然感到杰克的手搭在自己肩膀上轻轻地摇。然后她听见有个声音在低声呼唤自己的名字——这个声音仿佛是从云端飘下来，穿越了黑暗而柔软的重重梦境，一直来到她耳边。她转过头，揉揉眼睛一看，果然是杰克。只见他站在敞开的车门外，身后有一种奇异的亮光在一闪一闪。她走出车外，心里还嘀咕着这亮光是从哪里来的。太阳还没出现，却有一片明亮的蓝光照亮了黎明前的黑暗——仿佛是一颗闪闪发亮的蓝宝石把眼前的一切都染上了一层蓝色。她转头向左看，发现圆萝卜和抓佬都目瞪口呆地看着小屋。

柯米尔就站在门外，双手并拢着伸出来，掌心里仿佛捧着一团羊毛——那个授魂器就悬浮在柯米尔两手之间。它的银色比埃丝特尔印象中的显得更明亮，而且表面闪出一道道蓝色电弧，使四周的空气荡漾着一圈不断闪烁抖动的柔和光晕。授魂器正在流畅地转动着，看起来竟然有点催眠的效果。一个个符咒在它表面移动，时而出现，时而消失，仿佛水面泛起的涟漪。它们像液体般流动，不断地聚集融合，又四散流开，然后再重新融为一体……如此这般不断重复着，显得特别宁静、安详。

圆萝卜目不转睛地看着授魂器，脸上尽是惊叹和欣喜。他转头向埃丝特尔微微一笑，说："埃丝特尔，看！"

此情此景，埃丝特尔又怎能忍住不看呢？柯米尔把十指交织在一起，让授魂器悬浮在指间轻柔地旋转。授魂器转动时如同止水般沉寂，同时射出一束束美丽的亮光。

"它在做什么？"埃丝特尔屏息静气地问，唯恐把咒语打断了。

"搜寻。"柯米尔答道。

他转头看着埃丝特尔，而授魂器则继续在空中转动着。

这时候，埃丝特尔看见了最不可思议的一幕。

她看见柯米尔脸上出现了一丝微笑。

第 24 章

邓洛普推推搡搡地把克里斯托弗赶进了实验室。克里斯托弗一看见布莱克脸上的笑容，顿时觉得心里一凉——他知道这回凶多吉少了。

布莱克满脸堆笑地招手让他走过去。

“早上好，小克里斯托弗。今天感觉怎么样?”

克里斯托弗看了看座椅，只见椅背后面伸出一根长长的金属臂，顶端装着一个由金属带子织成的半球形网罩。

“你喜欢这东西吗?”布莱克一边说一边用手抚摸着那个设备的表面，那手势就像一个魔术师向观众展示自己的魔术道具。“我还没有给它起名字呢，慢慢来吧。”他的眼中闪烁着一丝恶毒的亮光，“你想试试吗?”

克里斯托弗转过身来，却被邓洛普揪住胳膊，身不由己地向椅子走去。他没办法了，只能老老实实地坐下来，而小人偶则依然紧紧依偎在他胸前。克里斯托弗突然怕得发狂——他知道，这仅仅是开始而已。

布莱克低头看着他。“克里斯托弗，有一件事情你需要记住，记忆是分层的。我们就像在筛海床下面的沙子，有时候沙子会随着浪潮移来移去，所以很难彻底地把真实记忆跟虚假记忆分开。不过有一点是肯定的，你思维的最底层最深处就是储存真实记忆的地方。”说到这里，布莱克咯咯一笑，摇了摇头，“其实不用我说你也会知道的，对吧？因为你早就已经开始想起很多事情了。”

克里斯托弗直勾勾地盯着前方，竭力不在脸上流露出任何表情。

布莱克弯下腰凑到他面前。“那些记忆其实都有留下痕迹的，你知道吧?”

说完，布莱克站到椅背的头枕后面，把那顶半球形的金属帽子按下来，扣在克里斯托弗脑袋上。克里斯托弗挣扎了一下，布莱克把手轻轻地搁在他的手臂上，于是他就一动不动了。

“你最好别乱动。”

邓洛普很紧张地看着，眼神里充满了好奇。他的眉头拧成一团，使他看起来就像一头愚蠢无比的大猩猩。

克里斯托弗正想问发生什么事情了，突然脑子里响起一阵清脆悦耳的咔嗒声，仿佛他的颅骨里面产生了共振和共鸣。紧接着，他眼前闪过一道耀眼的亮光。过往的回忆随即像潮水般涌进了他的脑海里。

克里斯托弗连害怕的时间也没有，一下子就被惊呆了。

“你看到什么了?”布莱克问。

克里斯托弗看到的东西只能用一个字来描述——世上也只有这一个字能够恰如其分地把这一幕描述出来。

“家。”

“成功了!”布莱克长舒了一口气。

克里斯托弗看见一座长条形的白色低矮小木屋，边上还有一片深绿色的灌木丛。那些植物那么茂盛，那么鲜活，仿佛一伸手就能碰到。

“你具体看到了什么呢，克里斯托弗?”

“我看见一座房子，我看见我的房子了。”

“克里斯托弗，好孩子，你能带我走进房子里吗?”

克里斯托弗隐约感觉到布莱克正在拨弄他脑子里的补丁。他想过跟布莱克对着干，却知道这样意气用事没有任何意义。其实，他也很想知道自己到底能发现什么。对于克里斯托弗来说，真相就和生命一样，都是那么生机勃勃、难以抗拒。

突然，许多声音、气味和颜色如惊涛骇浪般袭来，克里斯托弗顿时晕头转向，整个人向侧面倒下。

“啊!”布莱克连忙扶住他的双肩，“小心!”

惊魂未定的克里斯托弗扭过头来，茫然地看着布莱克。只见他正在微笑，笑容里略带紧张，就像一个害羞却又充满了期待的小孩子。

克里斯托弗继续深入自己的记忆，布莱克的脸逐渐消失了。突然，他听见一段音乐——有人在唱歌，那是一个女人的声音，从很远很远的地方飘过来。此外，还有别的东西……

火！

屋顶的后半部分以及右侧已经被大火烧得开始塌陷了。

至于火焰，与其说他亲眼看见了，还不如说他是感受到了火焰的存在。其实，他看得更真切的并不是熊熊烈焰，而是滚滚浓烟。泛着黄光的灰色烟雾散发着辛辣呛人的气味，使他的咽喉特别难受——那是一种咸咸的炽热灼烧感。

“你看到什么了？出事了吗？”布莱克问。

克里斯托弗在椅子里扭动了一下。

“没有，只是……着火了。”他说着，眼睛已经被熏出了泪水。就在他伸手去擦的一瞬间，眼前的影像突然消失了——就如同刚才出现时那么突然。

他感觉到一只手搁在自己右肩上，原来是布莱克在安慰他。“小心点，克里斯托弗。”

克里斯托弗再次闭上眼睛，看着屋顶上一个像嘴巴似的大洞。洞的边缘是一根根参差不齐的烧黑了的断梁，就像一排烂掉的牙齿。他脚下的地板积满了灰尘，全是一条条深色的污痕。此外，墙壁上也有烧焦的痕迹。

“你记得大火之后发生的事情吗?”

克里斯托弗摇了摇头。“不记得了，我只记得起火之前的一些场景。”

“这么说来，你到底记得——”

就这样，布莱克的声音一下子消失了。克里斯托弗发现原本是灰色的室内突然笼罩在一片柔和的金色亮光里。他听见左方传来一个声音，转头一看，发现自己正站在厨房里。

原来他母亲正在料理台上和面，指间还沾着一块块小面团。母亲看见他走进来，向他微微一笑。

这时候，克里斯托弗的父亲从左侧的一扇门走进来，克里斯托弗顿时觉得一颗心在胸口怦怦乱跳。父亲身穿军装，正在用一块布擦手——克里斯托弗看见父亲的手指上还沾着油渍。父亲也朝他微笑，一双棕色的眼睛闪闪发亮。克里斯托弗本来已经高兴得晕头转向，现在又有一波狂喜的浪潮涌来，把他完全吞没了。他只感到一种天旋地转的幸福感，一切都是那么完美。

原来这就是回家的感觉。

亮光渐渐消退，房间里又慢慢变回了灰色。克里斯托弗倚着桌子，用手指去感受木头桌面的纹理。指尖的触碰使当年许多感觉重新涌上心头，克里斯托弗惊叹不已。

“你想起什么了?”布莱克的声音打搅了他的白日美梦。

克里斯托弗转头看着他。“我的父母，我想起我父母。”他说，

“他们两人我都想起来了。”

说到这儿，克里斯托弗开心地笑了。布莱克也微笑着，目光里充满了鼓励。

“还记得别的东西吗？”

“只有一些零碎的片段。”克里斯托弗一边说，一边仔细回想充斥着他脑海的一幅幅画面。

“有没有一些特别突出的人和事呢？”

克里斯托弗摇了摇头，微笑着说：“没有，它们都差不多。”说完，他又回到了脑海的幻境里。

厨房的亮光又变了，门外的天空暗下来，夜色已经降临——可能是华灯初上的时候吧。厨房笼罩在一片昏黄的烛光里，餐桌前坐着一个人。那是一个比他年长的男孩，大约十几岁。克里斯托弗觉得自己好像是躲在门框后偷偷看着那个男孩，心里暗暗希望千万别被他发现。那个男孩子深色头发、深色眼睛，连身上穿的衣服也是深色的。他拿着一把螺丝刀，正在弄一个类似钟表的东西。只见他耸起双肩坐在椅子上，还不时偷看一下右侧的门口——克里斯托弗觉得这男孩的神情里带着一点恐惧和一点沮丧。

没错，克里斯托弗暗自想道，*他来这里是跟着……*

这个念头就像一条滑溜溜的小鱼，一下子就在他脑海里消失了。

他是来看……

这个念头也溜走了。

“你看见什么了，克里斯托弗?”

布莱克的声音轻轻柔柔地从远方飘来。

克里斯托弗目不转睛地盯着那个男孩，看了很久很久。他知道这个男孩很重要，却想不起来为什么重要。不过有一点是肯定的——克里斯托弗突然感到无比确定——这件事情决不能泄露出去!

“没什么。”他说，“我什么也没看见，只有那个厨房。”

男孩的右侧有动静，一个阴影出现在门口。紧接着，突然有个人走进了厨房。克里斯托弗看不见那人的脸，只感觉到那是一个高大健壮的男人。那人走到男孩身边，居高临下地看着他。男孩抬起头看着来人，克里斯托弗瞧出了他眼中的恐惧。

那人伸出一根食指，好像在强调什么东西。然后他一拳砸在桌面上，把男孩子吓得直往后缩。

不知为什么，这一切只是默默地展现在克里斯托弗眼前。他什么也听不到，只看见男孩的嘴唇在动。

这时候，那人反手一掌，把男孩手里的钟表装置打得脱手而出。那个钟表飞到厨房对面，啪的一下撞在墙上。

然后那人大吼了一句什么，就走出了厨房。

男孩开始哭了。他垂下脑袋，难以自制地抽泣着，两个肩膀一耸一耸的。克里斯托弗对他的悲伤感同身受，下意识地向他走过去。就在这时，男孩也抬起了头。

两人四目相对。

克里斯托弗倒抽了一口凉气。

"你看到什么了，克里斯托弗?"布莱克的声音又飘来了。

两人继续凝视着对方。克里斯托弗留意到男孩细长的黑发耷拉在前额上，也看出了男孩眼中的悲伤和痛苦，他觉得自己心里充满了对男孩的同情。可是在那一瞬间，他们都认出了彼此。克里斯托弗认识他，不禁精神为之一振。他们原来是互相认识的，那个男孩就是……

"我母亲。我刚才又看到我母亲了。"克里斯托弗骗他说。

那个男孩开始融化、消失，他所在的房间也从厨房变成了卧室。

克里斯托弗微笑着——刚才与男孩对望竟然使他的肾上腺素激增。现在他觉得自己正在恢复平静，心跳逐渐减缓，身体也变得沉重起来。不过刚才那种轻飘飘的狂喜感觉还在，尤其当他看见自己的房间时，这种感觉就更明显了。

"还有我的房间。"他自豪地说。

"里面有什么有趣东西吗?"布莱克问道。他的声音又变清晰了，而且语气中流露出一丝不耐烦。

"我以前是在这里睡觉的。"克里斯托弗恋恋不舍地说，"真的在睡觉，你知道吗，就像……"

在这一瞬间，他脑海里涌出无数疑问，一下子把眼前的幻境和心中的欢喜都淹没了。**真的在睡觉**？他甚至连真人也不是，怎么会有一个家庭呢？为什么他完全想不起这一刻之前的事情，也想不起这一刻之后的事情呢？

布莱克仿佛看穿了他的心思。“你还记得别的东西吗？比如说火灾之后的事情？跟我说说吧。或者也尝试回忆一下火灾之前的事情。”

克里斯托弗聚精会神地想着。过了一会儿，他摇了摇头。“什么也想不起来。”他说道。

布莱克建议他们在屋子里深入探索一下。其实他不需要说，克里斯托弗早就像随风飘扬的羽毛一样在各个房间里穿梭了。

让他诧异的是，无论走到哪里，新的记忆和感觉总会源源不绝地涌上心头。一个湿漉漉的雨天，他和父母大笑着匆匆跑进家门，脚下还卷起片片落叶；他坐在起居室的壁炉旁，母亲用毛巾使劲擦干他的头发；在温馨的夜晚，他把毯子拉到下巴上，听着屋檐传来风的呜咽，又看着月色从窗户洒进来，铺满了整间卧室。还有那些在烛光中讲过的故事、温暖的夏日、成熟草莓的芳香、阳光、雨露、风霜、冰雪……一种安全感把所有这些记忆编织在一起——这就是家的感觉。

然而，在这么多愉快的记忆当中，最突出的竟然是那个男孩和他那双悲伤的眼睛。

“你百分之百确认没看到别的东西？”布莱克问。

“没了，真的没有了。”克里斯托弗又在撒谎了。他现在看到了花园，另外还有别的什么东西——好像有东西出现在他视界的边缘。这时，花园沐浴在晚霞的亮光之中，晦暗的灰色变成了金色。

克里斯托弗睁大双眼，他又感觉到那只手……

突然，他听见咔嗒一声，眼前的一切开始融入一片棕色的混沌当中。克里斯托弗本能地伸手去拨开眼前这片棕色的浓雾。

“放松点，克里斯托弗。”布莱克说。

克里斯托弗从他声音听出来，布莱克说这话时是咬牙切齿的。

“你在干——”

“放松！”布莱克说，“让这顶帽子好好工作。你的任务是继续深挖，我需要了解更多。”

“更多什么？”克里斯托弗说。他开始慌了：眼前的一切非但没有变清晰，反而越来越黑暗了。他闻到了烟味，还听到有人喊他的名字。

“克里斯托弗！”布莱克吼道。

“我不能……”克里斯托弗的眼睛开始刺痛，恶毒的浓烟钻进他的咽喉里，“我不能……”

“你听我说，克里斯托弗！”布莱克大声咆哮。

可是烈焰也在咆哮！木头在烈火焚烧下发出噼噼啪啪的爆裂声。克里斯托弗什么也看不见，也呼吸不了。他想大声呼救，却一个字也喊不出来。

“克里斯托弗！”有人在喊他。不过这回是两个声音交织在一起，一个来自过去，一个来自布莱克。

克里斯托弗伸手揪住金属帽子，用尽全力从头上扯开。

布莱克发出一声含混不清的怒吼，可是克里斯托弗已经顾不了许多。他从椅子上一跃而起，直向门口跑去。小人偶从他胸口摔到地上，马上挣扎着爬起来。在克里斯托弗身后，那顶金属帽子发出嘶嘶响声，不断爆出火花。在他身前矗立着身形巨大、一脸蠢相的邓洛普先生。只见他眨着两只贪婪的小眼睛，还没搞清楚眼前到底发生了什么事情。

“抓住他！”布莱克吼道。

邓洛普点了点头，猛地扑上前，一把揪住克里斯托弗的双肩，硬是扳着他转身面对着跑来的方向。

这时候，布莱克居高临下地瞪着克里斯托弗。他的脸涨得通红，因为愤怒而扭曲了。

“你为什么不帮我？”他尖叫道。

克里斯托弗也生气了。“我一直在帮你！”

布莱克举起双臂，紧紧握住双拳，努力让自己恢复平静。

“我需要你跟我说实话，克里斯托弗。我需要你回想起第一次醒来时发生的事情，我需要知道当时的具体情形。”

“什么具体情形？”克里斯托弗脑子里一片混乱，根本不知道布莱克在说什么。

“你肯定记得一些东西。比如说，当时是什么感觉，有谁在场，用了哪些符咒……我在寻找一种机制……一种方法……”布莱克紧闭双眼，抓狂地用右拳敲着自己前额，“你必须把一切都告诉我！”

“我什么都告诉你了!”克里斯托弗斩钉截铁地说。

“不！你有东西瞒着我!”布莱克吼道。

“我都不知道你在找什么!”克里斯托弗毫不示弱地反驳，马上被邓洛普敲了一下后脑勺。

布莱克的眼睛睁得更大了，用近乎恳求的语气对克里斯托弗说：

“你知道这事情有多么重要吗？你知道吗？我需要你的那些记忆，全部都要！没有那些记忆的话，我们就没办法取得进展。我需要你回想起你是怎么苏醒的，因为我需要创造……”

说到这里，布莱克猛然住嘴，一个劲儿地抓自己的头发。

你到底需要创造什么？克里斯托弗心中虽然这样想，却咬紧嘴唇不说话，因为他知道这个问题只会把布莱克惹得更生气。他眼角瞥见邓洛普的电枪依然放在惯常的地方……他突然很想舔一下嘴唇，却硬是把这种冲动压制住了。

布莱克看起来快要爆炸了。他发疯似的四处张望，好像要找什么东西来发泄一番。

他找到了。

只见那个小人偶正站在一张桌子上，面对着他们的方向。虽然它没有五官，可是看样子还是蠢头蠢脑的。布莱克突然向它跑过去，人偶也感觉到大难临头，连忙沿着桌面跑向另一头。

可是布莱克动作太快了，一把就抓起人偶，猛地转身面向着克里斯托弗。

他不停地喘气，脸涨成了猪肝色。“你愿意帮助我吗？你愿意不再隐瞒吗？你愿意开诚布公吗？”

克里斯托弗看着小人偶在布莱克拳头里挣扎，不停扭动着想逃出来。他摇着头说：“不要，求你了……我已经尽力了……我什么都告诉你了！”

布莱克冷笑一声，转身向着一台液压机走去——这是克里斯托弗第一次留意到实验室里竟然有这样一台机器。人偶挣扎得更厉害了。克里斯托弗大声叫道：“不要啊！”

布莱克按了一个键，液压机嗡嗡嗡地启动了。他又按了另一个键，液压机的大锤猛地砸下来，发出嘭的一声巨响。整个实验室的地面都颤抖了一下，震波沿着克里斯托弗的双腿向上传，一直抖进他的下巴里。

布莱克转头看着他。

“你愿意帮我吗，克里斯托弗？”

克里斯托弗感到泪水正在眼眶里积聚。*我不哭*，他告诉自己，*我不哭*！他想把脸扭开，邓洛普却一把揪着他的头发，强迫他看。

嘭！

克里斯托弗努力显出挑衅的样子。

“你愿意帮我吗，克里斯托弗？我现在是好好地问你。”布莱克说。

嘭！

克里斯托弗想点头，却被邓洛普紧紧地揪住头发，动弹不得。

“什么?”布莱克说。

嘭!

“愿——愿意。”克里斯托弗说。

嘭!

布莱克用一只手罩住耳朵。

嘭!

“我愿意帮你!我愿意!我什么都告诉你!”克里斯托弗说着，已经泪如泉涌。

布莱克闭上眼睛，长长地舒了一口气。他点了点头表示感谢，抓住小人偶的手也垂下来了。“我只想听你说这句话，克里斯托弗。谢谢你。”

然后他转身把人偶放在液压机上。

大锤砸下来。

嘭!

第二下。

嘭!

再来一下。

嘭!

克里斯托弗一下子跪倒在地上。他想抬头看一眼，却怎么也鼓不起勇气。等液压机完工之后，人偶连残骸也没剩下多少了。

布莱克朝克里斯托弗走过来，手里还拿着一小片金属。他蹲下来平视着克里斯托弗，举起那片金属在他面前晃了晃。“我也没别的要求，只是希望你能帮帮我。”他温和地说。

克里斯托弗喘着粗气，恨恨地瞪着他，布莱克却报以一脸微笑。

“要是你的手放上去就没了。”邓洛普说完，咯咯咯地笑起来。

“确实，放上去就没了。”布莱克说，眼睛一直盯着克里斯托弗。然后他侧着脑袋，一脸诚挚地问：“你愿意帮助我吗，克里斯托弗？”

克里斯托弗点了点头。布莱克笑了，揉了揉他的头发，“这才是好孩子嘛。”说完，他端详着克里斯托弗的脸，看了好一会儿，眼里流露出敬畏的目光，“你能想象吗？这是真的眼泪啊！这工艺太精湛了！”说完，他转身向椅子走去，顺手把金属片随便一扔。只听见啪嗒一声，也不知道那片金属掉到哪里去了。“把他带下去，邓洛普先生。今天到此为止，让他休息一下吧。”

邓洛普揪着克里斯托弗往外走，布莱克开始检查那顶金属帽子。

哼，我会帮你的，布莱克先生，克里斯托弗心里想道，*我一定会帮你的，你别担心。*

在被拖往牢房的路上，他心头充满了激愤，这也使他暂时忘却了悲伤。

第 25 章

他们开车开了一整天，入夜的时候决定在一片森林里露营。一路上，杰克负责开车，柯米尔则忙着研究授魂器，根据它射出的亮光给杰克指路。他们害怕管理局派人追捕，尽挑小路走，所以一路上走得很不顺畅，经常要停下来辨认方向。柯米尔哼哼唧唧地蹲在授魂器前，用手在上面比画着，好像在调整一个指南针。不过，尽管一路走来断断续续的，大伙儿心中还是充满了激动，还有一丝忧惧。

大伙儿一致决定，要避开追兵，最好的方法就是躲在森林里。以萝卜为首的两位胆小鬼看起来有点害怕，所以杰克再三强调“露营”这个字眼，就是想让他俩安下心来。这招很管用，萝卜一听见“露营”两个字，情绪一下子就高涨起来。杰克看着他屁颠屁颠地跟在抓佬身后找木柴，忍不住笑了。萝卜从来没露过营——杰克是怎么知道的呢？因为萝卜给每个人都说过不下十几次了。

篝火点起来了，抓佬马上走到营地边上值班。萝卜站在火堆前搓着双手，然后把手伸到火焰旁边。

“你在干吗，萝卜？”埃丝特尔问。

“烤火取暖呀。”萝卜说。

埃丝特尔微微一笑，向杰克眨了眨眼睛。杰克也笑了笑作为回答，然后又把注意力放回柯米尔身上。老头背靠着树，坐在火堆另一头研究授魂器。他一边轻抚着授魂器，一边小声对它说话，就像在哄自己心爱的宠物。柔和的蓝光把他的脸也照亮了。柯米尔抬起头，发现杰克和埃丝特尔正在看着自己。

“他距离我们不远，没多久就能找到了。”说完，他又埋头看着授魂器。

杰克看着柯米尔，下定决心问一个问题——自从那天晚上在阿布萨隆废品处理场出事以来，这个问题就一直困扰着他。

“克里斯托弗怎么会有灵魂呢？”

柯米尔听了，脸色大变，杰克心中一阵欢喜，感觉就像一箭射出，正中靶心！老头明明已经惊慌失措了，却还竭力装出平常那副苦大仇深的嘴脸，杰克不禁暗自偷笑。

“不关你事。”说完，他又低头假装看着授魂器。

“这个问题很正常啊。”埃丝特尔说着，很不客气地瞄了柯米尔一眼。

柯米尔瞪着她。“机械工程的原理是很复杂的。再说了，你只是一个造皮的，跟你这种水平的人解释简直是浪费我时间。”

“跟我说说吧。”杰克说。

柯米尔转头看着他，舔了舔嘴唇，一副落水狗的狼狈相。杰克虽然生气，心中却充满了胜利复仇的快感。

“你？”他说着，很紧张地笑了一声，“你年纪太小，不会明白的。你看看你自己，你是哪一年造出来的？你就跟小婴儿差不多。”

“我十二岁了。”杰克挑衅地说。

“你某些部位十二岁了。”萝卜小声说。

“克里斯托弗记得自己的爸爸妈妈。”杰克继续说，“如果他跟我们是同类，又怎么会有父母呢？”

“我不知道。”柯米尔没好气地说，“我也不关心这个。你怎么不去问你那个万事通朋友呢？”

现在轮到埃丝特尔勃然大怒了。

“我也掌握了很多知识！”她说。

柯米尔扬起一条眉毛，“是吗？你只是一个没有牌照的造皮匠，充其量只是掌握了一些最基本的知识罢了。嘿嘿，我敢打赌，你还立志要做工程师呢，是吧？”埃丝特尔的脸颊突然红了。“啊哈！你真的有这念头啊？呵呵，祝你好运吧。自从任瑟堡把他的几大法则流传下来后，女孩子就被禁止从事工程师这个职业，你不会不知道吧？”

“你说话就像我爸。他也是个白痴。”埃丝特尔说。

“那么你妈妈呢？你们全家都是白痴吗？”柯米尔咧嘴一笑。

埃丝特尔猛地站起来，双拳紧握着垂在身旁。“你把这句话收回去!”她说。

埃丝特尔的语气很凶，连抓佬也转头看过来。萝卜甚至忘了自己正在烤火，不知不觉把手垂了下来，怔怔地看着埃丝特尔。四周一片寂静，只有木柴在火里爆裂的响声。

柯米尔摇了摇头，对着埃丝特尔冷笑说:“你真是一个愚蠢无知的年轻小姑娘。”

“我再说一次，你把刚才那句话收回去!”埃丝特尔目光阴沉，全身发抖。

柯米尔脸上一副似笑非笑的表情——有些人明明知道自己言行太过分了，却又异常顽固，死不认错，脸上通常就会挤出这种微笑。他似乎重新考虑了一下，终于低下头，向埃丝特尔摆了摆手。

“跟我们说说你妈妈的事吧。”

埃丝特尔用力地咽了一下口水，两只拳头依然垂在身边。“为什么?”

柯米尔抬头看着她，脸上已经换了一副让步的神情。“就说说吧。”

埃丝特尔很不安地看了一下四周。从她的眼神里，杰克看到了犹豫、紧张和愤怒。

“对我来说，我妈妈是世界上最重要的人。我从事造皮的职业，就是为了她。我之所以能做得这么好，是因为她总对我说，‘埃丝特尔·威尔金斯，无论你做什么，你都要尽力而为。’为了她，我会一直努力下去的。”

“她发生什么事了？”

“她已经死了。”

“怎么死的？”

埃丝特尔不住地摇头。过了片刻，她咕哝了一声，好像把什么东西强压了下去。然后她一边摇头一边把脸转开，看着黑暗的远方。

柯米尔点了点头，表示同情。

埃丝特尔又回过头来盯着柯米尔，极力显示出刚毅冷静的样子。

“我所知道的一切都是妈妈教的。她知道了解历史是多么重要，她告诉我任瑟堡的徒子徒孙们怎样用铜和钢造人，怎样改变了这个世界。她跟我讲过第一代成人机械人的故事，说人们出于恐惧把他们禁了。她还告诉我后来人们制造儿童机械人，让他们去工厂干活，还能爬烟囱。后来我离开了家，去各种各样的工程师那里偷师，甚至连阿布萨隆这样的垃圾我也没有错过——我真的学到了很多东西。我做的这一切，全是因为她告诉过我，让我一定要在这个世界上找到自己的立足之地。我已经决定了，我的立足之地就是和机械人在一起。终有一天我一定能亲手造出一个机械人，管他合法还是非法呢！我对这一切都很了解，因为每个人都需要在这个世界上找到自己的立足之地。”说到这里，埃丝特尔耸了耸肩，“可是，我懂什么呢？就像有人说的，我只是一个造皮的。”

然后，埃丝特尔坐下来，双膝并拢，把下巴搁在膝盖上，出神地看着火焰。

杰克想不到自己此刻竟然有一种冲动，很想跑过去抱抱她。可是他知道自己这样做的话，很可能会被埃丝特尔劈头盖脸地打一顿，所以强忍着没动。

在寂静当中，抓佬稍稍换了一下重心，始终用好奇的目光看着大伙儿。萝卜再次伸出手去烤火，眼睛却在柯米尔和埃丝特尔两人之间看来看去。柯米尔没说话，只是坐在那里用手指在授魂器上方比画着。他的一张臭脸已经缓和下来，他的嘴巴半张着，好像准备说些什么。

不过到底还是埃丝特尔先开的口。

“问题是，如果你没有失去过什么人的话，你是不会真正明白的，所以你也没资格对别人说三道四。”她挑衅地看着柯米尔，“你失去过谁，柯米尔先生?”

柯米尔微微苦笑了一下，不停地抚摸着授魂器。等他终于开口时，连声音也变嘶哑了。“我失去了所有人。”

说完，他站起来，清了清嗓子，把授魂器抱在胸口，走进了森林里。

萝卜的目光从柯米尔转到埃丝特尔身上，立刻又跳回柯米尔那里。他和其他人一样，都惊诧得说不出话来。大伙儿就这样默默地目送着柯米尔走出了他们的视线范围。

最后打破沉默的依然是萝卜。

“你把他弄哭了，埃丝特尔。”

第 26 章

此时此刻，克里斯托弗的感受是：崩溃，孤独而又崩溃。

第二天早上他被带回实验室后，只能蜷着上身颓坐在椅子里，呆呆地看着灰色的混凝土地面，一直没有抬起头。他的脑袋疼得嗡嗡作响，而且四肢也痛，一刻也没有消停。他很想放声大哭，可是喉咙像被痛苦和悲伤堵住了，哭不出来。痛苦像一片渐渐扩散的灰色，把他整个人都吞进去……

直到怒火重新燃起，把这片灰霾驱散。

布莱克继续倒腾补丁。他粗暴地把克里斯托弗的脑袋推来推去，已经懒得装出之前那副文明有礼的姿态了。布莱克再也没有对他说什么，却会跟不时露一下面的里夫斯先生讲几句话。

而且他说起克里斯托弗的时候，用的代词是“它”。他说起什么“深度挖掘”能够帮助他发现克里斯托弗深藏的记忆，又说“很快就会揭晓它的秘密了”。虽然耗时比他预计的要长，他说，可是成果将会非常“显著”。

克里斯托弗竭力保持镇定，一直盯着地面，只觉得愤怒就像一个暗黑的旋涡，在心中不停地转动着。布莱克越是旁若无人地说他，他心中的旋涡就转动得越激烈。

同时，愤怒也给了他勇气和希望。克里斯托弗暗暗下定决心，一定要逃出这里，无论他们干什么也不能阻拦他。

接下来的几天里，每天都在重复发生同样的事情。邓洛普押送他到实验室，布莱克继续研究整理补丁，继续无休止地追问他第一次醒来时的情形。当时有什么特殊的机器在场吗？看到什么特殊的符咒或者符号吗？同样的问题反反复复不停地提出来，克里斯托弗只是给出一些模棱两可的答案，其实暗中在找机会逃跑。

终于，机会在一个最意想不到的情形下来临了。

当时布莱克正在调整那顶金属帽子，突然，新一轮的影像如同惊涛骇浪般袭来，几乎把克里斯托弗从椅子上掀下来。他开始大口大口地喘气。

实验室突然消失了，他又回到了家中的厨房，又看到了那个男孩子。只见他眼珠子滴溜溜地一直盯着手心里一片小小的机械零件，眼神中充满了渴望。这一次，克里斯托弗看到了男孩眼里闪出的亮光——那是一个人在做喜欢的事情时流露出来的那种单纯朴素的快乐。克里斯托弗向男孩微微一笑，男孩抬起头，也报以一个微笑。

这就感觉很古怪了——这一次，克里斯托弗似乎不仅仅是一个旁观者，而像是穿越了时间，回到当时那一刻去探访男孩。

“你好。”克里斯托弗说。

“你好。”男孩说。

虽然他比克里斯托弗稍稍年长一点，可是他身上的特质——他的气度、他微笑和说话的方式——使他显得比实际年龄要小。

“你在做什么？”克里斯托弗问。

男孩把那件小东西拿起来给克里斯托弗看——原来是一个由好几十个齿轮和轮子构成的、精巧复杂的钟表装置。

“我正在做一台机器。”男孩说，“我喜欢制造机器。机器使这个世界变得更美好，这是我父亲总说的一句话。”看起来他对自己的作品很自豪，“你想看看吗？”说完，他把那个小设备递给克里斯托弗。

“好的。”克里斯托弗一边说一边伸手去接。就在他指尖快要碰到那个小玩意的时候，他眼前的景象突然开始颤抖，四周的亮光一闪一闪，然后一切都暗了下去……

这时候，克里斯托弗突然又回到了厨房门口，依然在观察那个男孩。这一幕他曾经亲眼看见过——那是布莱克第一次把金属帽子扣在他头上的时候。不过这一次他能够听见声音了！厨房很昏暗，外面传来淅沥的雨声。

跟上次一样，男孩向门口看过去。那个男人走进来，站在他面前，男孩明显吓坏了。那人对着男孩吼道：“关于玩儿玩具这件事情，我是怎么跟你说的？”

男孩向那人嘟囔了一句，然后那人就挥手把男孩手里的钟表装置打掉了。

“它们之所以是秘密，是有原因的，小子！”

这时候，克里斯托弗突然觉得胸口和咽喉一紧，仿佛体内的空气在瞬间被抽光了。他连忙张嘴吸气，却被噎住喘不上来。克里斯托弗急了，上身向前倾，一下子坐直了。

他又回到了实验室里，而布莱克还在他身边忙得团团转。

克里斯托弗睁大眼睛看着布莱克，突然意识到一件事情，顿时惊呆了。他盯着布莱克的面容，完全不敢相信自己在上一次影像大爆发时竟然错过了那么明显的证据。布莱克和男孩一样，都有一双深色的眼睛。虽然他现在的头发剪得更短一点，不过有一个事实是毋庸置疑的：布莱克和他在影像里看见的那个男孩根本就是同一个人！

克里斯托弗飞快地眨了几下眼睛，好不容易才忍住没有开口说话。然后，仿佛是在本能的驱使下，他任由自己迷离的目光四处游荡。

奇怪的是，等他看清四周环境后，克里斯托弗内心深处突然笼罩在一片平静当中——他意识到，时机来临了。否则他怎么偏偏会在这个时候看到那个特别的影像呢？他突然感到一种冲动，很想放声大笑。不过他还是把这个冲动压下去，然后说道：“我看见……

我看见……”

这时候，布莱克已经站在了他面前。“是什么？克里斯托弗？你看见什么了？”

克里斯托弗眯起双眼，仿佛在聚精会神看某些别人看不见的东西。

“那东西很重要……我知道的……”他含含糊糊地说。

布莱克搓着双手，充满期待地说：“快说下去，克里斯托弗，把你看到的都告诉我。”

克里斯托弗挥了挥手，表示他要离开椅子，请布莱克让开。布莱克帮他从椅子里下来。克里斯托弗四处张望，好像第一次来到这里似的，其实他已经把需要了解的信息全部记下来了。

邓洛普正靠在一张桌子前吃三明治。布莱克一心想着工作，忘了叫他把午餐拿出去吃。邓洛普往这儿瞥了一眼，看看发生了什么事情，然后又埋头大嚼。

克里斯托弗开始转着圈四处走，装作沉迷在某个幻象当中，仿佛看到了别人看不见的东西。布莱克跟在他身后几英尺的地方，不敢骚扰他，生怕他会错失了什么有价值的信息。其实，克里斯托弗一直绕着圈逼近邓洛普。

邓洛普这人除了蠢之外，还有一个致命弱点：他吃饭的时候，眼里只有三明治，在这块三明治以外发生的所有事情他都无暇顾及了。此外，这人的一举一动都很容易预测。

为什么说他容易预测呢？比如说，他每天都在同一个时间来到这里，总是把大衣放在同一个地方，总是靠在同一张桌子前，而且在安顿下来之前总会抓一下后背和下巴。

也就是说，每天他都会把某件东西搁在同一个地方。

克里斯托弗踉跄着后退两步，弯下腰来，竭力装出痛苦的样子。

“我看见了！我看见了！”他大声喊道。

“看见什么了，克里斯托弗？”布莱克叫道。

“我看见……”

克里斯托弗站直了，猛地转过身来。他的预测是准确的：邓洛普还在几英尺之外埋头大嚼。只见他全神贯注地盯着那块三明治，仿佛里面藏着某个惊世大秘密。克里斯托弗就站在桌子旁，而他需要的那个东西就在眼前。他及时抓住了这个千载难逢的好机会。

他纵身扑上前，一把抓住了电击枪。

“不要！”布莱克厉声尖叫。

克里斯托弗刚刚来得及打开电击枪的开关，邓洛普就已经扑过来了。他右手还抓着那块三明治，里面夹的馅——生菜、西红柿、鸡肉——漫天飞舞。克里斯托弗把电击枪往上一刺，结结实实地戳中了邓洛普的胸骨。

邓洛普突然僵住了，双手垂下来，浑身不停地颤抖，就像一个小孩竭力忍住不发脾气。他的两眼凸出，目光里充满了痛苦和难以置信的神情。然后他整个人开始向前倾倒。克里斯托弗突然感到邓洛普的重量往电击枪的枪尖压下来，连忙一挥手，把电击枪抽出来，对准了布莱克。与此同时，邓洛普吧嗒一下重重地摔倒在地，全身又抽动了几下，就不动了。

“克里斯托弗！”布莱克吼叫着，五指微曲成爪，向着克里斯托弗伸过来。

“别过来！”克里斯托弗一边说一边把电击枪迎上去，还按下了开关。枪尖爆射出蓝色的电光，布莱克连忙后退一步，抬起双手，掌心对着克里斯托弗。

“克里斯托弗，你听我说。”他平静地说。

克里斯托弗摇了摇头，发出一声紧张的笑声。“不，是你听我说。”

“克里斯托弗，我警告——”

“它们之所以是秘密，是有原因的，小子！”克里斯托弗吼道。

这句话的威力之巨大，估计比得上克里斯托弗用电击枪刺他的效果了。看那个工程师的反应，好像被人抽了一个耳光似的。只见他张开嘴巴，眼睛睁得溜圆，目光里充满了恐惧。在这是一种真真切切的恐惧，克里斯托弗终于体会到复仇的快感了。

“我认识你！我在家里见过你！我知道你是谁，理查德·布莱克！我还跟你说过话呢！你做那些钟表玩具。你小时候我就认识你，你告诉我你想学你父亲，做一个工程师。”

布莱克难以置信地摇着头。克里斯托弗盯着他的眼睛——在许多年前，在同样这双眼睛里，他也看到同样痛苦和惶惑的神情。

“你和你父亲来我家，是为了什么？”克里斯托弗质问道。

“克里斯托弗……我……克里斯托弗……请你……”布莱克一点一点地向前移。

“站住！”克里斯托弗喝道。

克里斯托弗凝视着布莱克，看见他一脸哀求的神色。在那么一瞬间，克里斯托弗心软了。

布莱克肯定从他脸上瞧出了端倪，因为在那一瞬间，布莱克突然目露凶光，抓住这个机会猛扑了上来。

克里斯托弗侧身避开他挥舞的双臂，随即把电击枪往上疾刺，一下子戳中了布莱克的下巴。只听见一阵吱吱的电流声，布莱克立刻翻起了白眼，摔倒在地上，距离邓洛普不过几英寸。

邓洛普呻吟着想爬起来，这回克里斯托弗把电击枪戳在他的咽喉。邓洛普脖子上青筋毕露，仿佛全身的肌肉都快被收缩成一点了。克里斯托弗在心里尽情高呼：这一下是替杰克还给你的！然后他发出一声狂喜的大吼。等邓洛普再次晕死过去之后，克里斯托弗立即弯腰把钥匙串从邓洛普的皮带上解下来。他紧张得手直发抖，接连两次把钥匙串掉在地上。取完钥匙，他站直了，深呼吸几次，让自己镇定下来。然后他瞥了布莱克最后一眼——这家伙蜷缩在地上，扭曲成一个胎儿的姿势——就快步跑出了实验室。

走廊的第一扇门好像怎么跑也跑不到。每跨出一步，克里斯托弗都害怕里夫斯会突然蹦出来抓他。一路上他屏住呼吸，终于来到了门前。他把电击枪夹在两个膝盖中间，再拿钥匙开门。他的双手不住地发抖，钥匙也在门锁里不停地颤动。终于，门嘎吱一声打开，克里斯托弗眼泪也快涌出来了。他跨到门的另一边，再把门关上。关门时他把动作放慢，为的是尽量不发出声响，无奈这扇门还是发出一阵抗议般的呻吟声。门锁上后，他沿着走廊继续前进，直奔通往外面的大门。

他突然觉得一阵寒意袭来，觉得这走廊跟他来时相比好像变宽了，而且更加显得危机四伏。当他跑到大门时，连自己也不敢相信这是真的。他手忙脚乱地拿起钥匙串，却想不起该用哪一把钥匙。他随便挑了一把，发现太大；挑了第二把，却是刚才用来开第一扇门的钥匙。他暗暗骂自己没用，然后深深地吸了一口气。**镇定**，他对自己说，**镇定**。

他选了第三把钥匙，插进锁孔里。

钥匙转动了！

克里斯托弗把门推开，阳光一下子涌了进来。他想迈开大步跑出去，却觉得两腿好像不听使唤，只能踩着细碎的步子一点点挪出去。他往院子里走了好几英尺，这才感觉到阳光照在脸上。虽然克里斯托弗很紧张，却还是忍不住咯咯咯地笑出声来。然后他起身朝着院子大门走去。

可是里夫斯偏偏在这个时候冒出来，挡住了他的去路。

克里斯托弗觉得仿佛有人往他头上浇了一桶冰水。他一边踉踉跄跄地往后退，一边手忙脚乱地找……这时候他才意识到，电击枪刚才跌落在门的另一边了。克里斯托弗一下子呆住了。

里夫斯微笑着说："嘿嘿，嘿嘿，看看谁这么聪明来着?"

克里斯托弗瞄了院门一眼，拔腿就跑，却被里夫斯一把揪住了夹克衫的领子。

"呵呵，没门儿。"

同时他一把抢过钥匙串，紧紧地攥在手里。克里斯托弗突然很紧张，害怕里夫斯会动手打他；不过里夫斯只是推着他向危崖居的金属门走去。当里夫斯拿钥匙开门的时候，揪克里斯托弗的手稍稍放松了一点。克里斯托弗左扭一下，右扭一下，竟然挣脱了。

他转身朝着院门飞奔，可是里夫斯飞扑上去，一下子抓住他的胳膊。克里斯托弗失去平衡，摔倒在地，脑袋哐当一下敲在地面上。他眨了眨眼睛，抬起头，隐约觉得里夫斯就像一座大山似的立在面前。然后他看到了里夫斯背后有动静，顿时如堕冰窟——只见布莱克跌跌撞撞地从危崖居金属门走了出来。

"里夫斯先生!"他喊道，"放开他!"

里夫斯揪着克里斯托弗的肩膀，把他拎起来。哪知布莱克扑上来一推里夫斯，几乎把他的手下推得整个人飞出去。然后布莱克揪住克里斯托弗的领子，开始劈头盖脸地对他吼。可是最让克里斯托弗震惊的是，布莱克竟然一边吼一边哭。

“你什么也不懂！你什么也不知道！你是解开一切难题的关键！最后所有答案都着落在你身上啊！”

说着说着，布莱克脸上露出了羞惭的神色，脑袋不停地向左转、向右转，好像没办法直视克里斯托弗的脸。经过一番努力，最后他终于扭过头来看着克里斯托弗，声嘶力竭地吼道：“没有东西能阻止我了！这个项目已经快完成啦！你听到没有？没有什么能阻止我了！”

说到这里，布莱克停顿了一下。这个停顿也许微不足道，可是克里斯托弗已经留意到了。在这一刹那间，他觉得整个世界好像屏住了呼吸，仿佛除了他们之外，世间万物都知道，有件大事即将发生了。

然后他听到了轰隆一声雷鸣般的巨响，连大地也颤抖了。

所有眼睛一起看向院子大门，只见门板还在颤动——原来有东西在另一侧撞门。

紧接着，整扇大门向里爆裂，无数尖锐的木头碎片像暴雨般砸下来——抓佬跳进了院子里。

“抓佬！”克里斯托弗喊道。

抓佬用一个拳头捶打着胸膛，发出胜利的吼声。

然后一个穿着长身皮大衣、满脸络腮胡子的高老头跨过院门的残骸，走进了院子。他双手叉腰，环视着抓佬造成的破坏。终于，这个陌生人说话了。

“我来领回我的孙子。”

第 27 章

“他说什么？”萝卜问。

这时候，杰克、埃丝特尔和圆萝卜刚刚穿过破门洞，在柯米尔身边站好。

“我来领回我的孙子。”埃丝特尔答道。她的声音听起来很遥远，就像梦呓似的。说完，她转头看着杰克，目光里只有迷茫。而且她的两眼一直瞪着，好像她以后再也不能眨眼睛了。

“柯米尔先生有个孙子？”萝卜问。

“是的，萝卜……那个……是的。”杰克结结巴巴的，不知该用什么言辞来回答，只觉得脑子里一片混乱。柯米尔的意思是不是……？可是那怎么可能呢？克里斯托弗是一个机械人呀。没错，他是一个很高端的机械人，不过他始终不是真人啊。也许“孙子”是柯米尔对克里斯托弗的昵称？也许……

突然，杰克本能地想跑，渴望用前所未有的高速飞奔——因为他看见克里斯托弗就在院子另一头。

“克里斯托弗！”他大吼一声，拔腿就跑。

不过这回拦住他的竟然是柯米尔。老头迅速伸出手臂箍住他的脖子，杰克拼命挣扎，却脚下打滑，仰面朝天摔倒在地上。他心中暗骂自己白痴。

“放开我！”他吼道，“克里斯托弗就在那里！”

“我知道！”柯米尔吼回他，脸上竟然现出又惊又怒的神情。这时候，杰克终于意识到有地方不对劲了。他转头一看，只见一个人摆出一副跟柯米尔差不多的姿势，不过那人箍住的是克里斯托弗的脖子。

原来，在柯米尔开口说话之前，布莱克就一把抓住了克里斯托弗。他打了个响指，里夫斯马上就像一条听话的狗似的，乖乖地把电击枪扔给主人。布莱克一把接住，然后用电极戳着克里斯托弗的脖子。

“有种就往前一步！来呀！过来呀！”布莱克说。

杰克登时火冒三丈，好不容易才强压住心中的冲动，没有从柯米尔的手里挣扎出去。

埃丝特尔真的往前走了一步。

“喂喂！”布莱克一边说一边伸出食指对她摆了几下，脸上露出了微笑。

埃丝特尔紧紧咬着牙关，最终还是后退了一步。

“放了他，理查德。”柯米尔说。

“我也很高兴见到你，菲利普。你日子过得怎样？我很好，谢谢你关心。我还以为你龟缩在安乐铁乡里面死掉了呢，哪知道你还活着呀？我真替你开心啊！怎么样，最近忙什么呢？快，都告诉我吧。”

说完，布莱克朝着柯米尔咧嘴一笑，笑容里带着一点癫狂。柯米尔看着他，深深地吸了一口气，缓缓地站直了。

“我也以为你死了，理查德。等等，不对，我把刚才这句话收回来，把‘以为’两个字换成‘希望’。”

杰克看出布莱克的笑容稍稍动摇了一下，眼中闪过一丝愤怒。他想不到柯米尔这句话似乎对布莱克造成了很大的伤害。而且他感觉布莱克说话有点吃力，不知是因为他龇牙龇得太狠，还是因为他被心中的兽性控制住了。杰克不由自主地想象出这样一个场景：一条狗被逼到绝路，颈上鬃毛都竖起来了。

“当世最杰出的两位工程师——令人惊叹的柯米尔和独具匠心的理查德·布莱克——竟然这样重聚，奇妙吧？最伟大和第二伟大的两位。”

“我猜你说的最伟大是我，第二伟大是你，对吧？”柯米尔说。

布莱克纵声狂笑。“哈！菲利普！亲爱的菲利普，你真是一个滑稽的家伙。你不但老，而且滑稽，更是个完全多余的人。”

“你是打算发表长篇大论嘛。”柯米尔叹道。

“你要说什么就尽管说，别被我打断哦。”布莱克说。

“你先吧。”柯米尔说。

“够啦！你们俩都住嘴吧！”埃丝特尔大吼，然后朝着布莱克迈出一步，“把我的朋友放了！”她喝道。

布莱克冷冷地瞟了她一眼，目光又跳回柯米尔身上。

“这女孩脾气挺火暴，是吧？我猜她不是你做的。不过我觉得她跟你的杰作相比，稍稍脆弱了一点。她走路可得小心哟。”

这时候，邓洛普跌跌撞撞地从危崖居里走出来。这家伙一脸蒙，浑身上下都湿漉漉的。布莱克看见又来了一个手下，顿时咧开嘴笑了。

“嘿嘿，看吧，你们本来就处于劣势，菲利普，现在更是穷途末路啦。”

柯米尔只是低头瞪着他。“放了他。”他平静地说。

“我不放又怎样，菲利普？你打算派这帮破烂机械人来打我吗？”布莱克摇着头，咯咯笑道，“我们都知道那是不可能的，对吧？”

柯米尔抓住杰克的手突然松开了。在这个瞬间，他显得有点紧张，然后手臂软绵绵地垂了下去。杰克还听见他低声叹了一口气。

“你来这里的时候，指望会发生些什么？”布莱克问，“你真的以为我会就这样乖乖地还给你吗？就这么简单？”

布莱克把电击枪从克里斯托弗的脖子上移开，左手却依然搭在男孩的肩膀上，就像一位慈祥的叔叔跟最亲的侄儿拍照似的。然后他很轻松随意地挥舞着电击枪，继续高谈阔论。

“我马上就要改变这个世界了，菲利普！你什么也不知道。”

“不管你在做什么，我一定不会让你得逞的！”柯米尔说。

布莱克叹了一口气。“你会的。”他转头看着手下，“邓洛普先生！”他大声喊道，把电击枪抛到空中。这时候，邓洛普已经完全恢复了。他伸手接住电击枪，眼睛却一直盯着柯米尔一行人。然后布莱克把克里斯托弗向邓洛普推过去，邓洛普一下子就抓住了他的脖领子。杰克头脑一热，又想扑过去。不过他看到邓洛普的眼神像要杀人似的，只能强迫自己站定了不要动。

布莱克手伸进大衣口袋里掏出一个银色的小盒子，盒子表面有一根小摇杆和几个灰色的按钮和开关键。他摊平了手掌，把盒子高高托起，让所有人都能看清楚。

“我还没想好给它取个什么名字。虽然我有点自卖自夸，不过这真的是一个了不起的发明。好了，我就不瞎吹了，给各位展示一下吧，好吗？”

说完，布莱克微笑着按下一个按钮。杰克立刻听见一阵嗡嗡声，仿佛有几千个齿轮在同时转动。这声音越来越大，响彻整个大院，像有千军万马在怒吼。布莱克张开嘴，对着柯米尔放肆地大笑。

“看吧，菲利普，这是我最伟大的成果，也是不列颠变革复兴的希望所在！”

院子中心有一堆破旧的防水帆布，这时候，帆布下面有些地方开始向上拱。克里斯托弗刚刚到达这里时，里夫斯领着他从帆布堆旁边经过，他当时还以为下面覆盖的只是一些破铜烂铁。哪知现在这堆东西在越来越响的轰隆声中慢慢升起来了。萝卜用手捂住了耳朵。杰克转头看着柯米尔，好像老头能给他一点安慰似的。可是不知道为什么，柯米尔垂头丧气的，看起来一下子苍老了许多——苍老而且孱弱，仿佛完全屈服于残酷的命运了。

这时候，帆布下面拱起两处，好像搭起了两个帐篷。地上钉着许多用来固定绳子的木桩，现在当中好几个也开始松动了。布莱克依然面带微笑；而里夫斯眼里闪出一种狂野的光芒，开始咯咯咯地笑出声来。

“那是什么？”杰克害怕地问。

虽然很吵，可是布莱克竟然听见了他的话。“那是未来！”他吼道。

突然，杰克又听到了一阵圆锯转动时发出的尖锐噪声，仿佛要把耳膜刺穿，把空气撕裂。勒在帆布表面的绳子开始爆裂，紧接着，一把带锯齿的利刃高速转动着从里面冒出来，把帆布剖开了一道长长的口子。那把刀转得太快，让人看了就头昏眼花。终于，固定帆布的绳子全部绷断，整张布开始剧烈地震动，第一个机械人露出了真面目。

这个东西比抓佬高了至少两英尺，全身上下长满了恐怖的倒钩。它身上闪着耀眼的银光，两只眼睛却是死一般的黑色。它毫无表情地盯着在场众人，右爪突然啪嗒一下，把用来割破帆布的利刃收回手腕的一个凹槽里。布莱克拨了一下开关，金属怪物就把两个拳头猛地一撞，顿时火花四溅。这时候，另一个几乎一模一样的机械人从帆布下面钻出来，站在同伴身旁，也把两只爪子狠狠地撞在一起。这两个巨型机械人站在院子里，在场所有人都比它们矮了一大截。

一时间大家都说不出话来。巨大的轰鸣声已经减弱，现在变成了一种低沉的、让人精神紧张的嗡嗡声。布莱克抬起一只手指着他创造出来的机械人，那神气的样子，就像一个特别愉快的马戏团老板看着手下的一群动物。

"厉害吧？我打算给它们起名'狂暴战士'。"他拿着银色小盒子晃了两下，"我是用这个东西来控制它们的。当然了，我这个控制器还很简陋，却可以暂时让我避开设计标准上的某些限制条款。"说到这里，他意味深长地看了柯米尔一眼。

"这到底是什么东西？"柯米尔问道，他的嗓音也沙哑了。

"这就是我们改变世界的工具啊，柯米尔！有了它们，我们就能让世界变得更美好了。"

布莱克说到"我们"的时候，柯米尔狠狠地瞪了他一眼，气得五官都扭成一团了。"我不管你怎么弄你的破烂玩具，反正今天要不到我的孙子我就不走！"

说完，他朝着克里斯托弗迈出一步。布莱克拨了一个开关，第一个狂暴战士向柯米尔走过来，一拳砸在他跟前的地面上。这拳的力度很大，几乎把柯米尔震倒。第二个狂暴战士缓缓地走上来，站在第一个的身后。

杰克看着两个狂暴战士向柯米尔逼近，又看见邓洛普的手臂箍着克里斯托弗的脖子。他心底一股怒火猛然升起来，实在忍无可忍。他看了埃丝特尔一眼，她也点了点头。

两人不约而同朝克里斯托弗跑过去。杰克隐约听到萝卜在喊自己的名字，又听见身后响起哐当、哐当的声音，抓佬也出动了。在这个瞬间，他心中的恐惧一扫而光——杰克盲目地乐观起来，以为这回一定能按照原定计划，把自己的朋友救出来。

可是到了短兵相接的一刻，狂暴战士的巨爪随便一捞，就把他整个人甩出去了。杰克身在半空，往地面上瞥了一眼，只见埃丝特尔在奔跑中扭曲着身体往侧面闪开，躲避狂暴战士随随便便的一击。虽然她勉强躲开那只巨爪，却失去了平衡，重重地摔倒了。杰克想喊她的名字，无奈整个世界在不停地翻滚着……然后他重重地撞在地面上，又弹了几下，才终于瘫倒在尘土里。紧接着，杰克听到哐当一声金属碰撞的巨响，顿时吓得胆战心惊。他用双手勉强把上身撑起来，扭过头看着院子里的情形。只见柯米尔站在萝卜身边，双臂垂在身体两侧，低着头，下巴几乎碰到胸口了。埃丝特尔侧身躺在地上，满脸泥污，拼命眨着眼睛，目光里充满了恐惧和震惊。这时候，邓洛普放开了克里斯托弗。克里斯托弗踉跄着向前走了几步，目瞪口呆地看着面前一个被打倒在地的身影。杰克看见克里斯托弗的嘴巴里说出了两个字："抓佬？"

只见抓佬单膝跪在地上，正在挣扎着站起来。刚才他挨了狂暴战士的一拳，左侧半个下巴几乎被削掉了。他用一个膝盖支撑着身体，整个人不住地摇晃，举起一条手臂，好像在求饶了。

*可是抓佬是不会求饶的！*杰克想，*抓佬又勇敢又彪悍，而且抓佬——*

他不知道哪个声音更大，是第二个狂暴战士击中抓佬头部的那一下震耳欲聋的巨响，还是克里斯托弗看见抓佬中拳时发出的尖叫声。抓佬身体旋转着向后倒，他扬起一条手臂想保持平衡，却还是仰面朝天跌倒在地上。他躺了片刻，用右胳膊肘撑起了上身。一个狂暴战士用一只巨爪抓住他的脑袋，硬是把他拖起来。另一个狂暴战士歪着头在旁边盯着，等同伴把抓佬提到一个半站半蹲的姿势，就把巨爪捏成拳头，一拳打在抓佬身上。这一拳力度惊人，竟然打穿了抓佬的躯干。院子里充斥着金属扭曲、齿轮撕裂的尖锐摩擦声，还有克里斯托弗的尖叫声。同时，杰克还听见另一个声音——有人哭着喊着求他们"别打了"。过了一会儿，他才意识到，这是他自己的声音。

"打回去，抓佬！打回去！"杰克声嘶力竭地喊。

这时候，第一个狂暴战士把一只爪子轻轻地搭在抓佬的肩胛上，似乎想扶他起来。然后第二个狂暴战士捏住抓佬的右臂，第一个又揪住他的左臂，同时发力向外拉。

在一阵尖锐的响声中，蓝色的火花像暴雨般四溅，抓佬整条右臂被狂暴战士从肩窝里拔了出来，而他的左臂也只剩下几根电线连着。抓佬刚才一直默默地挨打，现在才发出一下类似呻吟的声音，终于脸朝下栽倒在尘土里。第二个狂暴战士用爪子钳着抓佬的手臂，瞥了一眼，就随手扔到附近的一堆废铁里。

杰克想爬起来，却感觉全身力气都已经离他而去。眼前的世界却突然变得无比鲜活，所有东西都闪着亮光，他看得眼睛也痛了。至于同伴们，只见萝卜目瞪口呆地看着眼前这一幕；克里斯托弗哭喊着想跑去抓佬身边，却被邓洛普一把拉住；而埃丝特尔在失声痛哭。

抓佬挣扎着想爬走，可是他剩下的那条手臂已经没用了，单凭两条腿也蹬不了多远——杰克突然觉得自己就像看着一条在旱地上垂死挣扎的鱼。这时候，布莱克咧嘴大笑着，按下一个按钮，然后开始转动操纵器上面的那根摇杆。只见第一个狂暴战士走到帆布堆旁，从底下抽出一根尖头的金属棍子。杰克呻吟着说了一声“不要”——这句话与其说是求饶，其实更像是提前哀悼即将发生在抓佬身上的悲剧。

这个狂暴战士慢条斯理地走向抓佬，居高临下地站在他身旁。然后他用双手抓住铁棍，高高举起，再用尽全力往下一插。顿时火花四溅，伴随着一阵阵金属被撕裂扯断的声音，空气中还飘荡着一股刺鼻的气味。圆萝卜踩着小步颤颤巍巍地走过去，哪知脚下一软，踉跄着往左侧走了两步就摔倒在地上了。

埃丝特尔还在抽泣，克里斯托弗还在反反复复地呻吟着“不要”“不要”，除此之外，院子里就没有别的声音了。杰克转头回去，刚好看见那个狂暴战士把铁棍往左一扭，再往右一扭，最后才把棍子从抓佬被捣烂的脑袋里拔出来。

第 28 章

牢房里阴暗、闷热，而且飘荡着失败和恐惧的气息。

柯米尔垂头丧气地坐在角落里，两个膝盖蜷起来顶住了下巴。埃丝特尔坐在一张破旧金属床的铁网底座上，沾满泥污的脸上印着一道道干了的苍白泪痕。她两眼怔怔地看着屋顶，一只手捂着刚才摔在地上撞瘀了的髋部。

杰克跪在门边，仿佛只有这样做才对，才合时宜，因为除了跪着，他其实什么也做不了。他又忍不住想，也许埃丝特尔的做法——直勾勾地盯着屋顶和墙壁——才是正确的。问题是无论他怎么努力看，也只能看见一件东西：抓佬的脑袋。他看地面，看墙壁，又抬头看窗口的铁栅栏，可是都没用，抓佬的脑袋无处不在。他还看见一丝丝亮光从抓佬的眼睛里渗出来——那是抓佬的鲜血，是抓佬的眼泪。

“杰克?”

黑暗中响起萝卜轻柔的声音。杰克抬起头，只见萝卜正在低头看着他，脸上尽是忧虑的神情。

“什么事，萝卜？”

“你的两条腿没事吧？”

杰克努力挤出一丝微笑，“没事，萝卜，我的腿好端端的。”

可是他的腿一点也不好，他全身上下没有一处是好端端的。如果他是真人的话，这时候一定会觉得手脚像在被烈火灼烧，会觉得浑身疼痛，还会发现自己动弹不得。刚才布莱克和两个手下把他们一行人拖进牢房的时候，杰克和其他同伴一样，都没有反抗，因为当时无论他们做什么也没有用。而现在和当时一样，无论他们做什么也没有用。

完全没有用。

“我们什么时候逃跑？”萝卜问。

杰克抬头一看，只见萝卜低着头也在看他。他留意到萝卜的眉头稍稍皱着，有条眉毛快掉下来了。

“萝卜，我不……”

“我们很快就会逃走的，对吧？”他转身抬头看着铁窗，“也许我们可以切断那些铁栅栏，我就能从窗口那里挤出去。”他把目光移下来，又皱起了眉头……然后他转头看着杰克，“抓佬已经没了，是吧？他再也回不来了。”

萝卜直接说出了冷冰冰的现实，杰克惊诧得一时间说不出话来。“是的，萝卜。”终于，他声音沙哑地回答。

萝卜再次皱起眉，点了点头，“就像真人爱德华，他也回不来了，我现在明白了。可是，当人走了之后，要让他们继续活着，最好的办法就是把他们记在心里。这是真人爱德华走的时候，克里斯托弗告诉我的。”然后萝卜凑过来，把声音压得很低，“我和曼达在窝棚背后种了一株花，是为他种的。埃丝特尔也来帮忙了。”说到这儿，萝卜点了点头，一脸“你总算明白了”的神情。然后他站直了，自豪地说：“当你的朋友不在时，你应该时刻把他们记在心上。现在我们要记住抓佬，最好的办法就是把克里斯托弗救出来，我们大伙儿重新团聚在一起。”

说完，萝卜转过身，摇摇晃晃地走到埃丝特尔身旁。他用手牵起埃丝特尔的右手，轻轻地拉着，“来吧，埃丝特尔，我们逃走吧。”

可是埃丝特尔并没有坐起来，她只是勉强扭头看了萝卜一眼，目光里一片空洞。萝卜生气地哼了一声，绕起两臂，用一只脚拍打着地面，看着铁窗说：“我可以爬上去，我可以爬上那里，想办法挤出去。”

“萝卜。”杰克叹着气说。

“我可以的。”萝卜说。

再也没有人答话了。萝卜环顾四周，终于坐在地上，垂下了脑袋。“我可以的。”他低声说着，终于陷入了沉默。过了一会儿，萝卜好像突然忘记了刚才这一阵短暂的郁闷，又兴致勃勃地问：“克里斯托弗怎么会是你的孙子呢?”

柯米尔没有答话，只是稍稍动了一下，仿佛想避开牢房里本来就少得可怜的亮光。

“别烦他了，萝卜。”杰克说，“没用的。”

“可是这完全不合理呀。”萝卜说。

“这世上还有哪儿能说理去?”埃丝特尔说。

萝卜往她的方向猛地一扭头，然后双膝跪地爬到她身前，再一次牵起她的手。

“我们一定能逃出这里的，埃丝特尔，你等着瞧吧。”他诚恳地说。

这一次，埃丝特尔低头看着他，勉强挤出一丝微笑，嘴角还有点颤抖。萝卜咧开嘴，报以一个灿烂的笑容——在这一刻，这样已经足够了。

第二天清晨，一丝苍白的晨光刚刚透过铁窗渗进来，邓洛普就来把一行人押送去了实验室。在那里，他们看见布莱克坐在一张椅子上，漫不经心地转动着手里的一把长扳手。里夫斯站在门边，双手叠着搁在身前，一副扬扬自得的忠犬模样。

“欢迎！欢迎各位!”布莱克一边说一边从椅子里蹦起来。

克里斯托弗躺在一张牙医座椅上。柯米尔一看见，下意识地跨出一步，却被邓洛普伸出一只手牢牢地挡在胸前。这是他们被俘以后，杰克第一次看到柯米尔有所动作。

“别担心，菲利普，他很好。”布莱克显得很殷勤。

可是在杰克看来，克里斯托弗一点也不好——他看出了好朋友眼中流露出的痛苦。

“还有，菲利普，他已经想不起你是谁了。”布莱克一边说一边摇头叹息，装出一副悲伤的神情。

“把他放了。”柯米尔说。

布莱克微微一笑，伸手从大衣口袋里掏出了授魂器，把它高高举起。

“当我听说你的孙子重现人间，我就知道，只要我得到他，就等于找到了一整幅拼图当中的一小块。我本来打算搜寻他的记忆，找到我需要的信息。可是这个——”布莱克轻轻地拍着授魂器，“这个宝贝就更好了！全靠你，我得到了施展精炼推送法的设备。现在我只需要学会怎么使用它……”

“我打死也不教你!”柯米尔恨恨地说。

布莱克纵身一跃，坐在一张钢制的高脚凳上，然后像个小孩子似的晃着两条腿。他环顾四周，看着实验室里的每个人。

“这样吧，咱们来上一堂历史课好不好？大家都有兴趣吗？很好。”他自顾自地说道，也不等别人回答。

“我们考虑一下这个情况，好吗？我们有请伟大的菲利普·柯米尔，首屈一指的工程师！正是他发明了精炼推送法，一种更有效地激活机械人的新方法。当时，战火在整个欧洲蔓延，我国军队伤亡惨重，所以政府召唤柯米尔和他的朋友为国效力。而他的朋友就是查尔斯·布莱克。”

提起父亲名字时，布莱克盯着柯米尔；柯米尔也看着布莱克，两人的目光就这样对上了。布莱克脸上露出一丝苦涩的微笑。

“我父亲和柯米尔先生合作研发一种战争机械人的原型，要是成功的话，本来可以提早结束战争，拯救千千万万条生命。不幸的是，我们这位柯米尔先生犯了一些致命的错误，导致展示会上发生意外，死了许多人，其中就包括我父亲。结果政府把这个计划取消了。”布莱克的鼻孔一张一合，死死盯着柯米尔，冷冷的眼神里充满了憎恨。

柯米尔没有丝毫退缩，而是镇定地说：“导致悲剧发生的那些错误，都是你父亲一手造成的。”

布莱克愤怒地摇着头，双唇抿成了两条白色的细线。

“你父亲是一个伟大的工程师。”柯米尔继续说，“可是他太冷酷无情，而且工于心计，为了功成名就而不择手段。他的为人，世上还有谁比你更清楚吗？”

布莱克一下子从凳子上跳下来，三两步就蹦到柯米尔跟前，举起扳手对准了柯米尔的脸。

“我父亲是一个好人！”他全身颤抖着说。

杰克跟埃丝特尔交换了一个眼色，两人都很担忧。

柯米尔冷冷地盯着布莱克的双眼。

“如果你用那东西打我的话，理查德，那么你也不比你父亲强多少。”

布莱克缓缓地将扳手往回收，握住扳手的拳头却在剧烈地颤抖着。柯米尔闭上眼睛，轻轻地点了点头。杰克突然发现布莱克眼中已经热泪盈眶，不禁吃了一惊。

突然，布莱克狠狠地把扳手扔到对面墙上，擦了擦眼睛，大步走到实验室中心站定了。他单手叉腰，很不耐烦地用右脚敲着地面。然后他的目光落在萝卜身上，于是他打了个响指，示意萝卜走上前。

萝卜很顺从，摇摇晃晃地走过去。他一边走一边抬头看着布莱克，一脸忠厚老实的神情。这时候，杰克心里又一次出现了一种不祥的预感，顿时紧张起来。

“你，小胖子，你是怎么造出来的？跟我讲一下。”布莱克说。

“用初级推送法。”萝卜皱起眉答道。

布莱克低头看着他，脸上露出温暖的笑容，还伸手去揉萝卜的头发。萝卜依然仰着头，目不转睛地注视着对方。然后布莱克拎起那团头发，查看下面的符咒。

“你在降生之前是什么，你知道吗？”

萝卜听了，一脸的困惑。过了一会儿他才答道：“什么也不是。”

“你这个答案不全对。”布莱克摆着一根手指说，“一开始，你只是一些最基本的原材料，然后这些原材料会被塑造成一个雏形。接下来，通过手工制作、符咒操控以及光线融汇等手段，工程师会把生命赐给你。最后你就成为了初级系统激活流程的一个标准样品。”

萝卜仔细想了想，答道：“谢谢。”

布莱克向克里斯托弗挥一挥手，“当然了，除了初级系统之外，我们还能激活精炼系统。这个过程更难更复杂，需要某种特殊的天赋。我说的对吗，菲利普？”

柯米尔不愿意看他，却与克里斯托弗对视了片刻。他眼神里充满了内疚和惭愧，很快就把视线移开了。

布莱克以脚跟为轴心，身体一前一后地摇晃着，一副得意扬扬的模样。“精炼系统有许多特殊的优势。”

说完，布莱克又打了一个响指，不过这次是让里夫斯走过去。而他的目光始终没有从大伙儿身上移开。

“请你站在那里好吗，里夫斯先生？”

“好的，先生。”里夫斯答应着，矫健地朝布莱克指定的方向走去。布莱克站在里夫斯身后，掰着他的肩膀，让他站在某个特定的位置。里夫斯笑了笑，布莱克拍拍他的肩膀，然后就走开了。里夫斯保持着脸上的笑容，可是他的眼神里却闪过一丝疑虑。

布莱克没有说话，也没有转身，突然把电击枪抛给杰克。杰克不假思索地接住，用手指紧紧地箍住这把武器。他低头一看，心中只有说不出的厌恶。

布莱克稍稍转身，侧面向着杰克，然后扬起一条眉毛。“呵呵，动手吧。”

“什么?”杰克蒙了，问道。

“他是一个冷酷无情的人，对待你好朋友的方式已经越过了底线，是完全不可接受的。电他吧，你去电他，我就放你们走。我在这里庄严发誓，我这人说话算话，你们所有人都可以走。”

布莱克看着大伙儿，显出宽宏大量的样子。

杰克看着布莱克，怀疑他是不是疯了。然后他看看蜷缩在躺椅上的克里斯托弗，看看垂着脑袋的柯米尔，最后遇上了埃丝特尔热切而愤怒的目光。

“我以工程师的身份发誓。”布莱克朝着惴惴不安的里夫斯点了点头，“你去伤害他吧。这人罪有应得，无论受到什么惩罚都不为过。”

杰克紧紧抓住电击枪，心中油然生出一种恐惧感。那枪仿佛是活的，就像电鳗似的在他手里蠕动——这东西肯定是想害他。杰克看看里夫斯，只见里夫斯也盯着他，脸上似笑非笑的，显然也不敢相信眼前发生的事情。杰克一步步向他走过去，而他稍稍向后缩了一下。

终于，杰克来到了里夫斯面前；里夫斯很紧张地舔了舔嘴唇。杰克看着他，胸口一阵恶心。奇怪的是，杰克并不是觉得里夫斯恶心，而是觉得自己很恶心。他又低头看了看手里的电击枪，忽然觉得整个实验室以及身边一切都开始抖动，暗黑的震波穿透了他的颅骨，一直钻进他的脑袋里。他想举起持枪的手，却怎么也抬不起来，仿佛那条手臂灌了铅，已经坏死了。他转头看着布莱克，只见他眼睛里流露出恶毒的笑意。杰克知道这时候所有人都在看着自己，而他开口说话时听见自己的声音，竟然显得那么微弱、那么遥远。

“我做不到。”他说。

然后杰克听见哐当一声，是电击枪掉在地上的声音——枪从他手里滑下去的时候，杰克根本就没发觉。布莱克兴高采烈地转着圈，还一边拍着手。

“看到没有？看到了吧！这就是机器最大的缺陷，也是用初级推送法激活的机械人的典型弱点：他们完全不能做出伤害性的行为。”布莱克一边说一边仔细端详在场每个人的脸。看着看着，他忍不住咧嘴大笑，前额逐渐渗出一层闪亮的汗珠。“有什么解决办法呢？那还用问，当然是制造一些比机器更高级的产品了。”

说完，他朝着克里斯托弗的方向转身。就在这一瞬间，埃丝特尔发难了。她飞身冲到电击枪前，一下子把枪从地上捞起来，立即扑向布莱克，半刻迟疑也没有。邓洛普的反应太慢，反倒是里夫斯抢先一步，赶在埃丝特尔扑到之前挡在了她和主子中间。

埃丝特尔怒吼一声，狠狠地把电击枪戳在里夫斯的腹部。里夫斯弯下腰，全身绷得紧紧的，准备挨这一下避无可避的电击。

第 29 章

没有蓝色的电光，也没有爆裂的火花——什么也没发生。

埃丝特尔睁大了眼睛，再一次把电击枪向前猛戳。里夫斯稍稍往后一缩，脸上逐渐现出一丝奸笑。这时候，邓洛普赶到，轻而易举地把枪从她手里打飞，又把她的双臂反剪到身后。埃丝特尔拼命挣扎，两条腿不停地乱踢乱蹬。布莱克弯腰从地上捡起那把电击枪。

“在英国工程学历史上，最伟大的发明莫过于保险按键了。”布莱克说，指着埃丝特尔，“跟机械人不一样，暴力是她天性的一部分——其实人类都这样。可是区分我们和机械人的最根本因素是什么呢？为什么我们人类能够犯下种种十恶不赦的罪行，而机械人却受到道德观念和礼仪准则的约束和局限呢？”布莱克咧嘴一笑，露出两排牙齿，而他的目光却无比阴暗，充满了恶意，“答案肯定是某种我们拥有而机械人没有的东西——我们的灵魂。”

布莱克缓缓地转动身体面向克里斯托弗，所有人的目光都跟着他一起转。克里斯托弗抬起头盯着他，目光里尽是刻骨的憎恨。布莱克气势磅礴地朝着克里斯托弗一挥手，又转身面向观众。

“各位见证一下，这就是精炼推送法的成果。拥有灵魂之后，机械人也懂得憎恨了。”

克里斯托弗吃惊地睁大两眼，高声尖叫道：“我到底是谁?”

“你是我的孙子。”柯米尔说完，终于抬起了眼睛，眼神里充满了痛苦和内疚。

“我想不起来……”克里斯托弗还没说完就泣不成声了。

布莱克把电击枪抛起来，枪不住地转圈，又落回他手里。然后他又抛了一次。“里夫斯先生。”

里夫斯看着事态发展，嘴里发出愉快的啧啧声。现在听到布莱克叫自己，连忙应道：“在，先生。”

布莱克用电击枪指着自己跟前的地面说：“请你站到这儿来。”

里夫斯皱了皱眉，却还是依照吩咐，站到了布莱克面前。布莱克笑了。

然后他突然一挥手，把枪把狠狠砸在里夫斯脸上。

除了柯米尔，在场所有人都同时往后一缩。里夫斯站不稳了，单膝跪倒在地上，一只手捂着半边脸，另一只手举起来胡乱挥舞，连话也说不出来。

“我觉得应该继续演示一下。”布莱克欢快地说。

然后他再一挥手，一下子把里夫斯打翻了。他侧身倒下时，哐当一下撞在地面上。杰克首先留意到里夫斯脸颊的皮肉剥落了一块，露出了里面闪闪发亮的铬金骨架。

“啊！不会吧！里夫斯先生，看来你违反了机械人法则里面的某一条，太可怕了。那条法则怎么说来着？”布莱克把脑袋一歪，开始背诵了，“禁止将生命与感情授予符合‘真人’（即成年人）尺寸标准的原材料。”

里夫斯在地上扭动，一边用颤抖的手指把脸颊脱落的皮肉敷回去，一边挣扎着想坐起来。

“不过话又说回来，”布莱克继续说，“我是当今世上最伟大的工程师之一，为所欲为应该是天才的特权，对不对，里夫斯先生？”说完，布莱克把电击枪又一次砸在里夫斯的脑袋上。哐当一下，杰克脸上的肌肉也开始抽搐，“我问你呢，里夫斯先生，对不对啊？你怎么不自卫呢？”

布莱克继续殴打他。“你有什么毛病？为什么不还手呀？”

最后，布莱克把电击枪重重地敲在里夫斯的后脑勺上，发出很响的哐当一声。里夫斯的四肢不停地抽搐，关节的齿轮组震动着，发出呻吟般的噪声。

“各位都看到了，按照初级系统的标准，机械人不但不能主动发起攻击，而且不能抵御外界的攻击。”布莱克把电击枪扔到一旁，走到克里斯托弗身边，一只手轻轻地搭在他肩膀上，克里斯托弗不由自主地哆嗦了一下。布莱克对他的反应视而不见，只是笑眯眯地盯着他的眼睛，像在寻找什么。

“你到底想怎样，理查德?”柯米尔问。

布莱克转过身来。

“我想完成我父亲未竟的事业，我想把他的遗志发扬光大，我想夺回我们应得的，我想保卫祖国不受外来野蛮人的侵犯。你知道上次大战死了多少人吗？要是当时我们政府有勇气批准精炼系统的研发和使用，你知道我们能拯救多少生命吗?”

“没用的。”柯米尔摇了摇头，一脸厌恶地说。

布莱克迈开大步向柯米尔走过来。因为激动，他的声音也变沙哑了。

“另一场大战已经迫在眉睫了，菲利普，难道你看不出来吗?我们必须做好准备啊！我们的敌人正在暗中集结军力，而我们的首相大人却在守株待兔，还说些什么‘有朝一日也许会废除第五法则’之类的废话去愚弄大众。”

柯米尔勃然大怒，死死地盯着布莱克的眼睛。“这样做是不对的，而且特别危险。理查德，你自己也是心知肚明的呀！我是绝不会教你怎么使用授魂器的。”

布莱克吃了一惊，不自觉地后退了两步。他又伸手指着克里斯托弗，“看看他，菲利普，你看看他！你把孙子的灵魂从虚无当中拯救出来，然后放进了这个金属外壳里面。这样做有什么不对吗?”

柯米尔想看看克里斯托弗，可是他脸上又露出了惭愧的神情。

“那不是一回事。”他说的时候，声音小得像耳语一般。

布莱克摇了摇头。“不，菲利普，这是一个奇迹。我们既然身处这个奇迹的时代，就应该接受和拥抱现实。”说完，布莱克默默地注视着柯米尔。过了好一会儿，等他重新开口说话时，语气变得平和了许多，“我知道当初你为什么帮我父亲，我也知道你的儿子在大战里牺牲了。现在请你想想，如果我们现在立刻开始行动，把你和我父亲当年开展的研究工作顺利完成，我们能拯救多少人的性命？所以你一定要把授魂术的工作原理教给我。”

布莱克说到这儿，转过头冷冷地看着里夫斯。只见里夫斯不再趴着，而是用一只手扒着桌子边沿跪在地上。“如果你不肯合作，我就让你的孙子再死一次！”

他看着柯米尔的眼神让人心寒，而柯米尔脸上也写满了悲伤和愤怒。他知道自己被逼进了绝境，已经无路可退了。

布莱克挺起胸膛。“我打算率领这支新的军队开进伦敦，到时候那个可怜巴巴的政府和弱不禁风的王室都会向我臣服。只有这样做，这个国家才能复兴。到时候，再没有什么敌人能够跟我们匹敌了。所以你一定要帮助我达成这个目标。”

杰克本来以为自己的心情早已跌到谷底，可是在实验室的经历让他知道，这世上没有最糟，只有更糟。他们被押回牢房之后，柯米尔像胎儿似的蜷缩在床上，面对墙壁侧卧着。杰克本来应该感到愤怒的，可是此刻他只觉得恶心和茫然。他看见埃丝特尔坐在柯米尔身后，用喷火似的目光盯着他，仿佛要把他的后背也烧穿。

“你快告诉我们!”她说，“你一定要告诉我们。”

“我什么也不用告诉你们。”柯米尔瓮声瓮气地答道。

埃丝特尔一下子从自己的铺位跳下来，双拳紧握，愤怒地吼道:“你不说也不行！他也许是你的孙子，可他也是我们的朋友！你欠我们一个真相。”

柯米尔缓缓转过来，用左手肘撑起上身半躺着。他凝视着埃丝特尔，似乎在思考对策。过了好一会儿，他长叹一声，终于开始说了。

“那是很久以前了，发生了一场火灾。当时我的儿子已经战死沙场，只剩下他的妻子和我的孙子……”

说到这儿，柯米尔紧闭双眼，好像要把内心的痛苦封锁住。

埃丝特尔的目光里没有一丝同情，她继续逼问:“你是怎么给他授魂的?”

柯米尔的表情更加痛苦了。“当时有一个传言，是从任瑟堡时代流传下来的，说有办法能将人的灵魂附在机器上。一开始我设计授魂器只是为了看看能否改善机械系统——查尔斯·布莱克是跟我合作的，他和他的儿子理查德定期来我的工作室探访。我们花了好几个月的时间研究了各种不同的可能性，最后我终于发现了解决方案。可是自从克里斯托弗……克里斯托弗……”柯米尔握着拳头，紧闭双眼，挣扎着往下说，“我只是想再见到他，他就是我的一切啊！我已经失去太多了。”柯米尔热泪盈眶地看着他们，“我当时已经……我已经……”

“崩溃了。”圆萝卜以实事求是的态度说。

柯米尔看着他。

“所以你决定让自己重新振作!”萝卜欢快地说。

柯米尔向他苦笑了一下，继续说：“授魂器成了连通我们这个世界和灵魂世界的一座桥梁。通过它，你可以看见很多线路。这些线路其实是我们这个世界当中的一些裂缝，灵魂可以通过这些裂缝穿越到我们的世界。我当时发现了其中一条裂缝，于是把我的孙子带回来了。”

“他知道吗?”杰克问。

柯米尔点了点头。“知道的。”

“可是现在他已经想不起来了。”埃丝特尔说。

“战争机械人的试验失败后我就去了安乐铁乡。当初我参与那个项目，完全是迫于查尔斯的压力，而那个灾难性的结果使我对人类完全失去了信心。我没办法跟别人相处，只能和克里斯托弗在一起。希伯特知道他的事情，却没有干涉我们。刚开始的时候，我还会行善积德，修理机械人。于是他们从四面八方涌过来求助，有些是从主人家偷跑出来的，有些是被主人丢弃的，大部分是有故障的。”柯米尔摇了摇头，苦笑了几声，“你们想象一下，他们都跑过来找我。”他咽了一下口水，坐直了，“克里斯托弗也帮我的忙，总说我们能帮助更多的机械人，可是我始终不允许他自己一个人外出帮他们。他一直没有放弃，‘我们再多干一点吧’，他总是这么说。”

说到这儿，柯米尔低下头闭上眼睛。

“有一天晚上他溜出去了，我知道他是去帮助那些机械人。当时有一伙拾荒者经常在小镇附近游荡，不时偷些零件和燃料——我猜是那伙人把他拐走了。后来，公路上发生了大爆炸，肯定是他们逃走的时候发生了燃油事故。艾格伯特和我找到了他们……”他停顿了一下，摇了摇头，“或者说，找到了他们的残骸。我当时就以为克里斯托弗也在那次灾难里粉身碎骨了。”

杰克开口说：“阿布萨隆说他是在一条沟渠里找到克里斯托弗的。”

“也许他一直待在那里，蛰伏了好几年吧。”埃丝特尔说。

痛苦的神情像涟漪般在柯米尔的脸上掠过。

杰克觉得老头挺惨的，不过这件事情还是让他觉得有点生气，尤其是柯米尔一直把他们瞒得好苦！“这么说，你曾经有过一个授魂器，却亲手销毁了，因为你害怕别人会用它作恶？”

柯米尔点了点头。

“可是管理局自己研发了一个。”杰克说。

“估计他们是想着将来万一有那么一天，政府废除第五法则，允许军方用授魂术大批量生产机械人去打仗，那么授魂器就能派上用场吧。”柯米尔说。

“因为没有授魂器，所以布莱克绑架了克里斯托弗，希望能从他身上破解精炼推送法的秘密，对吧?”埃丝特尔说。

“肯定是你们的朋友阿布萨隆不小心，把克里斯托弗发生的那次事故泄露出去了——你们说他被车撞了是吧？布莱克一听说对事故主角的描述，马上就知道是谁了。”柯米尔说。

信息量很大，大家都在默默消化，过了好一会儿也没人说话。

“这么说，我们该怎样逃跑呢?”终于，萝卜开口了。

他环顾四周，仔细端详每个人，发现大家都是愁眉苦脸的。萝卜不禁也皱起了眉。

“我们是打算逃跑的，对吧?”他问。

柯米尔长叹一声，又躺下了——说了那么多话，他好像已经精疲力竭了。埃丝特尔轻蔑地瞥了他一眼，转头看着萝卜。

“我们会逃跑的，萝卜，一定会!”

第 30 章

第二天早上，大伙儿被押着走进一条肮脏的隧道，从地底下穿过监狱的高墙，来到一片墓地里。

布莱克已经在那里等候了。里夫斯弯腰驼背地站在他身边，好像一条惨遭虐待的狗。他用颤抖的右手捂住脸颊上暴露出来的金属骨架，左手则捧着那个还没激活的授魂器。

十几个狂暴战士把墓地团团围住，它们银色的身躯在蓝灰色的晨曦映照下闪闪发亮，而且每个机械人的钢铁肌肉上面都镶满了尖刺、倒钩、利刃和火枪。

与威风凛凛的狂暴战队相反，这个墓园狭小、拥挤、破败，连围墙也塌了好几处。墓地里长满了地衣和苔藓，一个个低矮的墓碑像是被人用锤子砸进泥土里似的。墓园外围是一个废铁处理场，金属片和金属管子洒落了一地，好几十个哑巴机械人脑袋滚得四处都是，此外还有各种各样的空壳机械人。

这里搭起了一个高高的平台，是用钢梁搭建的，看起来非常结实。高台的四个角落各有一根十英尺高的钢管高高竖起，直指着天空。

“欢迎！欢迎各位！”布莱克张开双臂说道。

柯米尔看了一眼高台，恨恨地摇了摇头。“我看出来了，你是建了一个能量节点来增强授魂器的威力。”

“要实现多个载体的精神粒子融合，这就是最好的方法了。”布莱克说。

“我必须承认，你的方法很高明。不过我还是觉得你这样做是疯了，理查德，你脑子真的有毛病啊！这里就是你收集灵魂的地方吗？”

“当然了。”布莱克微笑道，“除了危崖居的墓园，还有更好的地方吗？埋在这里的都是这个社会最残暴的渣滓！还有比它们更适合派去打仗的灵魂吗？”

埃丝特尔极度厌恶地看了看墓地，又打量着那些狂暴战士。“我不明白。”

柯米尔转头对着她。“要召唤灵魂，最好的地方莫过于灵魂休憩的场所，因为在这里，生与死之间的屏障是最单薄、最容易被穿越的。”

布莱克依然微笑着，可是双唇抿得紧紧的，显得有点牵强。突然，他脸色一变，仿佛与心中突如其来的某些阴暗情绪相持不下。“每逢这些时候，我就会想起我父亲。”泪水开始涌进他的眼中，“有时候我会想，要是他还在世，要是他看到我今时今日的成就，他会多么自豪啊！”他说着说着，声音变得有点沙哑了。

柯米尔摇着头说：“理查德，现在回头还来得及。”

布莱克用袖子擦干眼泪，突然咯咯咯地笑了。杰克看着布莱克，在那一瞬间，他竟然对这个做了那么多坏事的家伙心生同情。

布莱克用鼻子深深吸了一口气，拉了拉马甲的边缘，竭尽全力挺直了腰杆。“对不起，菲利普，现在回头已经来不及了。”他盯着克里斯托弗，本来已经烟消云散的怒火突然又冒出来了，“每次我看着他，菲利普，我就忍不住想，能够起死回生的那个人为什么是你？到底是什么东西让你这么特别呢？”

柯米尔扬起下巴，沉默以对。

布莱克打了一个手势，里夫斯赶紧把授魂器递过去，脑袋却一直低垂着。在晨曦映照下，这件设备的表面闪闪发亮，显得像薄纸巾那么柔弱——谁能想象这么脆弱的一件小东西能够蕴藏那么巨大的能量呢？

杰克趁机往克里斯托弗身边挪近一点。虽然情势险恶，可他还是向克里斯托弗笑了笑。

“你们来救我了。”克里斯托弗小声说，几乎要哭出来了。

杰克依然保持着微笑。“对，我们来了。”

“谢谢你，杰克。”克里斯托弗说。

“不用谢我。”杰克说，“无论如何我们都会来的。”

克里斯托弗也笑了笑。可是杰克发现，当他看向柯米尔的时候，目光里充满了悲伤。

“我想不起他了。”克里斯托弗说，“他说的事情我都想不起来了。”

“没关系的。”杰克安慰他说，“以后会慢慢回忆起来的。”

克里斯托弗怒视着布莱克。“我们一定要阻止他！”他狠狠地低声说。

“我们一定会的！”杰克微笑着说，显示出胸有成竹的样子。其实这信心是装出来的，他希望能够让克里斯托弗好受点，哪怕只有片刻也好。

“你们少废话！”邓洛普呵斥道。

布莱克跟柯米尔商量了一会儿，就把授魂器交到后者手上。柯米尔用悲伤的目光看了看克里斯托弗，连肩膀也耷拉下来了。然后他长叹一声，闭上眼睛，右手开始在授魂器上方移动。授魂器开始发光，而且那亮光像脉搏般不停地跳动。然后布莱克毕恭毕敬地接过授魂器，右手开始模仿柯米尔的动作。当他的手在仪器上方移动时，一些符咒开始在亮光中显现。布莱克凝视着它们逐渐成形，眼中流露出渴望的神情。

这些符咒跟他们之前在授魂器表面见到的那些不同：它们一个个参差不齐，毫无美感可言。而且它们在授魂器表面移动时散发着一种焦躁和愤怒的气息，就像一群蚂蚁准备去吞噬什么似的。

布莱克打手势让柯米尔和他一起向高台走去。柯米尔跟在他身后，身上的皮大衣在冷风中上下翻飞。两人站在高台底部，不约而同地抬头仰望。布莱克把授魂器举起来，突然放手，授魂器就悬浮在他眼睛的高度。布莱克闭上眼，嘴里念念有词，授魂器缓缓上升，向高台中心飘去。然后，柯米尔和布莱克不约而同地仰起脖子，看着授魂器飘到高台中心上方几英尺的地方，就浮在那儿不动了。突然，授魂器的亮光闪出一种蓝宝石似的色彩。紧接着，四道蓝光从它表面激射而出，像触手似的缠住了高台角落四根指向天空的金属管子。授魂器开始缓缓转动，发出更加耀眼的光芒。

柯米尔低下头。

“我们时间不多了，是吧?”克里斯托弗站在杰克身边说。

杰克摇了摇头，仰望着高台上的奇景，恐惧之余又惊叹不已。

突然，他心中闪过一丝绝望的感觉。

这时候，站在杰克旁边的圆萝卜浑身哆嗦了一下。杰克发现他的肩膀正在抽搐，又听见乔治发出一下很响的啾啾声。

“乔治别叫了。”萝卜说。

可是乔治叫得更欢了，而且变成一种高频、尖锐的噪声。同时，它每条腿都在抽搐，还绕着萝卜的脖子跑来跑去。

“叫那东西闭嘴!”邓洛普吼道。

“它的名字叫乔治!”萝卜吼回他。

邓洛普挥舞着电击枪向萝卜扑过来，却突然停住了脚步——它处传来一个声音，吸引了在场每个人的注意力。

那是一种低沉的嗡嗡声，音量越来越大。所有眼睛一起望向远方地平线，声音正是从那里传来的。

突然，这嗡嗡嗡的背景声音变成了一种金属摩擦的尖啸声，仿佛有成千上万把刀刃同时在磨砺。而且这噪声越来越刺耳，邓洛普一下子捂住耳朵，其他人也纷纷效法。只有一个人没有捂耳朵：柯米尔——他正乐得合不拢嘴呢。

只见地平线上出现成百上千只金属蜘蛛，像一片漫山遍野的银色浪潮，朝着墓园这儿涌过来。

这股怒涛汹涌澎湃、闪闪发亮，发出啾啾的尖叫声。无数条小细腿踩着稳定的碎步，无数双露着凶光的小眼睛凝聚成一堵高速移动的墙壁……乔治也发出尖叫声作为回应。

布莱克傻了似的站在那里，连嘴巴也合不上了。

杰克笑了。

柯米尔转头看着布莱克，伸进大衣内袋掏出一个有按钮的黑盒子。“我把这叫作‘遥控器’。”他说，“顺便说一句，这名字是我的专利。”

蜘蛛大军撞在墓园矮墙上的时候，发出一阵雷鸣般的碎裂声。然后它们就像潮水一样涌进来了。

就在这一刻，布莱克似乎终于回过神来了，转头就往高台上跑。“保护授魂器！”他声嘶力竭地吼道。里夫斯没有第一时间跟上去，因为他已经吓得手足无措了。只见他缓慢地转动身体——好像在努力回忆该怎么使用自己的两条腿——然后才向着主人的方向走去。杰克只顾着看蜘蛛大军，完全忘记了邓洛普的存在。

突然，他身后传来一声刺耳的像野兽般的嚎叫，杰克这才想起那个坏蛋就在旁边。他连忙转身，看清了声音的来源，顿时吓得目瞪口呆。只见一个人在墓园里狂奔，显然是在逃跑。他的四肢都变成了银色，还一边跑一边疯狂地扭动身体——这人正是邓洛普，他眼看就要被蜘蛛大军的银色旋涡吞没了，根本逃不掉。

与此同时，另一股汹涌澎湃的蜘蛛浪潮向着高台涌去。杰克心里谢天谢地，幸好它们是自己人！他对着埃丝特尔、萝卜和克里斯托弗点了点头，大伙儿跟着柯米尔一起走到高台下。

“他正在用授魂器干什么呢！”萝卜眯着眼睛向上看，说道。

高台顶上，布莱克正在授魂器前方的空气里画符咒。刚开始的时候什么也没发生，突然，授魂器闪出一片强光，几乎把他们亮瞎了。紧接着，他们听见一声震耳欲聋的爆裂，就像是闪电划破空气的声音。只见一条巨大的蓝色光柱从授魂器射出来，在墓园正中心的上空突然凝住了。然后，地底传来一阵雷鸣般的飕飕声，仿佛有个巨大的钻头要破土而出。同时，在光柱终止的地方开始出现一条闪着蓝光的大裂缝。

这个世界仿佛被打穿了一个洞，他们四周的空气沸腾着、呼啸着，都朝着那个洞涌去。

“授魂器已经被完全激活，他马上就要启动精神粒子附着程序了。”柯米尔害怕地说。

萝卜转过头来，一脸茫然地看着他。

“他要把灵魂注入这些机械人体内了。”柯米尔用简化的语言解释说。

突然，一个新的声音响起来，仿佛要把空气也撕裂了。这是一种凄厉的号叫，就像一头饱受折磨的野兽在咆哮。这声音回荡在墓园里，使这里的空气也痛苦地颤抖起来。

“看!”萝卜指着裂缝说。

只见一缕跳动的黑烟从裂缝里冒出来，缠住光柱盘旋翻滚着向前飞。突然，黑烟仿佛被一股看不见的力量推动着，猛然加速，直扑向站在墓园边上的一个狂暴战士。

空气还在不断地颤动，在一阵金属撕裂声中，黑烟穿过了机械人镶了重装甲的胸膛，发出一声巨响。

狂暴战士抽搐了几下，眼睛突然射出一道冷若冰霜的蓝光，这就活过来了。

这怪物抬起两条手臂，端详着两只巨爪，突然开始仰天长啸。

这时候，杰克留意到另一股黑影缠绕在另一条蓝色光柱上，连忙伸手指着，却说不出话来。

“我们时间不多了。”柯米尔说。

“我们能怎么办?”萝卜大声吼道，压过了四周嘈吵的噪声。

柯米尔转头仰视着高台，脸色冷峻，神情刚毅。突然，身后传来一下金属摩擦的巨响，柯米尔猛然回头，只见第一个狂暴战士正向他们逼近。就在它刚起步的时候，他们听见嘭的一声——第二个灵魂也找到了宿主，第二个狂暴战士也苏醒了。

柯米尔把两根手指塞进嘴里，猛地吹了一下口哨。这口哨声特别尖锐，埃丝特尔听了眼泪都快流出来了。然后他打起响指，翻动手腕，向蜘蛛军团打手势。蜘蛛大军立刻兵分两路，其中一股银色激流迅速扑到第一个狂暴战士身前。冲在最前端的蜘蛛被它踩得粉碎，后面的蜘蛛踏着同伴的尸体攀上了狂暴战士的双腿，一边尖啸着一边向上爬。

杰克皱起眉看着柯米尔。“你没有用遥控器，它们怎么懂得这样进攻呢？”

柯米尔晃了晃手中的遥控器，点头说：“这东西只能召唤它们。”

“这么说来，它们也是有灵魂的吗？”克里斯托弗问。

“没错，否则你觉得它们怎么懂得对付邓洛普呢？”柯米尔一边说一边注视着自己的手下冲锋，两眼都发亮了。

“你从哪里找来那么多灵魂呢？”埃丝特尔问。

“老鼠。”柯米尔用实事求是的口吻说。

埃丝特尔听了连忙捂住嘴巴，脸色有点发白。

“我们冲！”柯米尔说完，大手一挥，从废铁堆里抄起一根钢管，拔腿就往高台冲过去。

同时，第二路蜘蛛军已经开始爬高台的柱子。它们化作许多根银线，绕着柱子往上蹿。柯米尔跑到梯子前，伸手抓住边框。突然咔嚓一下，高台爆发出一股巨大的能量，蓝色电弧在吱吱声中传遍了金属支架。柯米尔整个人被弹开，跟一阵银色的蜘蛛雨一起跌落在地上——爬上柱子的蜘蛛们也被弹下来了。

克里斯托弗第一个跑到柯米尔身边，一把抓起他的手腕，发现他的左掌已经鲜血淋淋了。

“没事！”柯米尔大声喊，压过了四周的噪音。当他的目光与克里斯托弗眼睛接触的时候，他突然觉得心里充满了希望，顿时忘记了疼痛，“这个高台……排斥活人。”

“那我们要怎么做？”杰克问道。这时候，萝卜也赶来了，就站在杰克身边。克里斯托弗搀扶着柯米尔坐起来。

“你们必须摧毁授魂器！”柯米尔说，“一旦光柱断掉，所有被释放出来的灵魂都会被吸回去。授魂器本身虽然储存着巨大的能量，它的表面却是非常脆弱，你只需要用金属的东西敲一下。”

说完，他把钢管递给克里斯托弗。克里斯托弗点了点头，接过来插在腰带里。

“那你呢？你打算怎么做？”杰克问。

柯米尔站起来，低头凝视着杰克，苍老的面容上现出一丝微笑。“我们挺直腰杆跟他们拼！”他说着，朝埃丝特尔眨了眨眼睛，然后开始发出像砂石般粗糙的嘶哑笑声。萝卜跟着他笑起来，两人互相呼应着，笑得越来越欢。杰克翻了一个白眼，却也被他们感染，忍不住露出了笑容。

“好，快上！”柯米尔大声喊道。

他们不等柯米尔说第二次了。杰克一马当先，克里斯托弗居中，双目圆睁的萝卜殿后，三人一起向着高台冲过去。

第31章

天色一片昏沉，光明仿佛都被授魂器吸到另一个世界了。*也许是这个世界被无数阴影占据了*，杰克心里这样想着，已经跑到了高台底部的梯子前。突然，他又听见一下爆裂声，紧接着是一声怒吼——杰克知道，又一个狂暴战士被授魂了。

这时候，蜘蛛军团对高台展开了新一轮进攻。它们不停歇地跳跃、飞扑，有些被从金属架子上流过的能量击中，吱吱吱地弹开了；有些好不容易爬到高台顶部的边缘，却被陷入疯狂状态的布莱克踢了下去。萝卜看着看着，突然想起了一件事情。

“乔治在哪里?”萝卜尖叫道，伸手摸自己脖子。

“先别想了!”杰克吼道，“我们迟一点再找它!”

我们还有“迟一点”吗? 杰克心里忍不住想。他连忙把这个念头压下去，伸手握住第一根横杠，顿时觉得一股一股能量通过手臂传遍了全身。这条梯子不住地震动，把梯子固定在高台顶部的钩子

也在跳个不停，杰克看了不禁忧心忡忡。

“我们一定能成功!”他咬紧牙关吼道。

他在心中暗自祈祷，希望自己爬的时候能抓紧横杠，然后他就开始向上攀爬了。克里斯托弗紧跟其后，接着是萝卜。

杰克越爬越高，看着墓园的全景逐渐展现在他脚下。目前已经有三个狂暴战士被完全激活。在它们当中，有两个浑身上下爬满了蜘蛛，都在拼命挣扎，把小蜘蛛往四面八方甩出去。其中一个狂暴战士大声吼叫，它两条腿上聚集了太多蜘蛛，实在太沉重，抬腿走动的时候就像在沼泽淤泥当中挣扎着前行。第三个狂暴战士在较量中占了上风，拼命踩踏着地上的蜘蛛，一步步向高台逼近。这时，第四个狂暴战士也活过来了，转头看着高台。

三人终于爬到了高台顶部，克里斯托弗和杰克一起帮助萝卜爬上平台的边缘。他们到达得正是时候，因为他们刚刚爬上来，一股能量突然在整个平台流过，把他们全部震倒，连梯子也震得松脱了。他们只能眼睁睁地看着梯子掉下去，想拉也拉不住。震动过后，三人站起来。杰克跟克里斯托弗和萝卜交换眼神时，竭力显示出信心十足的样子。

布莱克在高台另一头，离他们还有一点距离。有些蜘蛛爬到了高台边沿，布莱克发疯似的乱踢，还抡圆了手里的一根钢管拼命打。里夫斯站在他身后几英尺的地方，低着头，两臂垂在身旁，一副很凄凉的样子。杰克从来没见过有人这么悲惨、这么落魄。

“来吧！有种就上来呀！”在布莱克的怒吼声中，蜘蛛大军源源不绝地涌上高台。突然，杰克听见另一个狂暴战士苏醒时的吼声——这声音他已经听得耳熟了——顿时觉得心惊胆战。

“我们怎么办呀？”萝卜抓狂地问。

克里斯托弗往前迈出一步。“我去分散他的注意力，你们俩一定要把授魂器销毁！”

杰克点头答应了。于是克里斯托弗打了个手势，让杰克和萝卜去左边，他自己打算从右路偷偷走到布莱克身后。

“还有他呢？”杰克指着里夫斯问。

这时候里夫斯也看见他们了，却还是垂头丧气的样子，看起来就算他想动也未必能动。

“我觉得他再也不会给我们造成什么麻烦了。”克里斯托弗说。

说完，克里斯托弗就弓背弯腰，开始向布莱克逼近；杰克拉着萝卜的手，一起从左边走过去。他们听见四周全是疾风的咆哮声、蜘蛛的咔嗒声和尖叫声，还有狂暴战士的怒吼声。世界一片灰暗，他们努力往前走，却好像怎么走也走不到。

杰克看见克里斯托弗举起钢管，狠狠地敲在高台的地板上。布莱克猛地转身，发现是克里斯托弗，顿时像疯狗一样号叫起来。

“啊，不会吧！”他一边说一边摇着一根手指，“啊，不会吧！你别现在来捣乱！别现在来捣乱！”

布莱克迈步向克里斯托弗走去，咧嘴一笑，然后举起自己手中的铁棍，抡圆了狠狠往下一砸。克里斯托弗连忙向侧面闪躲，虽然勉强避开这一击，可也不由自主地向后转身，几乎失去了平衡。

布莱克不耐烦地用手拨了一下头发，又举起了铁棍……杰克摇了摇脑袋，回过神来，推着萝卜继续往前走。授魂器就悬浮在他们前方，一边射出亮光一边发出雷鸣般的巨响，而授魂器的内核则笼罩在一层薄纱似的怪异光晕里。光晕一下一下地跳动着，竟然显得很平静。他们每走一步都能感觉到授魂器射出的亮光把他们向后推，就像在逆流而上、顶风前行。终于，他们来到了授魂器跟前，相距不过几英寸了。

杰克伸手去够授魂器，萝卜很紧张地用手搭住他的肩膀。

突然，杰克全身一震，某种异样的感觉涌上心头，顿时觉得天旋地转。

“那是什么？”萝卜哼哼唧唧地说。

“我……我不知道……萝卜……我……”

*我觉得那是温暖，萝卜，*杰克默默地对自己说，*我觉得那是冰冻，我觉得那是一种最真切的感受。*

温暖、冰冻、喜悦、悲伤……这些情感在杰克体内流过，然后他眨了眨眼睛，看着刚才触碰到授魂器的那只手。只见手指有些皮肤已经剥落，露出了里面灰色的钢骨架。他抬起头看着萝卜。

这时候，右方突然传来一阵尖叫声。两人一同转身看过去，只见布莱克正在发疯似的对他们吼。克里斯托弗刚刚躲开他的另一下重击，正在踉踉跄跄地往后退，努力保持平衡。布莱克趁机用另一只手画了几个符咒，然后把手指往授魂器这儿一指。

在布莱克的控制下，授魂器猛然爆发出一片蓝白色的强光，同时一股热浪汹涌而出，巨大的能量把杰克和萝卜都掀翻在地。

布莱克发出一声胜利的欢呼，可是马上又变成一下痛苦的号叫——克里斯托弗把钢管狠狠敲在他的胫骨上，发出咔嚓一下脆响。布莱克摔倒在地上，克里斯托弗走上前，居高临下地俯视着他。布莱克连忙抬起双手护住面门。萝卜和杰克被刚才那股能量冲击了一下，现在还晕头转向，虽然勉力挣扎，一时还爬不起来。可是杰克已经足够清醒，知道克里斯托弗想干什么。他看见克里斯托弗狂怒的眼神，看见他举起了手中的武器，马上就要下狠手了。

“克里斯托弗！住手！”杰克吼道。

可是这话一出口他就后悔了。克里斯托弗听见这一声吼，扭头看了他一眼，布莱克就趁机发难，突然揪住克里斯托弗的钢管用力一甩。钢管顿时脱手而出，克里斯托弗整个人被甩出去，飞到高台的另一端。他跌跌撞撞地在边缘停下来，好歹没有摔下去，却只能眼睁睁看着那根钢管掉下高台、不见踪影了。

布莱克爬起来，一瘸一拐地朝他走过来。克里斯托弗挣扎着想爬起来，可是对方已经来到他身前。只见布莱克高高举起了自己的铁棍——这下如果打实了，克里斯托弗的脑袋肯定要开花了。

杰克想开口说话，喉咙却像被捏住了，只能发出一声呻吟。

布莱克仰天长啸，手中的铁棍猛击下来。

就在这一刻，他的铁棍奇迹般地停在了半空。

布莱克用力扭了一下，还想打，可是铁棍凝固在空中一动不动——原来是被里夫斯的双手紧紧抓住了。

“放手！”布莱克吼道。

里夫斯面无表情，目光依然盯着主人的面孔。

“我叫你放手！”布莱克继续吼。

可是里夫斯纹丝不动，继续牢牢地握住铁棍不放。

布莱克用两只手拼命拉扯，想把铁棍从里夫斯手里夺下来，却只能拽着机械人一步一步地走向高台的边缘……两人已经来到了克里斯托弗的上方，继续揪住铁棍僵持不下：布莱克不停地拉扯，而里夫斯只是用两只爪子一样的手抓住不放。

可是无论布莱克怎么用力，也没办法把铁棍从仆人手里抢下来。豆大的汗珠开始在他前额渗出来，他发出一声野兽般的号叫，用尽全力猛地一拉。

就在这一刻，里夫斯突然放手了。

布莱克一个踉跄，尖叫着摔下了高台的边沿。

布莱克的右手乱挥乱抓，无意中揪住了里夫斯的大衣，一下子把他也拖下去了。里夫斯跌倒的时候好像一点也不在乎，只是默默地一头栽进避无可避的噩运当中。

就这样，两个人眨眼间就没了。

在那一刻，杰克、克里斯托弗和萝卜都目瞪口呆地看着布莱克原来站着的那一小块地方。

克里斯托弗是第一个爬起来的。他连忙跑过去帮助杰克和萝卜站起来。三人一同转身看着授魂器，心里都咯噔一沉。

授魂器喷射出一波一波强烈的亮光，相隔这么远，他们也能感觉到这些强光的推力。

在这个瞬间，杰克做出了决定。

“带萝卜下去。”他对克里斯托弗说。

克里斯托弗摇着头说：“不行，杰克……”

“带他下去，克里斯托弗！和他一起走。”

“你自己一个人做不了。”克里斯托弗反对说。

“做什么？”萝卜说，看看克里斯托弗，又看回杰克，“做什么？他在说什么呢？”

杰克垂下眼睛，轻轻地把萝卜推开。萝卜皱起眉头，看了看授魂器，眼睛突然睁得溜圆。

“不，杰克！不行！”

杰克叹了一口气。“萝卜——”

“不！绝对不行！那东西会爆炸的，然后你就回不来了！杰克，你就会像真人爱德华和抓佬一样，再也回不来了！到时候我们怎么办？”

杰克凑到萝卜面前，柔声对他说：“这件事情必须由我一个人去承担。克里斯托弗不能去做，因为他还有个爷爷呢。”

“那就让我来！我可以摧毁授魂器！”萝卜抓狂地说着，拔腿就往授魂器那儿冲过去。

杰克一把揪住他的手臂。“不行，萝卜！”

萝卜想挣脱杰克的纠缠，却被克里斯托弗按住了。

“为什么我不能去?!”萝卜抽噎着说，“为什么非要你去不可?”

杰克微笑着，笑容里带着一点哀伤。“也不是非我去不可，萝卜。不过如果让你或者克里斯托弗去的话，我是永远也不能原谅自己的。”

萝卜的下唇颤抖着。他低头看着地上，过了片刻，终于抬起头来，脸上露出惭愧和内疚的神情，而且不敢正眼看杰克。“好吧，可是你记住了，你这样做，我恨你！杰克，你记住了，我恨你！”他喘着粗气说。

杰克保持着微笑，不过这是一种悲伤的、消极的微笑。

“你打算怎么做?”克里斯托弗问杰克。

虽然深陷困境，不过杰克还是苦笑了一下。“我想，就是用两只手把它捏碎吧。柯米尔说这东西很脆弱的。”

杰克一边说一边抬起两只手。克里斯托弗看到他手上的皮肤都剥落了，杰克连忙把手放下。

“你这样做会有什么后果呢?”克里斯托弗问道。

杰克摇了摇头，仿佛这个问题根本就无关紧要。“没什么后果，我没事的。”

萝卜很担心，看看杰克，又看看克里斯托弗。

“我没事的，萝卜。”杰克微笑着说。可是在心底，连他自己也不相信。

“来吧。”克里斯托弗指着高台边沿说。其余两人跟着他走过去，探头往下张望。

他们首先看到的是布莱克，只见他四肢张开躺在地上，左肩下方有一摊深色的湿漉漉的痕迹——他被一根钢管插穿了后背。里夫斯一动不动地躺在距离他几英尺远的地方。

“从这里爬下去是不可能的，不过我们摔下去应该死不了。”克里斯托弗对萝卜说。

萝卜探头往外看，然后点了点头：“这里挺高的，可是对于机械人来说不算什么。我滚过那么多山坡，这话题我最有发言权了。”他转头对着两位同伴笑了笑，“我说得对吧？”

杰克和克里斯托弗都以微笑作为回答。他们知道，无论在怎样困难的逆境中，萝卜总能看到好的一面。

萝卜咧开嘴，对着两人开怀大笑。

然后他用力一推，把克里斯托弗推到杰克身上，目送着两人跌下了高台。

第 32 章

萝卜的第一反应是内疚，可是他很快就摆脱了自责的念头，因为他不断地提醒自己：这已经是最好的结局了！一想到两位好朋友都能活下来，他就由衷地感到开心。其实，对于圆萝卜来说，世上没有什么比朋友更重要了。因此他不惜一切代价也要确保他们安然度过这次劫难。

萝卜从高台边沿走回来，仔细思量着下一步该怎么做。灰暗的天空中密布着一道道蓝色的闪电；在地上，狂暴战士正向高台冲过来，势不可挡。在场所有的狂暴战士几乎都激活了，其中有两个在柯米尔蜘蛛大军的重压之下摔倒在地，还有三个在拼命挣扎。可是蜘蛛数量毕竟有限，没办法阻挡所有狂暴战士。同时，许多幽灵般的黑影不断地从空中那些吱吱作响的蓝色裂缝里飞出来……萝卜看着那个像恒星般发光发热的授魂器，心里已经打定了主意。

杰克说过，他要把授魂器捏碎。

萝卜点了点头，暗暗想着：杰克是对的，要摧毁授魂器，就只能把它捏碎。他突然意识到，在这个任务上，他比别人更有优势。想到这里，萝卜挺起胸膛，用手敲了一下，听着空腔里传出的回响。

然后他转身面对着授魂器，顿时觉得自己仿佛身处风口浪尖：一波又一波的能量涌过来，直把他往后推。

萝卜知道自己时间不多了。“抓紧时间，萝卜！”他告诫自己。

萝卜屏住了呼吸……然后哈哈大笑起来——他根本就没有呼吸可以屏。于是他用一只手扶着眉毛，开始向授魂器逼近。

能量波撞击着他的胸膛，可是萝卜硬着头皮往前推进。他脸上的皮肤开始剥落，萝卜不管，继续努力前行。他一边走一边盯着那一下一下跳动的蓝光，越来越近了……终于，他站在了授魂器跟前。

巨大的能量呼啸着从授魂器里涌出来。他双手的皮肤已经完全脱落，可是萝卜已经顾不上这些了，他在想着一些更重要的事情。他想起第一次在废品处理场醒来时，克里斯托弗和杰克正在低头凝视着他。他想起那天埃丝特尔给他的脸贴上皮肤，当时埃丝特尔微笑着，笑容里充满了自豪——她还以为萝卜没在看她呢。他想起坐在废品处理场最高的那堆废铁上，牵着曼达的手看日落。他想起了抓佬。

萝卜伸出双手抓住授魂器。在那个瞬间，一种古怪的感觉从他手上蔓延开来：冰凉里夹杂温暖，寒冷中带着炽热。他听见无数个声音同时响起——愤怒、悲伤、痛苦……可是萝卜一点也不在意，因为他在想着更重要的事情。

他把授魂器按在胸口，用尽全力地挤压。同时，他闭上眼睛，想着各位好朋友，默念着各人的名字：杰克、埃丝特尔、抓佬、曼达、克里斯托弗。然后他往前一扑，整个人压在了授魂器上。

圆萝卜微笑着。

然后整个世界都爆炸了。

第 33 章

杰克和克里斯托弗刚刚爬起来，高台顶上的爆炸又把他们震倒了。紧接着，金属支架开始扭曲，发出可怕的嘎吱声。杰克突然觉得肩膀一紧，是克里斯托弗揪住他大声吼："快跑！"

克里斯托弗拖着杰克向后逃，与此同时，高台的柱子和支架纷纷向外崩塌。空中落下许多金属碎片，重重地砸进土里，铆钉像雨点一样打在两人的身上。在这个危急关头，杰克第一时间想到的是埃丝特尔——她和柯米尔已经想办法将布莱克拖到了稍远的地方。这时候杰克看见她躺在地上，双手捂着脸；而柯米尔则躺在布莱克身上做他的人肉盾牌；最可怜的是莫蒂默·里夫斯，被一条倒塌的大梁彻底压扁了。

漫天钢铁雨终于停了，在片刻寂静之后，响起一阵低沉的轰隆声。紧接着，一束巨大的蓝光开始发出凄厉的尖叫声。

等等，为什么光束会尖叫呢？杰克想。

那束光突然猛烈收缩，所有被授魂的狂暴战士齐声号叫。空气中猛然出现一股强大的压力，仿佛世界上所有空气都被挤出去了，一道道闪着蓝光的裂缝纷纷被吸进那一束正在缩小的巨大光柱里。

紧随其后的是那些黑色的幽灵。当初它们被高速射进一个个狂暴战士的金属躯壳里，现在又以同样快的速度被拉出来。狂暴战士纷纷跪下，陆续瘫倒在地上。一缕缕破碎的黑影从它们身体里渗出来，尖叫着，盘旋着，无一例外地被吸进那条狭窄的光柱里，重新回到永恒的虚无当中。每个狂暴战士倒下时都让整片墓地震颤一下，直到最后连一个站着的也没有了，只剩下一副副银色的空壳默默躺在地上。

终于，光柱消失了，空气里只剩下几缕像丝线那么纤细的亮光。

四周只有一片死寂。

突然有人咳嗽。杰克扭头一看，发现是布莱克挣扎着想爬起来。鲜血从他嘴角涌出来，那是一种暗红色的液体，就跟他衬衣上的血迹一样污秽。

“菲利普……菲利普……”他喘息着说。

柯米尔捏着他的手臂。“快安心休息吧，理查德，你先歇一下。”

布莱克强忍着痛楚，用两只手抓住柯米尔的胳膊。“我只是尽力而为罢了，菲利普，我没有别的想法。”他发出嘶嘶的喘气声，“你赢了，你赢了，可也把我的一切心血都毁了。”

“这事情没有输赢，理查德。”柯米尔疲倦地说。

布莱克微笑了。“他会为我感到骄傲的，菲利普，对吧？他一定会为我感到骄傲的！”

柯米尔好像正在做思想斗争。然后他点了点头，脸上充满了同情的神色。看来他已经决定了，接下来他要说的话其实并没有什么坏处——尤其是在目前这种情况下就更加不要紧了。

“是的，理查德，他会为你感到骄傲的。”

布莱克向着柯米尔笑了笑，他的笑容开始消散，他的目光也变得呆滞。最后他叹了一口气，终于瘫软在柯米尔的怀里。

柯米尔把布莱克放下来，只见一缕黑烟从尸体胸口冉冉升起。

“发生什么事情了？”埃丝特尔一边问一边往后缩。

“那是因为授魂器残留下来的最后一点能量。在它的作用范围内，所有处在弥留之际的灵魂都会被吸进另一个世界里。”

这其实是很恐怖的一幕，可是大家都被吸引住了，目不转睛地看着布莱克的一缕孤魂在空中飘荡着，就像一团快被微风吹散了的蜘蛛网。只见他的灵魂缓缓上升，飘向空中一丝闪着微弱亮光的裂缝。可是随着一声细不可闻的脆响，那一丝裂缝像玻璃般破碎，消失得无影无踪。孤魂在空中盘旋了片刻，逐渐消散、淡化，最后发出一下流沙般的嘶嘶声，就彻底不见了。

“它怎么了？”埃丝特尔问。

柯米尔耸了耸肩。“它消失了，就这么简单。”说完他就转身走开了。

埃丝特尔眯起眼睛仔细查看那缕孤魂刚才经过的一堆金属废品，脸上露出怀疑和猜度的神色。

“萝卜。”杰克难过地说。

他转过身来，发现高台已经倒塌，原来的底座那里只剩下一堆废铁。杰克拔腿就往那儿跑，其他人也跟在后面。在高台的残骸边上，杰克发疯似的把一块块废铁扔开，完全顾不上身边还有其他人。他一边扔一边反反复复地喊：“萝卜！萝卜！”

很快他就找到了萝卜的躯体——虽然已经残缺不全，却毫无疑问就是萝卜。授魂器爆炸时把他的身体撕裂了，断口的地方参差不齐，边缘也被烧黑了。杰克把萝卜的残躯从废墟里拖出来，轻轻地抱住，这才发现他的脑袋没了。四周突然被一片死寂笼罩着，只有杰克断断续续的抽泣声能打破这片沉默。克里斯托弗跪倒在杰克身旁，用手搭住好朋友的肩膀，目瞪口呆地看着这一幕，完全不敢相信这是真的。

杰克转头看着克里斯托弗。“他死了，克里斯托弗，他死了。”说完，他抱住萝卜的身体，一边哭一边轻轻地摇晃。大伙儿守在一旁，都说不出话来。

突然，一个熟悉的声音响起：“你说过等这一切都结束后就教我吹口哨的。”

大伙儿听了，仿佛被闪电击中一般——毫无疑问，这就是萝卜的声音！埃丝特尔尖叫一声，往声音的方向扑过去，用力掀开一块金属板，露出了萝卜的脑袋。虽然这个头颅有些地方瘪了，还被烟熏黑了，可是大伙儿一看见那两根摇摇欲坠的眉毛就知道，这个脑袋绝对是萝卜的，不会错的。

萝卜与众人大眼瞪小眼地对望着。

“你还活着呀!”杰克大声欢呼。

“我当然还活着了!”萝卜说。

杰克拿起那颗脑袋，使劲地捂在胸前；克里斯托弗也扑上去抱成一团。埃丝特尔一把将脑袋抢过来，使出吃奶的力气紧紧抱着。

“怎么会这样呢?”柯米尔问。

“多亏阿布萨隆先生的手艺太烂。”萝卜说，“他给我安装的脑袋一点也不牢固，所以我习惯没了脑袋也能四处跑。刚才在最大的那次爆炸前，我的脑袋已经掉下来了。”说到这儿，萝卜做了一个鬼脸，“我刚才耸了耸肩，不过你们可能没留意到，因为我根本就没有肩可以耸。”

埃丝特尔一边尖叫着一边狂亲萝卜的脸。萝卜大声惨叫，表示很恶心。可是埃丝特尔不管，还是亲个不停。

“你成功了，萝卜!”克里斯托弗说，“是你救了我们! 是你救了所有人!”

布莱克在黑暗中醒来。

在那一刻，布莱克慌了。他记得自己不住地下坠，还记得浑身上下都很疼。

不过就算在黑暗中，他也开始渐渐看清面前的环境了。他心中突然有一种如释重负的轻松感。

我还活着！他想道。

他的第二个念头就是要大开杀戒！布莱克好不容易才让自己冷静下来，可是他心中依然充满了愤怒——一种冰冷的、带着喜悦感的愤怒。

我要把他们灭了！一个也不放过！他心里想着。

他看见破旧的木头架子、布满蛛网的试管、积了灰尘的瓶子，他还看见天花板上有一线亮光——那是一扇门，门下面有几级台阶。他知道了，自己是在地窖里。

布莱克突然感到一种难以抑制的冲动，很想向着那一丝亮光奔去。

然后埃丝特尔挡在了他的面前。

布莱克吓了一跳，几乎要往后缩。然后他暗自痛骂自己的软弱——在他面前，这女孩算什么？我要杀了你，他说，我要让你付出代价，你竟敢——

"我知道你说不了话。你那么欣赏自己的声音，却开不了口，可怜呀！"埃丝特尔说。

她就这样冷冷地盯着他。你竟敢这样子对我？布莱克想，你应该尊重我、害怕我……

*你怎么敢在我面前嚣张！*他对着她吼道，*我要让你痛不欲生！*

埃丝特尔摇了摇头。“不好意思，我听不见你说话。郁闷吧？”

然后她转过身去，开始在一个架子上乱翻。

当她转回来的时候，手里多了一块长方形的东西。

“当你的灵魂凭空消失的时候，我就起了疑心。我当时在想啊，这东西肯定能找到空子往里钻。然后我觉得废品堆里好像有什么东西，所以后来我又回去仔细查看，以防万一。”

说完，埃丝特尔向他眨了眨眼，然后把那块长方形物体转过来面向着他。那是一块有裂缝的脏镜子，可是镜面上有足够清晰的地方让他看清楚……

“这是精炼推送法创造的奇迹啊！”埃丝特尔说道，脸上露出一丝微笑。

他看见镜子里有一个脑袋搁在桌面上。这是一个表面严重磨损的黄铜脑袋模子，而且是最原始的哑巴型号，连嘴巴也没有，只有两颗能转动的眼珠子！

我怎么会……？我这是在哪儿……？

布莱克眨了眨眼，镜子里的脑袋也眨了眨眼。

在这一刻，布莱克终于开始尖叫了！

埃丝特尔叹了一口气。“我猜当时你的灵魂是找到距离最近的一个空壳就钻进去了，也许跟那个授魂器有关系吧。”她皱起了眉头，“我猜柯米尔也知道的，不过我绝不会主动跟他提起……永远也不会。”

布莱克尖叫着、诅咒着、痛骂着，他发誓要让她生不如死！只可惜埃丝特尔一句也听不到。

她把手肘撑在桌面上，双手捧着下巴，注视着布莱克。

“你现在就困在这里了，估计会待很长一段时间，甚至可能永远这样待下去。”然后她站起来，“我觉得这么长的时间也就足够了，足够让你吸取一下教训。这个教训就是：无论是谁伤害了我的朋友，都不会有好下场。”

说完，埃丝特尔转身开始上楼梯，布莱克再次冲着她尖叫起来。当她走到楼梯的一半时，布莱克开始苦苦哀求。当她把手放在门上的时候，布莱克已经泣不成声了。这时候，埃丝特尔回头看了他最后一眼。

“我不知道你接下来的命运会是怎样。也许你会再死一次，也许你再也不会死。也许你会永远困在这个丑陋的笨脑袋里，在黑暗里生锈……”埃丝特尔耸了耸肩，“可是我懂什么呢？我只是个造皮的。”

说完，埃丝特尔走出了那扇门。那块长方形的亮光变成了一条亮线，然后连那一线亮光也消失了。

布莱克在黑暗里尖叫，尖叫声逐渐与黑暗融为一体，再也分不清彼此……终于，布莱克的世界里就只剩下一片黑暗。

这片黑暗成了永恒。

第 34 章

他们把车停好，看着在阳光下闪闪发亮的安乐铁乡。其实这里只是一堆堆破破烂烂的金属和铆钉，不过四处都闪耀着一块块黄铜色、青铜色和银色的亮光。克里斯托弗看在眼里，一点也不觉得乱，反而觉得从没见过这么漂亮的地方。

“一切都会好起来的，你知道吧？”杰克说。

“什么意思？”克里斯托弗问。

杰克没有看他，只是点了点头。与其说他在安慰克里斯托弗，不如说他其实是在安慰自己。

“一切都会好起来的，所有记忆都会慢慢回来的。”

“那扇大门是新的吗？”萝卜大声问道。

柯米尔咯咯一笑，感激地说：“艾格伯特老伙计，总是那么可靠。”

当他们走近柯米尔宅那扇锃亮的新大门时，十几个机械人犹犹豫豫地从阴影里走出来，注视着他们经过。克里斯托弗留意到他们当中大部分都有不同程度的损坏。他想起刚才坐车进来的时候，一个女孩用哀伤的眼神看着他们——那个女孩只有一只眼睛，右臂的皮肤也没了。他看见一个男孩捧着自己的脑袋；他还看见两个独脚的男孩互相搭着肩膀，他们只有这样配合着才能走路。

一行人下了车，克里斯托弗转身看见一个长了五条腿的男孩向他们走过来。这个男孩子的神情里充满了期望。

"杰克。"男孩说，"你回来了。"

"我们当然回来了，山姆。"杰克答道，然后转头看着克里斯托弗，用手指着山姆说，"这位是六腿山姆。"

山姆微笑着对克里斯托弗说："我认识你。"

"行了，我们进去好不？"柯米尔的声音稍稍大了一点。他用手敲着大门，目光始终避开这群残疾机械人。

克里斯托弗皱起眉，对山姆说："你认识我？"

山姆点了点头。"当然认识。"

"可是我想不起来……"

"没关系的。"山姆和善地说。

"行了，大家快进来！"柯米尔大声喝道。

"欢迎你回家。"山姆说完，犹豫地向克里斯托弗微微一笑，笑容里带着一点歉意。

家，克里斯托弗想，*这里真的是我的家吗？*他不知道怎么回答山姆这句话，因为他在这里一点家的感觉也没有。

新院门很顺畅地打开了，柯米尔又喊了一次，催促大伙儿快进去。于是他们开始朝着院门走去。山姆犹豫着向前走了一步，探头看着克里斯托弗身后柯米尔的方向，脸上交织着紧张与渴望的神情。克里斯托弗看在眼里，心中明了，这是一个经历了无数次失望，已经不敢再抱有希望的伤心人。

“我们会来找你详谈的，山姆。”杰克说。

克里斯托弗听出来了，杰克的语气分明是在安慰山姆，而山姆也露出感激的神情。这时候，越来越多机械人聚集到山姆的身后，克里斯托弗又看见了那个独眼小女孩。他转身走进院子，可是他刚才见过的一个个机械人的形象都深深印在了他的脑海里。

柯米尔站在院子正中心，高举双臂大声喊：“到家啦!”

柯米尔那座小堡垒的大门打开了，只见曼达冲出来，三两步跳下楼梯，直向他们跑来。克里斯托弗很开心，因为他发现曼达的两条腿变成了一样长短的；她的脸也整过容，两只眼睛是新的，而且是一样大小。

“你回来啦!”曼达尖叫着，一把抓住克里斯托弗，用尽全身力气紧紧地抱着他。克里斯托弗哈哈大笑。“我早知道我们会把你找回来的! 我知道的!”她大声喊道。接下来，她拥抱了每个小伙伴。最后她从杰克手里接过萝卜的脑袋，伸直手臂捧着，不停地转圈。

终于，曼达停下来了，问道：“你的其他部分在哪儿呢，萝卜?”

“朝那个方向往回走一百英里左右吧。”萝卜说着，扬起一条眉毛，可是眉毛一下子就掉地上了。

克里斯托弗捡起眉毛，揣进口袋里。“迟一点给你装回去，萝卜。”

“迟一点我还装它呀？”萝卜说，“我要全新的、好看的、让我装了变绅士的眉毛！对吧，柯米尔先生？”

“对！”柯米尔答应着，伸手揉了揉萝卜的头发。他趁机瞥了克里斯托弗一眼，连忙把目光移开。

“抓佬在哪儿？”曼达问。

大伙儿面面相觑，都不知道怎么回答。最后是杰克把她拉到一旁，低声向她解释发生了什么事情。曼达听了这个噩耗，顿时号啕大哭，过了好一会儿才平静下来。当她回到克里斯托弗面前时，还是忍不住抽泣。

“可是他把你救回来了，克里斯托弗，这才是最重要的，对吧？全靠抓佬，你终于回来了！”

她再一次抱紧了克里斯托弗——这回，她抱了很久才放手。

“好了，”柯米尔指着大宅说，“我们进去吧。”

克里斯托弗听见身后院门关闭的声音，连忙转身，正好看见六腿山姆站在门的另一头。这时候，更多的机械人站在了山姆的身后，神情凄凉地看着大门缓缓地关上。最后一刻，山姆举起一只手，杰克和克里斯托弗也举起手致意，然后院门就彻底合上了。克里斯托弗看了杰克一眼，杰克好像想说些什么，却还是忍住没开口。于是两人一起转身，跟着柯米尔走进了他的大宅。

在屋里，艾格伯特在饭厅准备了机油。柯米尔喝了不知什么饮料，显得特别开心。饭厅里充满了欢声笑语，大家明显都沉浸在轻松愉快的气氛里。柯米尔看着众人叽叽喳喳地说个不停，脸上现出一丝不易察觉的微笑。克里斯托弗与他目光相接，柯米尔的笑容颤抖了一下，马上就消失不见了。然后他扭开头，叫艾格伯特给他添杯。

克里斯托弗环顾四周，看见小伙伴们都那么开心。这是很久以来他第一次体会到一种安全感——可是他依然没觉得这里是自己的家。

他怀疑自己永远也不会在这里找到家的感觉。

第 35 章

克里斯托弗来埃丝特尔的新工作室看她。

来到柯米尔府上才一个星期，埃丝特尔就已经看中了大宅侧边的一间小窝棚。她四处收集了一些工具，就马上开始干活儿了，而柯米尔也乐得让她自己忙去。克里斯托弗看得出来，埃丝特尔的变化可以称得上是立竿见影，尤其是她的眼睛，变得神采奕奕。她在自己的工作间里来回走动，检查一下烧杯，搅动一下大锅，把正在成型的皮一张张拉平整……她的动作那么流畅，一看就知道她很清楚自己在做什么。克里斯托弗明白，对于埃丝特尔来说，能够全神贯注地投身这份工作就是一种幸福。

杰克坐在角落里，一边把玩一片金属，一边注视埃丝特尔干活。他看见克里斯托弗走进来，就朝他会心一笑。克里斯托弗也努力挤出一丝微笑作为回应，可是他的笑容太苍白、太勉强。他害怕杰克看出什么不妥，连忙看向别处。

他们来这里已经四个星期了，克里斯托弗从来没有像现在这么开心过。可是他心底总是有一种挥之不去的失落感，总觉得好像缺了点什么。他们到达后的第二天，柯米尔就开始为他检查补丁。奇怪的是，他们在一起的时候，柯米尔总是很紧张，而且总是带着一点歉意。刚开始，克里斯托弗还能感觉到柯米尔心中还是带着一点希望——尽管这希望是那么渺茫。而他和柯米尔一样，对未来依然抱有期待。可是随着日子一天天过去，虽然柯米尔竭力显示出开心的样子，但他其实是变得越来越沮丧，越来越沉寂。

以至于现在他已经到了主动避开克里斯托弗的地步：每次远远看见克里斯托弗走过来，柯米尔会转身走开。现在他已经彻底陷入沮丧当中，再也不检查补丁了。当天早些时候，克里斯托弗在屋子外面转角处几乎跟柯米尔撞个满怀，柯米尔依然是满脸的歉意——而这正是最让克里斯托弗感到不安的地方。好像只要他出现，柯米尔总会陷入深深的悔恨当中。他们共处一室时，柯米尔经常会用一种古怪的目光偷偷瞄他几眼；每次柯米尔对着他挤出一丝微笑时，那笑容总在刹那间消失不见。以前那个趾高气扬、滔滔不绝的柯米尔现在总是那么惭愧和悲哀。

每当想起这件事，克里斯托弗就百感交集。一方面他完全想不起这个人，而另一方面他心里又有一种奇怪的失落感，好像缺少了什么东西似的。他竭尽全力去回忆，却怎么也记不起来。

这一刻，他又陷入了沉思。突然，他发觉棚子里一片死寂，仿佛有人在看着自己。果然，杰克正在紧紧地盯着他；而埃丝特尔一边用布擦手一边看着他，脸上隐隐现出一丝坏笑。

“怎么了?”克里斯托弗说。

“你想知道些什么?”埃丝特尔问。

“什么意思?”克里斯托弗反问。

“你来我这儿是为了什么?”埃丝特尔说。

克里斯托弗显得有点惭愧。他的目光从埃丝特尔移到杰克身上，接着又看回埃丝特尔。“我就是喜欢看你干活儿，埃丝特尔……”说完，他心虚地耸了耸肩，低下头看着自己的双手。过了一会儿，他重新抬起头，发现埃丝特尔还在似笑非笑地盯着自己。

“好吧，其实我来是想问一下，你觉得我什么时候才能想起以前的事情?”克里斯托弗低声问。

埃丝特尔把布放在桌面上，叹了一口气。“我不知道，克里斯托弗。你这个问题我回答不了。”

克里斯托弗点了点头，竭力掩饰心中的沮丧。

“不过有一件事情我敢保证。”埃丝特尔说，“我知道你早晚会想起来的。记住我今天的话吧，在你最意想不到的时候，所有的记忆都会突然涌上来的。”

克里斯托弗向埃丝特尔点头致谢，感激她的安慰。无奈那种奇怪的空虚感还是挥之不散。“他甚至都不看我一眼。”他说。

埃丝特尔想了片刻。“他没办法面对你。”她说，“他是觉得很内疚，因为他还没帮你恢复记忆。毕竟一开始是他把你带回来的。”

“你意思是他把我从危崖居带回来？”克里斯托弗说。

埃丝特尔摇了摇头。其实克里斯托弗很清楚埃丝特尔这句话的意思，只是没有勇气承认罢了。

“把你的灵魂从另一个世界带回来——对他来说，这肯定是一个艰难的决定。他可能时常怀疑自己有没有做错。现在他一看见你就难免会想起当初的那个决定。”

“你怎么看呢，埃丝特尔？你觉得他做对了吗？”

“对我来说，你在这里才是最重要的。”

“可是你猜他看到我是一种什么感觉呢？”

埃丝特尔若有所思地说：“当初他很挂念你，很想你回来。”说到这儿，她停顿了一下，眯起双眼，点了点头，“其实他现在也很想念你，也希望你回到他身边，你不要因为他在你面前的古怪举动而误会了。”

克里斯托弗摇了摇头。埃丝特尔说的这事情，在他看来实在是太复杂了。他只记得自己的爸爸妈妈，而柯米尔对他来说完全是一个陌生人。既然是这样，为什么他总是觉得缺少了什么呢？本来，他只要和小伙伴们在一起就会有家的感觉，现在他已经和大伙儿团聚了，为什么他还不觉得生活美满呢？他失去的到底是什么呢？

突然，外面传来一阵哐当哐当的响声，还有柯米尔在远处骂骂咧咧的声音，也不知道他这次在忙什么。克里斯托弗听到他的声音，微微一笑，心里却觉得有点难过。

落日的余晖透过半掩的小门渗进来，在小屋后墙上洒下一片金色。克里斯托弗凝视着跳跃颤动的金光，就像着了魔一般。他突然觉得胸中一阵翻涌——他好像感觉到什么了。可是就在这时，那片金光里突然闪出一个阴影，顿时把他的冥想给打断了。

“各位晚上好。”他身后有个声音说。

三人一同转头，只见圆萝卜正倚在门框上，一脸漫不经心的表情。

不过这时候大家应该改称他为“不太圆萝卜”才更准确——因为柯米尔已经给他换了一副修长的躯体。他新的身体是用高质量金属做的，能够恰到好处地把他体内的所有零件和齿轮都安置好。圆萝卜竭力装出一副云淡风轻的样子，可是每次克里斯托弗看到他的新面貌就忍不住偷笑。

萝卜双手叉腰，迈开大步走进来。然后他用手精心梳理两条新装的眉毛，又清了清嗓子。

“我是想着来这儿给各位表演一段小曲儿。”他说。

然后萝卜把两片嘴唇噘在一起，竟然吹起了口哨。

这就是萝卜这副新躯体的最新升级：柯米尔做了一套小风箱，嵌进萝卜的胸腔里。从此萝卜能够叹息，能够呼气，而最妙的是他能够吹口哨！

克里斯托弗和杰克听着好朋友吹口哨，都会心地笑了。这时候，落日继续西沉，远处不断传来柯米尔捶打的声音。

萝卜吹完了，搓着双手说："吹完曲子我就去散步，谁跟我一起?"

杰克咧嘴一笑，举手报名。萝卜用热切的目光看着克里斯托弗，眉毛还一动一动的。克里斯托弗笑着说："好吧，萝卜。"

萝卜把眉毛竖得更高，看着埃丝特尔。

"我还有活儿要干呢，萝卜。"她说。

萝卜耸了耸肩。"那就是你的损失了，埃丝特尔。"

说完，萝卜悠悠闲闲地走出了门口，克里斯托弗和杰克也跟在他身后出去了。只见萝卜用两只拇指勾住腰带，神气活现地走着，克里斯托弗又忍不住偷笑了。他知道萝卜对于自己终于用上了腰带这件事感到特别自豪，用萝卜的话说就是："我现在变苗条了，终于和真人一样，需要一条腰带来束起裤子了!"

克里斯托弗看着一轮金色的落日在晚霞边沿露出来，突然觉得心头一震，然后全身发抖。杰克用问询的眼光看着他，可是克里斯托弗假装没看见。萝卜还在唠唠叨叨地说个不停，也不知道他到底在跟谁说话。他的拇指依然勾着腰带，甩开双腿，走得非常欢快，俨然带着一种"天下我有"的气势。

突然，他停住脚步，踢飞一块石子，然后转身面对着克里斯托弗和杰克。看他的样子好像很不安，几乎有点内疚。

"发生什么事了，萝卜?"克里斯托弗问道。

萝卜垂下眼睛看着地面。当他再次抬头看着克里斯托弗和杰克的时候，他脸上确实带着一点惭愧的表情。

“我昨天踩到了一只蜗牛。”

两人听了，一时说不出话来。杰克看着克里斯托弗，勉强笑了笑。

克里斯托弗轻声问道：“你把它踩烂了吗？”

萝卜很快地点了点头，然后咬住了上嘴唇。

“你是故意的吗？”克里斯托弗问道。

萝卜摇了摇头，却不敢直视克里斯托弗的眼睛。“这是不是意味着我就像那些精炼推送的机械人呢？难道我和那些狂暴战士是同类？”

克里斯托弗笑了。“不，萝卜，当然不是了。那只是一个意外罢了。而且不管是人也好，动物也好，你也不可能有意去伤害他们。你没有灵魂，你也不需要有灵魂。虽然你不是真人，可是你比真人更优秀！”

萝卜吓了一跳。“比真人更优秀？”

“是的。”克里斯托弗说，“因为你纯洁啊，萝卜。你一点坏心眼也没有。”说到这儿，他看着杰克，“你们都没有坏心眼。”

萝卜似乎在仔细思考这句话的含义。过了好一会儿，他笑了。“比真人更优秀。”他还在喃喃自语，脸上的笑容突然消失了，“杰克说过，真人是有亲人的。不过我没有妈妈，也没有爸爸。”

杰克举起一只手，自豪地看着萝卜。“你就是我的亲人，萝卜。你，还有克里斯托弗、曼达和埃丝特尔。”

萝卜听了，面露喜色。他的目光在克里斯托弗和杰克两人之间跳来跳去，克里斯托弗觉得萝卜开心得快要哭出来了。

可是萝卜的笑容渐渐消退，眉头又开始皱起来——他想到了另一件事情。

“答应过的事情就要做到，对吧？”

杰克点了点头。“当然了，萝卜。”

萝卜把两只手往口袋里一揣，转头看着院子大门。

“那为什么他到现在什么也没干呢？”

杰克抓了抓下巴，然后摇了摇头——这个问题他没法回答。

“这样不公平。”萝卜说，“而且埃丝特尔说，她看到来等候的机械人一天比一天多。”萝卜脸上露出厌恶的神情，“这真的很不公平。”

突然，克里斯托弗听见右方传来哐当的响声，转头一看，只见柯米尔正从卡车的车头盖下面往这儿张望。他满头大汗，脸上还沾着油污。他向艾格伯特吼了一句什么，管家就走上前递了一把扳手给他。在他们身后，曼达正坐在一张圆凳上玩布娃娃。

柯米尔伸手接扳手的时候，目光突然跟克里斯托弗碰上了。在那一瞬间，他平常盛气凌人的架势消失得无影无踪，他的眼神也充满了哀伤和渴望。他抬起手想跟大伙儿打个招呼，可是手抬了一半又突然改变主意，连忙转过头去，装作在检查发动机。

克里斯托弗跟着杰克和萝卜向前走。萝卜现在心情又好点了，一会儿吹口哨，一会儿又兴奋地叽里咕噜说个不停，好像不知道该做哪一样好。当他既不吹口哨、又不唠叨的时候，就用两根中指拨弄着两条眉毛，动作显得很优雅、很绅士。杰克主动迎上克里斯托弗的目光，把脑袋朝萝卜扬了扬，又眨一眨眼睛。克里斯托弗咯咯咯地笑了。

他们继续往前走。克里斯托弗看着亮丽的金光染透了傍晚的天幕，突然想起了爸爸妈妈。他看见妈妈的面容、她的蓝眼睛，还有她闪亮的头发；他又看见爸爸正在对他笑……在那一瞬间，他突然感到好像有一口气卡在胸口喘不上来。

“怎么了，克里斯托弗?”杰克问道。

“什么怎么了?”克里斯托弗晕头转向地说。他知道萝卜正在用一种滑稽的目光看着自己。

“你刚才突然停下来一动不动，嘴里还说着什么花园。”杰克说。

“我有吗?”克里斯托弗问。他这句话更像是在自言自语。

萝卜和杰克对望了一眼。

克里斯托弗摇了摇头。“没事，真的没事。”他说。

这时候，他又听见远处传来哐当哐当的金属敲击声。

“没事就好。”萝卜说，“你们想看看我走路的新步子吗？我最近练习了一下，比原来快一点，看起来真的很优雅。旧的萝卜走不出这样的步伐，不过我已经是全新的萝卜了。”他扬起一条眉毛，看样子自我感觉非常良好。然后他抬起右腿，“而且我觉得你们看了一定会印象深刻——”

可是不知怎的，萝卜的左腿突然一绊。他拼命挥舞双臂想保持平衡，可惜为时已晚，还是一屁股摔在了地上。

他跌倒的时候吓得吱哇乱叫，把杰克和克里斯托弗逗得哈哈大笑。

克里斯托弗走上前，向萝卜伸出一只手。

然后他又听见哐当的一下，不过这声音并不是从他身后传过来的，而是像在梦境里那么虚无缥缈。他隐约觉得萝卜的手正向自己伸过来，接着又是哐当一下。多么温暖的声音啊，仿佛是来自远方的回响。

萝卜握住克里斯托弗的手，克里斯托弗把萝卜拉起来。然后他抬头看着夕阳西沉，将云霞染上一丝丝金色。克里斯托弗微微一笑，他想起来了……

他首先听到的是妈妈的声音。

“他在花园里。”妈妈说，“和你爸在造什么好东西。”

在记忆片段里，他站在厨房里，妈妈一边和面一边对着他笑。

“去找他们玩吧。”她咯咯地笑着说。

克里斯托弗转身向门口走去。门是敞开的，外面还有亮光——那是一片金色的暮光，柔和地洒在翠绿的草地上。然后他又听到了哐当声，于是克里斯托弗拔腿就跑。

在花园里，爸爸转过身来看着他。爸爸身前还有一个人，正跪在一个金属框架旁，手里握着一把锤子，高高举起来——哐当，难道这是催他回家的钟声吗？这时，他爸爸脸上露出了笑容。

克里斯托弗看到那只手再一次举起了锤子。他觉得自己的心脏开始狂跳，连忙加快脚步。

突然，整个世界倾斜了。

摔倒了，我是摔倒了。我当时几岁？只有八岁吗？

克里斯托弗踉踉跄跄地倒退几步，好像被人扇了一个耳光。

杰克很紧张。“克里斯托弗，怎么了？出什么问题了？”

这是一个夏天，我在花园里，妈妈在屋子里，爸爸也在花园里。我跌倒了，和爸爸在一起的还有……

克里斯托弗看见妈妈的脸，还看见爸爸的脸。他隐约听到杰克在说话，也知道萝卜很担心地看着自己。

我挣扎着想爬起来，然后有一只手伸过来。于是我就抓住……我抓住那只手，然后我……

这时候，他又回到了花园里，只是这次跟刚才不太一样。这一次，当他看着落日的金光在绿草地上渐渐消退时，他心中突然产生了一种新的感觉：家的感觉。在危崖居实验室的时候，他在幻觉里到过那座房子，当时也觉得那是家；不过这次的感觉更强烈、更有威力。而且这次还有一个特别之处——他听见有人叫自己的名字。他感觉到自己抬起头向上看。

那个本来在挥舞锤子的人站直了，开始向他走过来。

一张脸出现在他的视线里。四个星期前看到这张脸时，克里斯托弗还以为是第一次见到这人；可是现在这张脸竟然无比熟悉。在记忆里，他的头发不像现在那么花白，而眼睛依然是那么明亮。当他微笑时，眼角会出现皱纹；当他……

当他……

克里斯托弗拔腿就跑。

他向着哐当哐当的声音跑去。杰克和萝卜跟在他身后，大声喊他的名字，可是他已经顾不上他们了。克里斯托弗奔跑在逐渐变暗的落日余晖里，就和那天傍晚在花园里飞奔一样。他拼命地跑啊跑，与出来看热闹的埃丝特尔擦身而过，一直跑回刚才那个院子里。只见柯米尔还在埋头修卡车发动机，艾格伯特捧着工具守在他身旁。曼达坐在凳子上玩布娃娃，听到有动静，于是抬起头看着他。

柯米尔好像感觉到什么，也抬起了头。他擦了擦手，然后就看到了克里斯托弗。当两人四目相对的时候，柯米尔的眼睛一下子睁大了。

克里斯托弗注视着他。

“你以前总是做玩具给我玩。我曾经有过一只发条老鼠。你还做一些能自己动的玩具车。”

柯米尔后退了半步，用一只手撑着卡车前盖，稳住身体。他的下巴开始颤抖。

“你给妈妈做过一只发条小鸟，给爸爸的是一列火车，给我的是一只机械老鼠，都是在圣诞节做的。我过去经常帮你做东西，还帮你修东西。因为你说过，创造一些珍贵的东西出来，然后好好照顾他们，世界上没有比这更高尚的事了。”

说到这里，克里斯托弗觉得眼睛被泪水刺痛了，喉咙也哽咽着，说话越来越难。有两个字他很想说却又不敢说，恐怕说出来会破坏这一刻的感觉——这种温暖的、归家的感觉。

克里斯托弗想说话，却已经泣不成声了。他心里有很多话，却说不出口。最后，他狠狠地咽了几下口水，终于说出了两个字。

这两个字就代表了千言万语。

“爷爷。”他说。

他跑到柯米尔跟前。柯米尔一把将孙子紧紧地搂在怀里，放声痛哭。

杰克、萝卜和埃丝特尔站在小屋前，看着爷孙俩深情拥抱。埃丝特尔绕起双臂，“我说中了吧？”说完，她笑了。

过了好一会儿，两人才放开手。克里斯托弗擦掉眼泪，抬起头，用坚毅的目光凝视着爷爷的面容。然后他牵起了柯米尔的手。

“来吧。”他说。

柯米尔乖乖地跟着他走，就像一个小孩子那么听话。克里斯托弗向萝卜点了点头，示意他去拿放在旁边的工具箱。萝卜竖起拇指回应，然后拿起了工具箱。三人一起向院门走去，埃丝特尔、杰克、曼达和艾格伯特跟在他们身后。

大伙儿站在院门前，柯米尔显得有点紧张。克里斯托弗捏了一下爷爷的手，用鼓励的目光看着他。

“说话算话哦。”萝卜说。

柯米尔深深吸了一口气，朝着院门一挥手。

大门缓缓打开了。

克里斯托弗看着在门外苦苦等候的众人，脸上露出了微笑。他领着柯米尔走出去，其余几位也跟在后面。

西沉的夕阳闪耀着金光，多年以前花园里温馨的一幕重现。在这一刻，克里斯托弗·柯米尔知道，他终于回到家了。

于是爷孙俩开始干活了。

致　谢

衷心感谢鸡舍出版社的各位同仁，尤其是巴里·坎宁安、瑞秋·莱申、瑞秋·希克曼、贾兹·巴特利特，以及参与帮助《铁皮男孩》问世的诸位，是你们使这本书的写作过程成为一种享受。特别感谢冰雪聪明的凯西亚·卢坡，你讲故事的天赋将《铁皮男孩》塑造成最完美的状态，写作生涯中遇到的第一位编辑是你，实在是我的福气和荣幸。另外还要谢谢弗雷泽为我审稿，你对细节的掌控简直有起死回生的功效。

我想谢谢我的经纪人索菲·希克斯，谢谢你一如既往地支持我，而且在每一个环节都帮我做出最正确的部署。谢谢你，莎拉·威廉斯，谢谢你热心帮忙、随传随到。还要感谢凯蒂·戴，是你为这个项目开了一个好头。

我要感谢凯蒂·希姬为《铁皮男孩》画了这么漂亮的封面，我每看一次就会赞叹一次。

接下来，我要谢谢我的家人以及各位亲朋好友的支持与祝福，尤其是我的父母。另外，我要大声感谢凯瑟琳、弗兰、保罗和琼，但你们记住，我是你们的大哥，家里还是我说了算！

康纳、克洛达、艾拉、休伊和山姆，我得时时刻刻提醒你们几位，谁才是真正的老大。保利娜、吉伯和麦克，谢谢你们的支持，不过我还是得把上一句话重复一次……

谢谢罗伯特·威廉斯的支持，你经常给我讲一些鼓舞士气的话。不过我知道你老兄一定会背着我在这本书上涂鸦的。

谢谢你，玛丽奶奶，谢谢你这么多年来对我的无私帮助。

卡洛琳，谢谢你对我的宽容忍让；洛克兰和萨博，谢谢你们审阅这本书的初稿；泰格，谢谢你想出“安乐铁乡”这个地名；最后还要谢谢蒂根，我衷心希望你第一次读这本书的时候会喜欢这个故事。